라오즈

랴오즈 — 생명의 아름다움에 감사하라

지은이 | 랴오즈
옮긴이 | 허유영

초판 1쇄 발행 | 2014년 12월 15일

발행처 | 도서출판 작은씨앗
공급처 | 도서출판 보보스
발행인 | 김경용

등록번호 | 제 300-2004-187호　등록일자 | 2003년 6월 24일

주소 | 서울시 서초구 우면동 77-13
전화 | (02) 333-3773　팩스 | (02) 735-3779
이메일 | ky5275@hanmail.net

ISBN 978-89-6423-175-3 03810

값은 뒤표지에 있습니다.
잘못된 책은 구입하신 서점에서 바꾸어 드립니다.

이 도서의 국립중앙도서관 출판시도서목록(CIP)은 서지정보유통지원시스템 홈페이지(http://seoji.nl.go.kr)와
국가자료공동목록시스템(http://www.nl.go.kr/kolisnet)에서 이용하실 수 있습니다.
(CIP제어번호: CIP2014033930)

랴오즈

생명의 아름다움에 감사하라

랴오즈 지음 | 허유영 옮김

작은씨앗

어릴 적부터 노래하는 걸 좋아했고
훌륭한 무용 선생님이 되고 싶었다.
소도시에 살면서 한 아이의 엄마가 되었지만
얼마 안 가 대지진이 운명을 송두리째 바꾸어 놓았다.
무너진 폐허 속에서 스물여섯 시간 동안 매몰된 채
딸을 잃고
두 다리를 잃고
결혼 생활을 잃었다.

모든 것을 잃어버렸는데 무엇에 의지하며
내일을 보내야 할까.

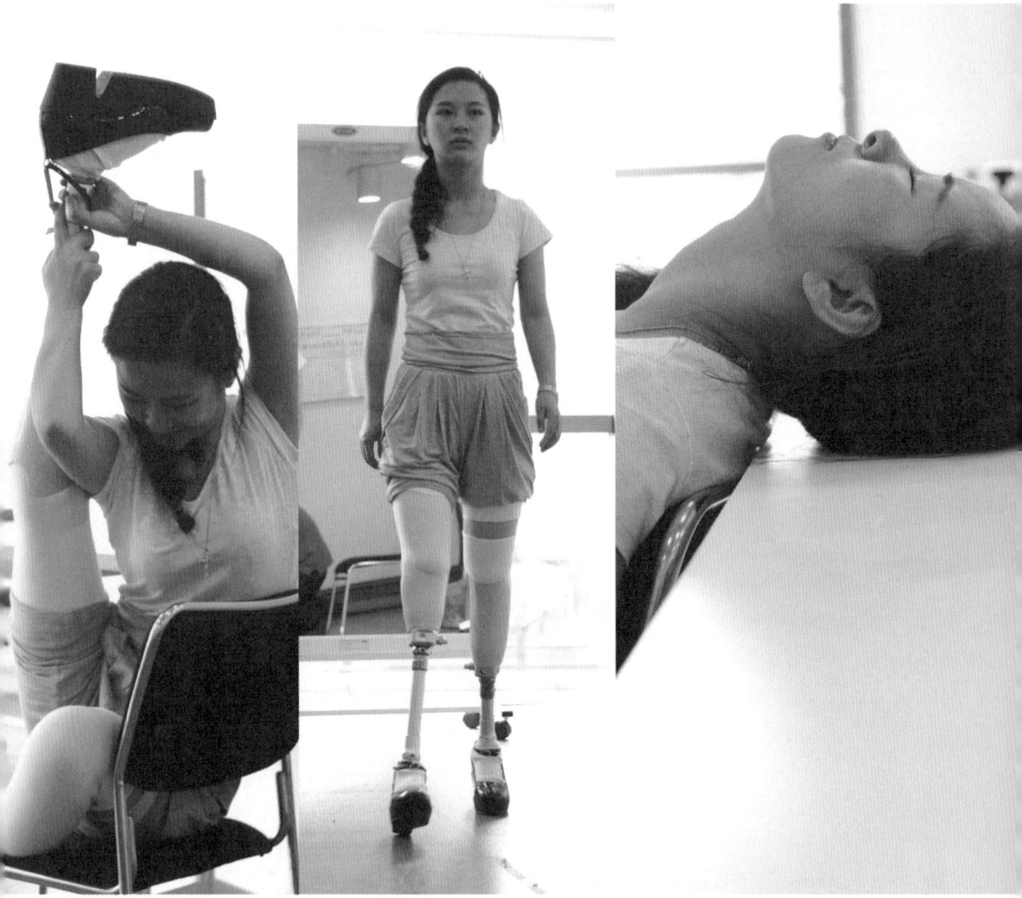

스물네 살
다리 절단 두 달 후
고통을 삼키며 붕대를 감고
의족을 끼우고
무대로 돌아가 이를 악물고 연습했다.
생명은 불행이 찾아왔을 때
비로소 의미를 갖게 된다.
내가 유일하게 할 수 있는 것은
춤을 추는 것이었다.
일어날 수 없으면 기어서 추면 된다.
북춤을 추면서 다리가 아닌
꿈을 딛고 뛰어올랐다.

대지진 5년 후 야안(雅安)에서 또 한 차례 강진이 발생했다.
자원봉사단에 참여해 활동할 때
사람들이 나를 '가장 아름다운 자원봉사자'라고 부르기 시작했다.
삶에 '가장 아름다운 것'은 없다.
고통은 살아갈 이유가 아니다.
아주 작은 일이라도 할 수 있다면 살아가는 의미가 될 수 있다.
그리고 그 일을 가장 잘 해낼 수도 있다.

짐을 꾸려 다시 출발한다.
《내 인생의 춤을 춘다》는 삶의 무대다.
나는 무대 위의 꼭두각시 인형도
무대 위의 최루탄도 아니다.
생명의 아름다움에 감사한다.
시간을 되돌릴 수 있다 해도
나는 내 삶이 지금과 같기를 바랄 것이다.
세상에 우연이란 없다.
모든 것은 신이 공들여 만들어놓은 것이다.

영원히 포기하지 않는 당신에게 바칩니다.

5년 전의 나에게 고맙다

5년 전의 나에게 :

5년 전의 널 떠올려보면 지금의 나와 다른 점이 없는 것 같아. 가끔씩 사람들은 내게 "스물세 살인가요?"라고 물으면 나는 내심 기분이 좋기도 하지만 그럴 때마다 나도 모르게 널 떠올리게 돼. 시간은 내 나이의 숫자를 더해주었지만 얼굴에 흔적을 많이 남기지는 않은 것 같아. 가끔은 시간이 갈수록 내 영혼의 나이가 점점 어려지는 게 아닐까 하는 생각도 해. 물론 우리 둘은 다른 점이 있어. 네게는 늘씬하고 아름다운 다리가 있으니 말이야.

그때는 무용실에 서서 쏟아지는 햇빛을 받으며 빙빙 돌고 훌쩍 뛰어오르곤 했지. 땀이 두 다리를 타고 흘러내려 바닥으로 떨어지는 걸 보며 너는 뿌듯함을 느꼈어. 마치 그것이 조물주가 널 특별히 사랑한다는 증거인 것처럼 말이야. 넌 요정처럼 음악의 선율에 맞추어 춤을 추며 아름다움을 한껏 발산했어. 네게 무용을 배우는 어린 아이들은 널 에워싸고 네가 자기들 중 누굴 제일 좋아하는지를 놓고 작은 새들처럼 재잘거렸지. 너는 아이들에게 예쁘다는 말을 듣는 걸 자랑스럽게 여겼고 말이야.

2004년 가을, 그때의 너는 젊었고 시간이 아주 많았어. 대학을 졸업하고 고향인 멘주시(綿竹市) 한왕진(漢旺鎭)으로 갔지. 2008년 그 일이 있기 전까지 어느 곳보다 아름다웠던 그 도시는 지진의 진원지인 원촨(汶川)에서 직선으로 약 30킬로미터 떨어진 곳이었어.

처음 사랑에 눈뜬 소녀처럼 너는 백마 탄 왕자가 나타나기를 기대했지. 2006년 겨울 새벽 2시에 그토록 기다렸던 남자가 너의 집 밖에서 한 시간이나 기다렸잖아. 네게 만두를 맛보게 해주기 위해서 말이야. 그의 정성에 감격해 결혼식도 올리지 않고 세상 모든 여자가 꿈에도 바라는 새하얀 웨딩드레스도 입어보지 않고 그와 결혼했어. 지금은 그를 '전 남편'이라고 부를 수밖에 없지만 말이야.

일 년 후 작은 천사 충충(虫虫)이 태어났어. 여유로운 생활과 안정적인 직업. 행복한 삶이란 아마 그런 것일 거야. 그런데 갑작스런 불행이 닥쳤어. 2008년 5월 12일 오후, 세상이 심하게 요동친 후 너와 딸, 시어머니가 모조리 암흑의 나락으로 떨어졌지. 시어머니는 네게서 멀지 않은 곳에 있었어.

"저랑 얘기를 하세요. 잠들면 안 돼요!"

시어머니에게 계속 말을 걸었어. 하지만 시어머니는 점점 조용해지더니 이내 잠이 들었어.

너는 손을 뻗어 더듬었지만 만져지는 건 온통 거칠고 뾰족하고 단단한 것들뿐이었어. 갑자기 아래쪽에 난 작은 틈 사이로 말랑말랑한 촉감이 손끝에 전해졌어. 딸의 동글동글한 팔이었지. 너는 차디차게 식어버린 보드라운 살결을 만지며 두 눈을 감았어. 머릿속이 깜깜했지만 애써 정신을 차리고 노래를 불렀어. 《징글벨》, 《태양을 길러요》, 《아기 돼지》 같은 노래들을. 충충에게 불러주면 까르르까르르 웃던 노래들을 말이야. 한 곡 또 한 곡, 너는 충충의 팔을 힘껏 흔들었지. 그런데 충충은 아무 기척도 없었어. 왜 울지 않는 거지?

어디선가 아버지의 애타는 외침이 들렸어. 구조대가 우왕좌왕하는 소리도 들렸지. 하지만 하루가 지나도록 어둠 속에서 나갈 수 없었어. 집이 무너지고 딸도 잃은 너는 공포와 절망에 휩싸였어. 더 이상 아버지의 외침에 대답하기 싫었어. 다행히 스물여섯 시간 만에 구조되었어. 그렇지만 병원에 도착하자마자 네 손으로 직접 다리절단수술 동의서에 서명해야 했지. 모자라든 완전하든 생명보다 중요한 건 없으니까 말이야.

절단 수술을 하고 입원해 있는 동안 한 자원봉사단체가 네가 무용교사라는 걸 알고 널 위해 《북춤》의 안무를 짜주었어. 너는 무릎으로 침대에 엎드려 안간힘을 다 해 무용동작을 연습했어. 의사들은 상처가 아무는데 방해가 될 것을 걱정하며 아프지 않느냐고 물었지만 너는 "다리도 잃었는데 좀 아프면 어때요?"라며 대수롭지 않게 대답했지.

하지만 깊은 밤 세상이 고요해지면 약한 마음이 눈꺼풀까지 스멀스멀 차올랐어. 아프고 힘들어 자신을 내팽개치고 싶었어. 새로 놓은 인생의 길에서 고꾸라져버리고 싶을 만큼 고통스러웠어. 그럴 때마다 고생하는 엄마를 생각하며 다시는 부모님을 힘들게 하지 말자고 계속 되뇌면서 주먹을 그러쥐었어.

《북춤》 공연 이후 너는 유명해졌지. 기자들이 와서 앞다투어 취재를 했어. 너는 의족을 끼우고 처음 무용 스텝을 배우는 사람처럼 비틀거리며 병원에서 걸어 나왔어. 너는 의족을 끼우고 무용을 배우고 나서야 걸음을 걸을 수 있었지.

2009년 추석. 네 앞에는 이혼합의서 한 장이 놓여 있었어. 너는 또 한 번 펜을 들어 네 이름을 썼어. 수술동의서에 서명할 때보다 훨씬 쉬웠지. 영원할 것 같았던 맹세는 결국 깨져버렸어.

"랴오즈, 지진 때문에 두 다리를 절단하고 딸을 잃고 남편도 떠났잖아. 원망스럽지 않아?"

친구가 이렇게 물었을 때 넌 이렇게 대답했어.

"원망할 게 뭐 있어? 이건 다 하늘의 뜻이야. 나는 그저 묵묵히 따르기만 하면 돼."

너의 침착함에 친구는 놀라워했지. 하지만 네가 그때 어떤 마음이었는지 나는 알아. 원망하면 네 삶만 더 암담해질 뿐이니까, 아무리

울어도 현실을 바꿀 수는 없으니까 침착할 수밖에 없었다는 걸.

철없던 네가 오 년 사이 훌쩍 성숙해졌어. 언제 철이 든 걸까? 언제부턴지는 잘 모르겠지만 속으로 삭이며 눈물만 흘리던 네가 입을 앙다물기 시작했고, 절망과 상심에서 헤어나지 못했던 네가 가만히 미소 짓기 시작했어. 기운 없이 비틀거리며 걸음을 옮기던 네가 인생의 무대 위에 선 나로 변한 거야.

공익활동에 대해 아무 것도 모르던 내가 지난 몇 년 간 자원봉사자들을 알게 되고 공익활동에 참여하면서 공익활동에 점점 흥미를 갖게 되었고 자원봉사자들이 교류할 수 있는 장을 만들고 싶다는 생각도 하게 되었어.

2013년 4월 20일 야안 지진이 발생했을 때 나는 소식을 듣자마자 루산(蘆山)으로 달려갔어. 오 년 전 지진 때 도움을 받았던 내가 야안을 위해 작은 힘이나마 보태고 싶었기 때문이야. 도움에 대한 보답이기도 하고 나를 성장시키기 위한 것이기도 했어. 다리도 없는 내가 자원봉사를 할 수 있을지 많은 사람들이 못 미더운 눈으로 바라보았지만 돕는다는 것의 본질은 할 수 있느냐 없느냐가 아니라 원하느냐 원치 않느냐에 있음을 알았기 때문이야. 원하기만 한다면 사랑은 무한한 것이니까.

자원봉사를 하면서 나의 두 다리가 다른 봉사자들에게 걱정을 끼치고 피해를 줄 거라며 말리는 사람들도 있었지만, 평소에 내 운동량이 일반인보다 훨씬 많아서 가족이나 친구들도 내가 다리를 절단

했다는 사실을 자주 잊어버리곤 했어. 그래서 내가 남들보다 약하다고 생각한 적은 없어. 난 직접 경험했기 때문에 아무 말 하지 않아도 도움이 필요한 사람들을 진심으로 돕는 것만으로도 그들은 내게서 따뜻한 위로와 희망을 얻었어.

올해 초 한 기업에서 강연을 했는데 나의 강연 주제가 〈살아 있음에 감사해야 한다〉였어. 내 곁에 있는 모든 사람들에게 고맙고 과거의 나인 너에게도 진심으로 고마워. 오 년 전의 넌 비록 실패하고 고통스러워하고 방황하고 몸부림쳤지만, 어쨌든 이 모든 고난을 견뎌냈으니까.

고마워.

그때의 네가 지금의 나를 만든 거야.

지금의 나로부터

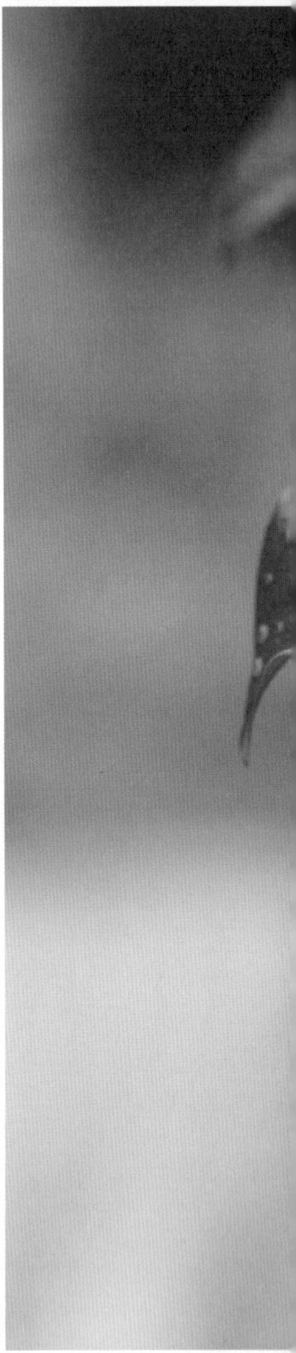

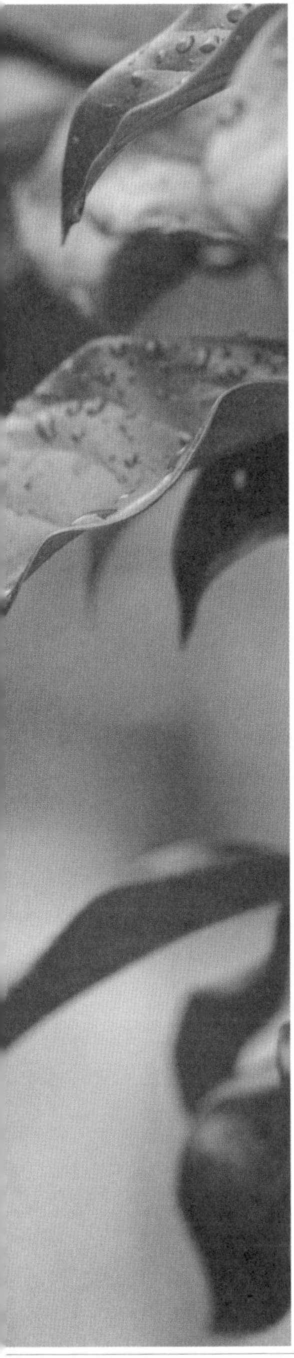

Chapter 7

고통은 쓰지만 효과적인 약이다

Chapter 8

야안, 하루 아침에 가장 아름다운 자원봉사자가 되다

Chapter 9

날 떠나줘서 고마워

Chapter 10

사랑은 오래 참는 것

Chapter 11

소리 내어 웃으라. 한 번도 상처 받지 않은 것처럼

Chapter 1

폐허에서 살아남기
무조건 버텨야 했다

원촨 지진, 재앙은 한 순간에 일어났다

속으로 내게 질문해본다. 만약 시간이 거꾸로 흘러 내가 다시 선택할 수 있게 된다면 나의 인생은 지금과 달라질까? 안타깝지만 이 질문의 답은 영원히 찾을 수 없다.

2008년 초여름 내가 살던 멘주시 한왕진은 며칠 내내 무더위가 계속되고 있다는 걸 제외하면 모든 것이 평소와 다름없었다. 밖에선 어떤 집 아이인지 길에서 크게 웃으며 장난을 치고 있었다. 아직 돌도 되지 않은 내 딸 충충은 할머니와 함께 까르르까르르 웃으며 놀고 있었다. 나도 점심상을 치우고 두 사람의 놀이에 참여했다.

곧 우리 모두를 삼켜버릴 거대한 변화가 소리 없이 엄습해 오고 있다는 사실을 아는 사람은 아무도 없었다. 불행은 그렇게 갑자기 찾아왔다. 처음에는 집이 조금 흔들리는 느낌이 들었지만 착각이라고 생각했다. 그런데 잠시 후 집이 심하게 요동치기 시작했다. 시어머니의 눈이 공포에 질렸다. 내가 소리쳤다.

"지진이에요! 밖으로 나가요!"

모든 일은 한 순간에 일어났다. 나는 무의식적으로 문으로 달려갔지만 문이 열리지 않았다. 일 초 후 아파트 절반이 내 앞으로 와락 무너져 내렸다. 나는 그 순간 집 안에 선 채로 하늘을 보았다. 차마 형언하기 힘든 광경이었다.

내가 사는 칠층짜리 아파트 반층 높이에 지붕이 얹혀 있었다. 우리 집은 삼 층이었다. 아파트 전체가 통째로 내 눈앞에서 무너져 내렸다. 깨지 않는 악몽과 같았다. 아파트 절반이 한 순간에 거짓말처럼 사라져 버린 것이다. 무너진 콘크리트 더미 사이로 사람이 보였다. 심지어 나는 그녀가 무슨 색 옷을 입고 있었는지도 기억한다. 그러나 모든 것은 찰나에 사라졌다.

발밑은 끝을 알 수 없는 심연이었고 내 머릿속은 하얗게 텅 비었다. 무시무시한 공포감이 목구멍으로 치받쳐 올랐지만 입을 벌려도 소리가 나지 않았다. 나는 뒤를 돌아보았다. 시어머니가 충충을 안고 내 뒤에 서 있었다. 시어머니는 당장 주저앉을 것 같았고 나도 몸을 제대로 가눌 수 없었다. 두 사람이 날 쳐다보고 있었다. 노인과 아기, 나는 두 사람이 유일하게 믿고 의지할 수 있는 사람이었다. 나는 두 사람을 향해 몸을 던졌다.

"엎드려!"

시어머니는 충충을 안고 나는 두 사람을 끌어안았다. 우리 셋이 단단히 끌어안은 채 눈을 꽉 감았다. 온몸이 덜덜 떨리고 차마 눈을 뜰 수가 없었다.

우르릉 쾅

고막을 찢을 듯한 거대한 굉음이었다. 내 옆에서 세상이 멸망하는 것 같았다. 나는 발밑이 훅 꺼지는 것을 느끼며 본능적으로 충충의 이름을 불렀지만 내 귀에 들리는 건 멍멍한 울림뿐이었다. 먼지와 흙더미가 머리 위로 쏟아져 눈을 가리고 입과 코, 귀를 막아버렸다. 천둥 같은 폭발음이 귓속을 가득 채우고 비명조차 나오지 않았다. 나는 보이지 않는 심연으로 떨어지는 것 같았다. 몸이 흔들리고 요동쳤다.

얼마가 지났을까, 눈을 떴을 때 내 눈앞에 있는 건 칠흑 같은 어둠뿐이었다. 지독한 술 냄새가 코에 확 끼쳤다. 집에 있던 술병이 깨진 것 같았다. 몸을 움직여보려 했지만 참을 수 없는 통증이 날 압도했다. 무언가가 오른쪽 발꿈치에서부터 종아리까지 뚫고 들어와 있는 것 같았다. 무슨 일이 일어났는지 알 수가 없었다. 내 품에 있던 시어머니와 충충도 보이지 않았다.

나중에 안 사실이지만 우리 집 바닥이 솟구쳐 올라와 내려앉은 천정을 지탱해 삼각형 공간이 만들어진 것이었다. 내가 살 수 있었던 것은 나의 상반신이 그 공간에 위치한 덕분이었다. 다리가 부서진 바닥재 밑에 깔려 꼼짝도 할 수 없었다. 내 앞에 있는 시어머니의 다리도 역시 육중한 콘크리트 밑에 깔려있었다. 충충은 어디에 있지?

정신이 드는 순간 팔을 뻗어 충충을 찾았다. 그때 어둠 속에서 시어머니의 목소리가 들렸다.

"움직이지 마. 네가 움직일 때마다 내가 너무 아파."

"충충은 어디에 있어요? 어떻게 됐어요?"

시어머니가 힘없이 대답했다.

"내 품에 있어. 잠이 들었어……."

잠이 들었다고? 그럴 리가 없어! 충충은 우리 중에 제일 밑에 있었으니까 제일 안전해야 했다. 어떻게 그럴 수 있지?

"뭐에 깔렸어요?"

시어머니가 말했다.

"모르겠어. 어떻게 된 건지 보이질 않아."

나는 더 이상 아무 것도 물을 수 없었다.

딸이 죽은 후 견딜 수 없었다

어둠 속에서 두 사람은 한참 동안 아무 말도 하지 않았다. 얼마나 지났을까 밖에서 소리가 들렸다. 처음에는 우리 아버지의 목소리가 들렸고 그 다음엔 이웃들의 목소리도 들렸다. 소리가 들리자 빛을 만난 것 같았다. 발걸음 소리와 목소리가 나를 흥분시켰다. 나는 죽을 힘을 다해 소리쳤다.

"여기 있어요! 우리 여기 있어요!"

그들도 우리 목소리를 들었지만 구조하기가 쉽지 않았다. 우리 말고도 폐허 속에 깔린 사람들이 많았기 때문이다. 곳곳에서 신음소리가 터져 나왔다. 전 남편의 목소리도 들렸다. 물론 그때는 아직 전 남편이 아니었다. 그가 밖에서 내 이름을 부르며 충충은 어떻게 되었냐고 물었다. 시어머니가 충충이 잠들었다고 말하자 그가 믿을 수 없다며 오열했다.

나는 그에게 더 이상 묻지 말라고 했다. 나도 속으로는 분명히 알고 있었지만 시어머니의 대답을 못 들은 것처럼 아무 생각도 하고 싶지 않았다. 그러지 않으면 버틸 수 없었다. 그가 무슨 생각을 했는지 구조대를 불러와 우리를 구해달라고 부탁하고는 어디론가 가버렸다. 우리 아버지만 밖에서 내가 구조되기를 애타게 기다렸다.

나가고 싶었다. 당장 나가고 싶었다. 그곳을 당장 박차고 나가고 싶었다. 밖으로 나가보려고 했지만 다리 위로 무너진 잔해 때문에 아무리 이를 악물고 움직이려 해도 꼼짝도 할 수가 없었다. 우리가 할 수 있는 건 오직 도와달라고 외치는 것뿐이었다. 많은 사람들이 구조에 매달렸지만 우리 곁으로 접근하는 것조차 쉽지 않았다. 구조되지 못한 사람들이 우리 위에도 있고 옆에도 있었다. 아직도 수많은 사람들이 깔려 있으니 한 가운데 있는 우리를 먼저 구할 수는 없었다.

한 시간 또 한 시간, 시간이 흘렀다.

끝이 보이지 않는 어둠 속에서 주위의 신음소리가 점점 약해졌다. 주변의 신음소리가 잦아들수록 내 마음도 조금씩 어두워졌다. 그렇게 수십 시간이 흘렀을 때였다. 곁에 있던 시어머니가 갑자기 딸꾹질을 하기 시작했다. 뭔가 심상치 않았다. 다급하게 시어머니에게 말을 시켰지만 딸꾹질 외에는 아무 말도 없었다. 그리고 얼마 후 딸꾹질이 멈추었고 그 후론 아무 소리도 나지 않았다.

나는 손을 뻗어 그녀의 코에 가져다 댔다. 숨을 쉬지 않았다. 순간 온몸이 굳어버렸다. 아무 생각도 나지 않았다. 시어머니가 그렇게 가버렸다는 걸 믿을 수가 없었다. 잠시 전까지 나와 함께 구해달라고 외쳤던 시어머니가 이렇게 갑자기 떠나다니. 이제 남은 건 나 혼자였다. 나는 무의식중에 팔을 뻗어 충충을 찾았다. 손을 아무리 휘

저어도 잡히는 건 거친 모래와 돌멩이, 딱딱한 시멘트뿐이었다. 바로 그때 내 손 끝에 보드라운 무언가가 닿았다. 충충의 동글동글한 팔이었다.

마음의 준비는 하고 있었지만 충충을 만지기 전까지는 현실을 부인하려는 가소로운 환상을 품고 있었다. 충충이 정말 잠든 걸지도 모른다는, 요행히 살아 있을지도 모른다는 실낱같은 희망이었다. 그러나 그 순간, 충충의 보드라운 살이 내 손에 닿은 그 순간, 나 자신을 애써 속여왔던 이론의 여지마저 사라져버렸다. 가슴 한 가운데가 서늘해졌다.

나는 가만히 웃었다. 괜찮을 거라고, 충충은 무섭지 않을 거라고, 할머니가 같이 가셨으니 무섭지 않을 거라고, 그리고 엄마도 곧 뒤따라갈 거라고 속으로 말했다. 할머니, 엄마, 손녀 셋이 함께 가니까 안타까울 것도 없고 미련도 없다고 되뇌었다. 혼잣말로 중얼거리며 충충에게 말했다. 죽은 것처럼 마음이 평온해졌다.

그때부터 나는 숨을 쉬지 않았다. 아무 소리도 내지 않았다. 아버지가 밖에서 외치는 소리가 들렸다. 아버지는 계속 내 이름을 불렀지만 나는 대답하지 않았다. 아버지의 외침이 울부짖음으로 바뀌었다.

"랴오즈, 괜찮니? 아직 살아 있는 거지?"

잠시 후 또 아버지의 새된 외침이 들렸다.

"사돈어른도 살아계시죠? 왜 아무 소리도 없습니까? 살아계신 거 맞죠?"

아버지의 목소리는 이미 쉴 대로 쉬어 있었다. 하지만 나는 대답하지 않았다. 살아서 뭐해? 날 구조하지 말아요. 살려도 소용없어. 충충도 없는데 나만 살아서 뭐해. 내겐 아무 희망이 없었다.

그렇게 나는 침묵했다. 한 시간 남짓 잠잠했던 세상이 다시 꿈틀대기 시작했다. 여진이었다. 밖에서 사람들이 아버지에게 말하는 소리가 선명하게 들렸다.

"어서 갑시다! 딸은 죽었을 거예요. 나중에 굴착기로 파서 찾을 거예요."

아버지가 성난 목소리로 외쳤다.

"굴착기라니? 내 딸이 저 안에 있는데 구조할 생각은 안 하고 굴착기로 파겠다니!"

"딸이 죽었을 거예요. 살아 있다면 이렇게 오랫동안 아무 소리도 없을 리가 있어요? 어서 갑시다. 여진 때문에 위험해요!"

"아니오! 내 딸은 죽지 않았소! 지쳐서 잠이 들었을 거요! 그냥 좀 쉬고 있는 게 틀림없소!"

나는 정말로 지쳐 있었다. 아버지의 말도 이미 죽어버린 내 마음을 깨워 일으킬 수는 없었다. 나는 충충의 손을 잡았다. 아무 말도 하고 싶지 않았다. 자자. 한숨 자고나면 모든 게 끝날 거야. 이렇게 끝나는 거야. 어둠 속에서 심한 여진이 찾아왔다. 내 위로 덮친 천정 콘크리트가 조금씩 가라앉는 것을 분명히 느꼈다. 나는 눈을 감았다. 자, 이제 내 차례야.

그 순간 밖에서 심한 욕설이 들렸다. 누군가 우악스럽게 고함을 질렀다.

“늙은이가 왜 저렇게 고집을 부려? 거긴 위험하다니까! 빨리 내려와요! 일단 그냥 거기 있어요. 우리가 데리러 갈 테니!”

아버지가 쉰 목소리로 말했다.

“난 안 가겠소. 우리 랴오즈가 저 안에 있단 말이오. 우리 애를 구해주기 전엔 여기서 한 발짝도 안 움직일 거요. 우리 랴오즈는 절대로 죽지 않았소…….”

아버지의 목소리가 힘없이 들렸다. 방금 전 여진으로 아버지가 넘어진 것 같았다. 구조대가 달려와 피하라고 명령했지만 아버지는 그래도 고집을 꺾지 않았다. 순간 가슴속에서 뜨거운 응어리가 왈칵 튀어나오듯 눈물이 솟구쳤다. 나는 울음을 터뜨리며 외쳤다.

“아버지, 나 살아 있어요! 빨리 내려가세요! 어서 피하세요!”

아버지의 목소리가 별안간 다급해졌다.

“랴오즈, 왜 이렇게 오랫동안 대답을 안 했어? 왜 불러도 대답이 없었어? 절대로 잠들면 안 된다!”

내가 대답하지 않던 한 시간 여 동안 아버지도 어쩌면 내가 죽었을지 모른다고 생각하면서도 믿고 싶지 않았던 것이다. 내 목소리를 듣고 극도의 흥분으로 아버지의 목소리가 갈라졌다.

"아버지, 걱정 마세요. 전 괜찮아요. 저는 죽지 않을 거예요!"

지진이 발생하고도 수십 시간 동안 깜깜한 폐허 속에 갇혀 있던 내가 그제야 울음을 터뜨렸다. 그때까지 믿기지 않는 일을 겪는 동안 나는 한 번도 울지 않았다. 시어머니의 죽음, 충충의 죽음 이 모든 것이 그저 영원히 깨지 않는 악몽 같았고 내 마음도 그들을 따라 함께 죽어버려 울음도 나오지 않았다. 그런데 그 순간 나는 무너져 버렸다.

운명이 내게 너무도 잔인하고 가혹하다고 느꼈다. 충충의 죽음은 내게 감당할 수 없는 충격이었다. 차라리 죽는 게 낫다고 생각했다. 그러나 내겐 아버지가 있었다. 아버지가 밖에 있었다. 엄마도 타지에서 일하고 계신데 내가 이대로 죽어버리면 딸 하나 뿐인 부모님은 어떻게 사실까? 하나님, 살려주세요. 밖으로 나갈 수 있게 해주세요! 이렇게 죽을 순 없어요. 아버지에게 고맙다는 말도 못했어요. 맹세할게요. 살아서 여길 나갈 수만 있다면 앞으로 남은 제 인생을 모두 바쳐 아버지께 보답하며 살게요…….

삶에 대한 열망의 불씨가 다시 피어올랐다. 그럴수록 그 시간이 더욱 고통스러웠다. 언제 구조될까? 시간이 얼마나 걸릴까? 몇 시간? 하루? 이틀? 사나흘? 나는 점점 이성을 되찾았다. 그 어느 때보다도 냉정했다. 내가 처한 상황을 정확히 판단하고 어떻게 해야 구조될 때까지 죽지 않고 버틸 수 있을지 생각했다. 구조되려면 아주 오랜 시간이 걸릴 것 같았다. 내 주변의 상황을 밖에 있는 구조대에게 자세히 설명했다.

“사람 손으로는 힘들어요. 크레인이 있어야 해요.”

얼마 후 크레인이 도착했다. 크레인을 이용해 제일 위에 있는 콘크리트는 치워냈지만 더 이상은 제거할 수가 없었다. 건물이 무너지면서 콘크리트가 약해져서 크레인으로 섣불리 들어 올렸다가는 공중에서 부서져 내릴 가능성이 컸다. 아버지의 설명에 내가 결단을 내렸다.

“어쩔 수 없어요. 모험을 할 수밖에. 크레인으로 계속 들어내세요. 잘못돼도 어쩔 수 없어요.”

그건 정말 생사를 건 모험이었다. 나중에 아버지에게 들으니 당시 모든 구조대가 숨조차 크게 쉬지 못하고 크레인만 뚫어지게 쳐다보았다고 한다. 콘크리트 덩어리가 공중에서 부서져 떨어진다면 나는 그대로 죽는 것이었다. 콘크리트 덩어리를 조심스럽게 들어 올려 옆으로 옮기자마자 콘크리트가 부서지면서 와르르 쏟아져 내렸다. 하지만 그게 다가 아니었다. 그 밑에 깔린 콘크리트 덩어리를 또 들어내야 했다. 생명을 건 도박이었다.

당시 아버지가 얼마나 가슴을 졸였을지 나로선 다 헤아릴 수도 없다. 콘크리트 덩어리가 와르르 부서지는 소리가 내 고막을 세게 두들겨댔을 뿐이다. 두 번째 덩어리도 그리 멀리 옮겨지지 않아서 부서졌다. 내 머리 위에서 부서졌다면 나는 그 자리에서 죽었을 것이다. 콘크리트 덩어리 두 개를 치워내자 한결 숨통이 트이는 것 같았다.

나는 놓쳤던 생명의 끈을 다시 잡고 일어섰다. 그때 나와 함께 잔해 속에 매몰되었던 사람들 중 생존자는 나 하나뿐이다.

생명의 빛을 보았다

지진이 발생하고 하루가 지났다. 처음에 도착한 구조대는 크레인을 사용하지 않았다. 내 위에 있는 폐허 속에 매몰된 사람들이 있었기 때문이다. 그러나 매몰된 사람들이 점점 숨을 거두자 구조작업이 시신수색작업으로 전환되어 크레인을 동원해 폐허 속을 뒤지기 시작했다. 아이러니하게도 그 덕분에 내게도 구조의 희망이 생겼다. 아직도 콘크리트가 두세 겹으로 날 누르고 있었지만 더 이상 크레인을 사용할 수 없었다. 콘크리트가 다 부서져 이제는 사람 손으로 구멍을 뚫을 수밖에 없었다.

구조대가 내게서 일 미터 남짓 떨어진 곳부터 구멍을 뚫기 시작했다. 콘크리트 층이 비교적 얇은 곳이었지만 뚫어낸 구멍이 너무 좁아 사람이 들어올 수 없었다. 하는 수 없이 몸집이 작은 남학생을 불러왔다. 구조작업을 하는 군인이 아니라 자원봉사를 하러 온 평범한 남학생이었다. 구멍으로 들어온 학생이 손전등으로 내 얼굴을 비추었다.

그때의 감격스러움은 이루 말로 할 수 없다. 이토록 오래 기다려서야 바깥 사람을 보게 되다니! 나는 학생의 손을 움켜잡았다. 나 가지 말고 내 곁에 함께 있어주길 바랐다. 학생은 날 구조하러 왔다며 나를 안심시켰다. 하지만 내가 끼어 있는 틈이 너무 비좁아 학생이 가지고 온 연장을 사용할 수가 없었다. 학생이 망치를 꺼내 내 머리 근처의 콘크리트를 두들기기 시작했다. 바닥을 파서 나를 꺼내려는 것이었다.

그 정도로는 역부족이었다. 나는 먼저 짓눌려 있는 왼쪽 다리 옆쪽으로 바닥을 파서 다리를 빼내자고 했다. 하지만 그가 내 오른쪽에 있어서 왼쪽으로 들어올 수가 없었다. 내가 망치를 받아 내 앞쪽에 있는 잔해들을 두드려 치워냈다. 학생이 기어들어갈 정도의 공간이 생기자 둘이서 번갈아가며 망치질을 했다. 아직은 아주 작은 희망뿐이지만 망치로 두드릴수록 희망이 점점 커지는 것 같았다.

밖에서도 사람들이 잔해를 치우며 안으로 점점 파고들어왔다. 안팎에서 함께 힘을 합쳐 한 시간 만에 드디어 구멍이 뚫렸다. 나는 마침내 바깥세상의 빛을 볼 수 있었다. 날이 벌써 환하게 밝아 있었다.

여러 사람이 힘을 합쳐 파낸 끝에 잔해 더미 아래 깔렸던 왼쪽 다리는 끄집어냈지만 오른쪽 다리는 여전히 꼼짝도 하지 않았다. 나는 구조대에게 칼을 가져오라고 했다. 구조대는 내가 자살하려는 줄 알고 깜짝 놀랐다.

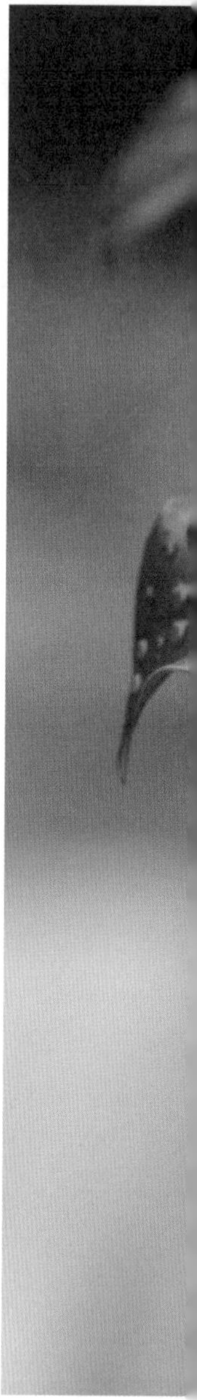

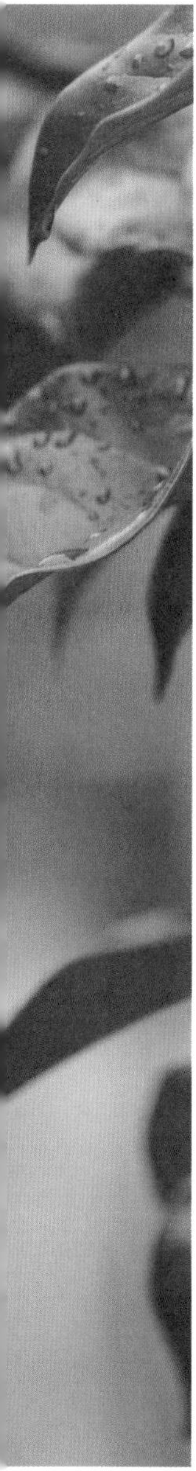

“이제 와서 어떻게 자살하겠어요? 꼭 살아서 나갈 거예요. 하지만 다리가 너무 꽉 끼어서 나갈 수가 없어요. 깔린 다리를 잘라야겠어요.”

아버지가 정말로 칼과 마취제를 구하러 달려갔지만 물론 의사가 내어주지 않았다. 그렇게 다리를 절단했다가는 심한 출혈로 죽음을 더 앞당길 뿐이라는 것이었다. 또 무슨 방법이 있을까? 나는 통증을 참으며 이 한 가지만 냉정하게 생각했다.

다리 전체가 마비되어 감각이 사라진 지 오래였지만 다리 안의 인대에서 통증이 계속되고 있었다. 폐허 속에 파묻혀 있는 동안 두 다리가 벌어져 왼쪽 다리는 위에 얹히고 오른쪽 다리는 아래에 깔려 장난감 인형처럼 자세가 어색하게 뒤틀려 있었기 때문에 인대가 늘어나 통증이 뼛속으로 사무쳤다. 고통을 참기 위해 오른손 집게손가락을 악물었는데 통증이 제일 심했을 때는 손가락에서 피가 철철 나는데도 손의 통증을 느낄 수 없을 정도였다. 그치지 않고 계속되는 통증이 온몸 구석구석으로 퍼져 구조대가 조금만 건드려도 참을 수 없이 고통스러웠다.

나중에 돌이켜 생각하니 하나님이 나를 살려준 것은 정말로 큰 행운이었다. 내가 무용을 배워 평소에 인대를 계속 단련시키지 않았더라면 나는 절대로 그 통증을 견뎌낼 수 없었을 것이다. 사람이 정말로 아파서 죽을 수도 있다는 사실을 그때 알았다. 그러나 나는 죽을 수 없었다. 살아서 나가야 했다.

유일한 생존자

구조 작업 중에 또 여진이 찾아왔다. 구조대는 잠시 대피했다가 여진이 조금 약해지면 다시 곧장 달려와 구조 작업을 계속 했다. 처음 구멍으로 들어와 나를 구조해 준 남학생이 달려와 울었다.

"죽으면 안 돼요. 누나를 구하려고 이렇게 오랫동안 애썼잖아요. 꼭 살아야 해요."

하지만 오른쪽 다리의 상황이 심각했다. 너무 깊이 파묻혀 빼내는 것이 간단한 문제가 아니었다. 여진이 몇 차례나 계속될지 아무도 장담할 수 없었다. 파낸 구멍이 튼튼하지 못해 언제 다시 무너질지 모르는 일이었다. 다른 방법은 없었다. 서둘러 결단을 내려야 했다. 그때 구조대가 한 가지 제안을 했다. 여럿이 힘을 합쳐 내 오른쪽 다리를 억지로 잡아 빼는 것이 어떠냐는 것이었다. 나는 감히 반대할 수 없었다. 다른 방법을 생각할 겨를도 힘도 없었다.

"그렇게 해요."

구조대는 옷을 둘둘 말아 내 입에 물리고 여러 사람이 내 무릎을 잡았다. 하나, 둘, 셋! 한쪽에서 구령을 붙이고 한쪽에서는 다리를 잡아당겼다. '콰당' 소리와 함께 다리가 빠져나왔다. 고통스러울 것이라는 상상은 했지만 그 순간의 고통은 내 상상을 천만 배는 넘어서는 것이었다. 다리 안쪽의 살 전체를 찢어내는 고통의 크기를 감히 상상할 수 있을까?

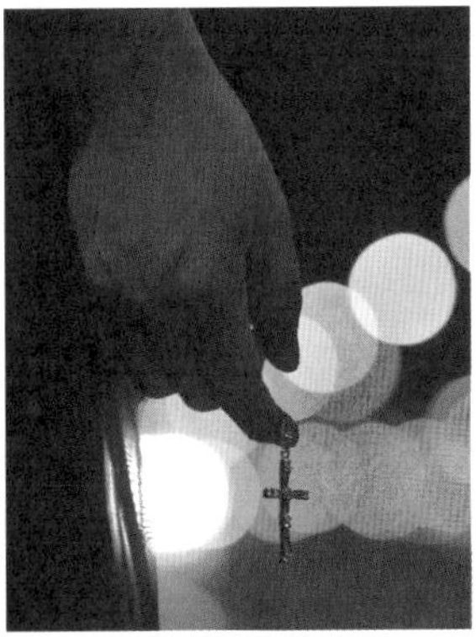

다리가 모두 빠져나왔을 때는 내 입에 물려 있던 옷 뭉치가 다 너덜너덜해졌다. 턱 전체가 부서져나간 것 같았다. 그 순간 아무 것도 보이지 않았다. 주위가 어두컴컴해지고 온몸이 식은땀으로 흠뻑 젖어 한 마디도 할 수 없었다. 심장이 턱 멈춰버린 듯 했다. 깊이 들이마신 숨을 내뱉을 수가 없었다. 눈앞이 아득해지고 정신이 까무러졌다. 사람들의 외침만 귓가에 맴돌았다.

"정신을 잃었어! 호흡이 멈췄어!"

"빨리 의사 불러!"

"인중을 꼬집고 등을 두드려!"

구조대가 아우성이었다. 인중 혈을 꼬집고 손을 주무르고 등을 두드렸다. 사람들이 내 이름을 불러댔다. 나는 잠시 후 컥 하고 기침을 토해냈다. 정신이 돌아온 순간 호흡이 약해졌다. 나를 둘러싸고 황급하게 움직이고 있는 사람들에게 힘없이 말했다.

"내 딸을 찾아줄 수 있나요? 딸을 안고 싶어요."

그들은 고개를 저었다. 더는 지체할 수 없다는 것이었다. 나는 곧장 병원으로 옮겨졌다. 그때 누군가 달려와 내 몸 위로 엎드려 내 손을 잡았다. 내 몸을 다 잡아당길 듯 강한 힘이었다. 그가 통곡하며 울부짖었다.

"랴오즈, 우리 집은 한 명도 못 구했어. 우리 아파트에서 살아서 구조된 건 너 하나뿐이야. 꼭 살아야 해! 죽으면 안 돼!"

나중에 안 사실이지만 내가 사는 아파트에서 지진과 함께 매몰된 사십 여 명 가운데 나 혼자만 살아남았다. 그 순간 나는 내가 정말로 커다란 행운을 얻었음을 알았다. 폐허의 한 가운데에 깔려 생존보다는 사망의 확률이 훨씬 큰 상황에서 나는 살아서 구조된 것이다. 하늘이 나를 사랑하고 있다는 걸 느끼며 이것이 내게 주는 어떤 계시라고 생각했다.

병원으로 옮겨지기 전, 나는 나를 구한 남학생의 손을 잡고 이름을 물었지만 학생이 고개를 저으며 큰소리로 울기만 하는 바람에 더 이상 묻지 못했다. 그 학생의 생김새도 기억나지 않는다. 내가 유일하게 기억하는 것은 그날 먼지범벅이 된 시커먼 그의 얼굴 위로 나 있던 하얀 눈물자국 두 줄 뿐이다. 내 눈에 그는 천사였다.

나는 스물여섯 시간을 꼬박 매몰되어 있었다. 아마도 나는 그 남학생이 구조 작업에 참여해서 유일하게 살려낸 사람일 것이다. 내 기억 속에서 그날의 그는 한왕진의 폐허더미 속에서 계속 울고 있고 그의 큰 울음소리에 모든 이가 울었다.

생명은 우리에게 가깝고 익숙한 것이다. 우리는 익숙하다는 이유로 생명의 소중함을 잊어버리곤 한다. 생명이 영원히 사라지지 않을 것 같을 때 우리에게는 자기 자신밖에 보이지 않는다. 마치 자신이 왕인 듯 작은 상처를 입거나 조금만 억울한 일을 당해도 온 세상이 자신에게 빚진 것처럼 화를 내고 고래고래 소리를 지른다.

그러나 생명이 자기 앞에서 점점 멀어져가는 순간, 지난 시간들이 주마등처럼 뇌리를 스쳐지나갈 때에는 누가 누구에게 잘못하고 누가 누구를 더 사랑했느냐는 중요하지 않다. 그때는 사랑하면서도 잘해주지 못했던 사람들, 상처를 입히고도 "미안해"라는 말 한 마디 건네지 못한 사람들, 꼭 끌어안아주지 못했던 사람들이 떠오른다. 생사의 갈림길에서는 오로지 그들만 생각났다.

사랑에는 옳고 그름이 없다. 사랑은 모든 잘못도 지울 수 있다. 사랑은 작은 일에 연연하고 계산하지 않는다. 사랑은 만족을 통해 얻는 것이다. 사랑에는 두려움도 없다. 혹한에서도 온기를 느낄 수 있는 것이 사랑이다. 사랑 앞에서 사람들은 자신의 어두운 그림자를 보지만 그 그림자의 반대쪽에는 영원히 사그라지지 않는 빛이 있다.

포기할 수 있다면 그건 사랑이 아니다.

— 랴오즈

Chapter 2

다리 절단,
과거를 잘라내야 내일이 있다

SA

내 다리를 잘라주세요

병원으로 옮겨진 후 나는 바닥에 눕혀졌다. 여진이 계속되고 있고 병원은 밖에까지 환자들로 가득 차 있었다. 바닥에 누워 있는 사람들은 대부분 참혹하리만치 심한 중상을 입은 이들이었다. 어떤 사람은 팔다리가 모두 짓이겨져 형체를 알아볼 수 없게 피범벅이 되어 있었다. 죽은 사람과 산 사람이 한데 뒤엉켜 있었다. 의사와 간호사가 뛰어다니며 아직 숨이 붙어 있는 사람들을 추려내 병원 로비로 옮겼다. 나도 죽은 사람들 틈에 있다가 발견되었다.

병원 로비에는 침상도 없었다. 의료진들은 나를 임시로 솜이불에 눕혀놓은 뒤 부상이 심각한 다른 환자를 먼저 수술했다. 귀가 없는 사람, 얼굴 절반이 사라진 사람, 심지어 손이 잘린 사람도 경상에 속해 수술 순서가 뒤로 밀렸다. 나는 거의 삼십 시간 동안 매몰되어 있었기 때문에 짓눌려 있던 몸이 빠져나오자마자 혈액이 갑자기 돌아

신부전과 패혈증이 생길 가능성이 컸다. 언제든 죽을 수 있다는 뜻이었다.

콘크리트 더미 아래 깔려 있을 때는 구조대와 대화를 나눌 정도의 기력이 있었지만 구조된 후에는 전신에서 기운이 다 빠져나가 입도 벙긋하기 힘들었다. 의사는 내 상태를 보고 위급하다며 곧장 수술에 들어갔다. 구급차를 타고 병원으로 가는 동안 나는 동행해 준 사촌동생에게 내 다리를 지킬 수 없을 것 같다고 말했다. 사촌동생은 그럴 리 없다고 위로하면서도 생명을 잃는 것과 비교하면 다리를 잃는 것은 아무 것도 아니라고 말했다.

예상대로 의사는 간단한 검사 후 내 다리가 형체를 알아볼 수 없을 만큼 으스러졌다고 했다. 그때 나는 이미 온몸이 마비된 듯 통증조차 느낄 수 없었다. 의사는 두 다리 모두 절단해야 한다고 말했다. 보호자의 서명 없이 이렇게 위험한 수술을 할 수는 없었고 사촌동생은 미성년자인 탓에 수술동의서에 서명할 자격이 없었다. 내가 직접 서명하겠다고 하자 의사는 의구심 가득한 눈으로 내게 물었다.

"아가씨, 다리 절단 수술이 뭔지 알고 있어요?"

"알아요. 다리를 잘라내는 거잖아요."

의사가 다시 물었다.

"이 수술동의서에 직접 서명할 수 있어요?"

"빨리 서둘러주세요. 시간 끌다가는 죽을지도 몰라요."

나는 땀이 비 오듯 흐르고 호흡이 가빠지고 있었다. 시어머니가 숨을 거두기 전의 증상과 비슷했다. 수술을 서둘러야 한다는 것을 직감했다. 중요한 건 다리가 아니라 목숨이었으니까.

내가 수술동의서에 서명하는 순간 옆에 있던 사촌동생이 와락 울음을 터뜨리며 의사의 옷소매를 붙잡으며 외쳤다.

“선생님, 우리 누나를 데려가지 말아요! 누나 다리를 자르지 말아요…….”

사촌동생의 울부짖는 모습에 가슴이 저릿저릿했다. 평소에 감정을 잘 표현하지 않던 아이가 누나인 나를 이토록 지키려하다니. 눈물이 걷잡을 수 없이 쏟아져 내렸다. 나는 사촌동생의 손을 잡으며 물었다.

“내가 다리가 없어도 네 누나인 건 변함없지?”

나는 고개만 힘껏 주억거리는 사촌동생을 위로했다.

“의사 선생님이 누나를 살려줄 거야. 괜찮아.”

나는 서둘러 수술실로 옮겨졌다. 수술실이라고 해봐야 임시로 세워놓은 천막이었다. 천막 안에 수술 침대 세 개가 놓여 있고 세 건의 수술이 동시에 진행되었다. 다리 절단 수술은 일반적으로 전신 마취 후에 진행하지만 마취약도 없고 전문 마취사도 없어 반신 마취를 선택할 수밖에 없었다.

반신 마취를 하는데 오한이 나고 두려워 온몸이 바들바들 떨렸다. 여러 명의 의사가 내 몸을 누르며 떨지 말라고 했다. 몸이 이렇게 떨리면 마취약을 주사할 수 없다는 것이었다. 의사와 간호사들이 내 몸을 꽉 붙들고 한참만에야 겨우 마취제를 주사했다. 의사는 내게 감각이 있는지 물었고 나는 감각이 없다고 대답했다. 나는 너무 무서웠다. 잠들고 싶었지만 잠이 오지 않았다.

수술 내내 말짱하게 깨어 있었고 사람들이 움직일 때마다 나는 소리가 또렷하게 귓가에 전해졌다. 전기톱 돌아가는 소리가 들리자 극도의 긴장감이 엄습했다. "톱을 사용하고 있나요?"라는 나의 물음에 의사는 그렇다고 말했다. "톱으로 내 다리를 절단하려는 건가요?"라고 묻자 의사는 그렇다고 대답했다.

날 가려주는 건 아무 것도 없었다. 천으로 된 가림막 하나가 내 배 위에 드리워져 있을 뿐이었다. 그 천을 사이에 둔 채 나는 나의 두 다리와 영원히 작별했다. 전기톱 소리가 너무도 선명하게 귓속으로 파고들었다.

죽을 만큼 무서웠다.

8시간이 넘는 기나긴 절단 수술

수술은 예상보다 훨씬 길었다. 수술하는 동안 그냥 잠들어 있었다면 얼마나 좋을까. 하지만 자려고 할수록 잠이 오지 않았다. 가까스로 설핏 잠이 들었다가 눈을 떴다. 수술이 다 끝난 줄 알았지만 여전히 계속되고 있었다. 오른쪽 다리를 절단할 때 의사가 내게 물었다.

"무릎을 남길까요? 오른쪽 다리는 부상이 너무 심해서 무릎을 남기면 감염의 우려가 있습니다. 감염되면 다시 절단해야 합니다."

나는 대답했다.

"어쨌든 아직은 감염되지 않았으니 무릎을 남겨주세요."

다리 절단 수술이 진행되는 동안 나는 의사와 계속 이야기를 나누었다. 지진이 발생한 후 너무 많은 응급치료와 수술에 시달려 의료진 모두 기진맥진한 상태였다. 처음에 내가 용기를 내어 의사에게 말을 건 것은 그저 그들이 과도한 피로로 인해 수술 도중에 졸기라도 하면 어쩌나 걱정되었기 때문이다. 그런데 이런 저런 이야기를 나누다 보니 나도 모르게 긴장이 풀리기 시작했다.

지진이 발생한 순간부터 그때까지 나는 내게 일어난 그 모든 일들을 돌이켜 볼 시간이 없었다. 그런데 의사와 이야기를 나누며 나도 모르게 내가 겪은 일들 중 황당하고 우스운 대목을 골라 이야기하고 있었다. 예를 들면 처음에는 어느 집에서 가스가 폭발한 줄 알았고 콘크리트 더미에 깔렸을 때는 지구 종말의 날이 왔구나 생각했는데 그 와중에도 우리 집 텔레비전을 어떻게 꺼내야 하나 생각이 들더라는 이야기 같은 것들 말이다. 내 이야기에 의사들도 긴장이 풀렸는지 나와 대화를 주고받기 시작했다.

장장 8시간이나 걸린 기나긴 수술이었다. 수술 내내 대화를 나누지 않았더라면 내가 그 시간을 어떻게 버텨냈을지 모르겠다. 수술이 끝나자 더 극심한 통증이 찾아왔다. 거의 절반쯤 잘린 다리가 마치

굵은 철사에 관통당한 것처럼 못 견디게 아팠다. 뼛속 깊이 스미는 통증이 콘크리트 더미에 깔려 있을 때와 조금도 다르지 않았다.

나는 솜이불 위로 다시 옮겨졌고 얼굴에 산소마스크가 씌워졌으며 전신에 각종 관이 끼워졌다. 바깥은 여전히 수많은 부상자들로 발 디딜 틈 없이 가득 차 있었다. 그때 아버지와 전 남편이 나를 찾아왔다. 나는 견딜 수 없는 통증 때문에 쉬지 않고 몸을 뒤척였다. 자세를 바꾸어 통증을 조금이나마 분산시키려 했다. 그러나 나 혼자서는 몸을 돌리는 간단한 동작조차 제대로 할 수 없었다.

아버지와 전 남편은 내 몸을 들어 올려 자세를 바꾸어주었다. 나는 1분마다 한 번씩 몸을 뒤척여야 했다. 그렇게라도 하지 않으면 고통을 참을 수 없었다. 다리를 절단한 것 외에도 허리, 배, 등, 얼굴, 손 등등 온몸이 상처투성이에 반창고가 덕지덕지 붙어 있었다. 아버지와 전남편은 눈을 질끈 감고 내가 몸을 돌릴 수 있도록 도와주었다. 두 사람은 30시간 넘게 눈 한 번 붙이지 못한 상태였다.

두 사람의 지친 모습을 보는 순간 코끝이 아려왔다. 두 사람이 너무 측은했다. 특히 아버지는 지진이 일어난 후 단 한 순간도 눈을 붙이지 못했다. 내가 구조된 후 충충과 시어머니의 시신을 수습해 장사를 지낸 뒤 곧바로 내게 온 것이었다. 가슴이 말할 수 없이 아팠다. 정말로 두 사람을 더 이상 힘들게 하고 싶지 않았다. 나는 말했다.

"아버지, 전 괜찮아요. 눈 좀 붙이세요. 여기서 좀 주무세요."

두 사람은 내 옆에 누워서 이내 잠이 들었다. 두 사람이 잠든 후

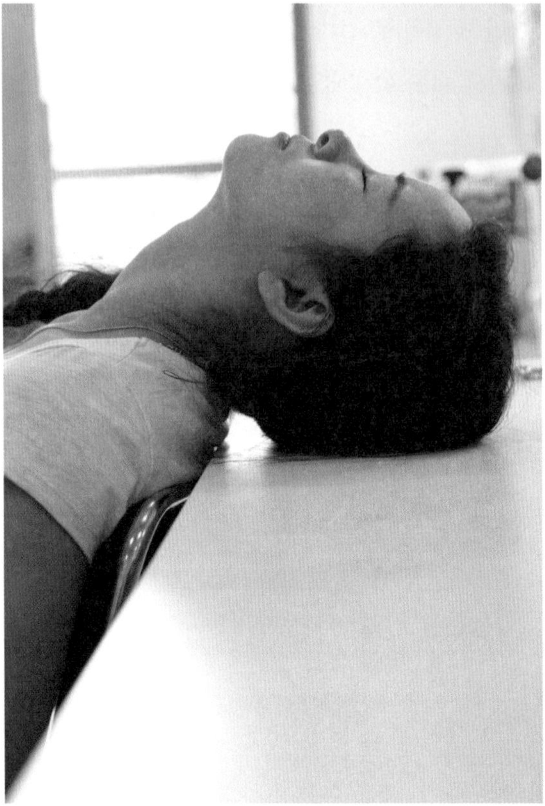

나는 혼자 몸을 옆으로 돌리는 연습을 했다. 어차피 통증 때문에 잠을 잘 수도 없었다. 몸을 꼼짝도 할 수 없었지만 침대 시트를 붙잡고 조금씩 몸을 움직였다. 그렇게 몇 시간 동안 사투를 벌인 끝에 겨우 몸을 옆으로 돌리는 데 성공했다. 그 순간 내가 얼마나 기뻤는지 모른다. 감격스러움에 나도 모르게 외쳤다.

"내가 몸을 돌렸어!"

옆에서 절단 수술 후 산소호흡기를 쓰고 있던 어린 소년이 내 말을 듣고 서둘러 산소호흡기를 벗더니 흥분한 말투로 물었다.

"누나, 혼자서 몸을 돌린 거예요?"

"그래!"

나는 아이에게 물었다.

"넌 아직 못해?"

"네. 너무 아파요. 다리에 납덩이가 든 것처럼 무거워요."

"나도 그래. 하지만 혼자 몸을 돌리는 걸 배워야 해. 주변 사람들을 계속 힘들게 할 순 없잖아."

나는 시트를 잡고 아이에게 시범을 보였다. 그때 아이가 갑자기 외쳤다.

"누나! 다리에서 피가 나요! 악, 무서워요!"

나는 내 다리를 자세히 들여다보았다. 다리를 절단한 이후로 나는 내 다리를 똑바로 쳐다볼 용기가 없었다. 붕대 끝부분이 선홍빛으로 물들어 있었다. 맙소사! 너무 무서웠다. 나는 차마 계속 쳐다보고 있을 수가 없었다.

드레싱은 고통이자 시련이었다

치료하는 동안 제일 무서운 것이 드레싱이었다. 아팠다는 기억 외에는 아무 것도 없다. 결국 나는 가장 우려했던 감염을 피해가지 못했다. 다리 절단 부위의 일부가 감염되자 곧 무릎 전체가 감염되었다. 수술 이틀 후 밤새도록 폭우가 내렸고 이튿날 아침 천막에서 깨어보니 침상이 빗물에 흠뻑 젖어 있었다. 그날 밤 절단 부위가 절반 넘게 감염되었다. 새로 돋은 살까지도 괴사되기 시작했다. 의사는 드레싱을 하면서 이미 썩어버린 살점을 조금씩 뜯어낸 후 감염이 진행되지 않도록 솜뭉치로 상처를 틀어막았다.

드레싱을 할 때마다 나는 공포와 통증으로 옷이 흠뻑 젖을 만큼 땀을 흘렸다. 나는 드레싱 하는 과정을 똑바로 쳐다볼 수조차 없었다. 너무 무서웠다! 드레싱 수레의 바퀴 소리만 들려도 나도 모르게 온몸의 솜털이 곤추 섰다. 하지만 드레싱은 하루도 빠짐없이 받아야 하는 필수 일과였다. 드레싱은 한 시간 남짓 걸렸는데 도망칠 수 없으니 참고 견디는 수밖에 없었다.

사실 드레싱을 무서워하는 것은 나 혼자만이 아니었다. 모든 환자들이 비슷했다. 드레싱 수레의 바퀴 구르는 소리가 가까워지면 그때부터 벌벌 떨며 우는 사람들이 많았다. 매일 드레싱 하는 시간이면 병원 곳곳에서 비명과 흐느낌이 터져 나왔다. 그런데 이상하게도 나는 울음도 비명도 나오지 않았다. 드레싱을 하는 내내 땀을 흘리며 두 눈을 질끈 감고 이를 악물었다. 더 이상 이 무서운 광경을 보고 싶지 않았다.

사람이 날마다 이런 스트레스를 받고 사는데 우울하지 않을 수 있을까. 드레싱이 끝난 후에도 좀처럼 우울함이 가시지 않았다. 오늘의 고통은 지나갔지만 이 고통이 내일 또다시 반복될 것이기 때문이었다. 그때 유일하게 나를 지탱해준 것은 우스운 이야기였다. 매일 드레싱이 끝난 후 나는 주변 사람들과 우스운 이야기들을 주고받으며 웃고 떠들었다. 내가 알고 있는 우스운 이야기들을 모두 떠올려 이야기해주며 함께 박장대소했다.

병문안을 온 친구와 자원봉사자들이 필요한 게 있느냐고 물으면 나는 언제나 재미있는 영화나 드라마만 있으면 아무 것도 필요치 않다고 말했다. 그렇게 웃고 떠들어 주의력을 분산시켜야 했다. 안 그러면 당장이라도 무너져버릴 것 같았다. 통증이 엄습할 때마다 주성치가 영화《007북경특급(國產凌凌漆, From Beijing With Love, 1994)》에서 상처를 치료하던 웃긴 장면을 떠올리면 나도 모르게 입가에 웃음이 번졌다.

나는 하루 빨리 회복하기 위해 애썼다. 친구나 자원봉사자들이 항상 곁에 있어서 내가 무엇을 하든 도와주려고 했지만 그럴 때마다 나는 혼자 할 수 있는 일은 스스로 할 테니 내가 정말 할 수 없는 일만 도와달라고 말했다. 나는 침대 위에서 엉덩이를 조금씩 움직이는 연습을 했다. 엉덩이로 지탱하고 자리를 옮겨가며 할 수 있는 일들을 배웠다. 엉덩이로 걷는 이 기묘한 동작을 할 때면 나의 짧은 두 다리가 몽둥이 같아서 우스꽝스러웠다.

나는 자세를 여러 가지로 바꾸며 친구들에게 휴대폰으로 사진을 찍어달라고 부탁했다. 내게는 그것이 시간을 보내는 방법이자 잠시나마 주의력을 분산시켜 통증을 잊는 방법이었다. 똑같은 효과를 내는 또 하나의 방법이 있었는데 바로 친구가 휴대폰 게임 하는 것을 옆에서 구경하는 것이었다. 나는 날마다 이런 방법으로 주의력을 돌려 드레싱에 대한 공포에서 점점 벗어날 수 있었다.

사랑은 서로 주고받는 작은 온기다

시간이 흐르면서 의사와 간호사들도 내가 있는 천막을 좋아하게 되었다. 병원의 천막들 중 이곳에서만 웃음소리가 떠나지 않았기 때문이다.

참혹한 지진은 너무 많은 생명을 앗아갔다. 날마다 수많은 생사이별을 직접 목도한다는 것은 치료를 책임진 의료진들에게 견디기 힘든 또 하나의 심리적 고통이었다. 당시 재난 지역에는 의료 인력 부족이 심각해서 모든 의사와 간호사가 연일 철야 근무를 하며 부상자들에게 매달려야 했다. 퇴근은 생각도 할 수 없었다. 자신도 과중한 피로에 시달리면서 환자들을 돌본다는 건 초인적인 힘이 필요한 일이었다.

의사와 간호사들은 내가 있는 천막에 오는 시간이 하루 중 유일하게 즐겁고 기다려진다고 말했다. 다른 천막에서는 절망에 찬 울음과

비명 소리를 들어야 해서 괴롭지만 우리 천막에서는 병원에서 듣기 힘든 웃음소리를 들을 수 있기 때문이었다. 나는 그들의 마음을 누구보다 이해할 수 있었다. 고통 앞에서 자신을 위로하며 의연할 수 있는 사람이 얼마나 될까? 나중에는 중년의 병원장마저도 매일 우리 천막에 와서 앉아 있다 가곤 했다. 그래야만 잠시라도 심리적인 스트레스를 덜어낼 수 있다고 말했다.

사람을 살리는 숭고한 일을 하는 이들이었지만 그들에게도 똑같이 격려와 위로가 필요했던 것이다. 그래서 나는 의사와 간호사들이 찾아오면 항상 웃는 얼굴로 반기며 함께 휴대폰 게임을 하고 우스운 이야기를 나누었다. 나는 심지어 우스워 죽겠다는 말투로 내가 다리

절단 수술을 받을 때의 이야기를 해주었고 내 이야기에 모두들 배꼽을 쥐고 웃었다. 아마 그때부터 나는 유머를 잃지 않고 삶을 재미있게 사는 법을 배우기 시작했던 것 같다.

그때 내 곁에는 세 명의 친한 친구가 있었다. 무용학교에서 함께 일했던 동료교사와 나의 중학교 동창 그리고 대학생 친구였는데 그 친구 역시 나의 중학교 동창으로 베이징에서 학교를 다니다가 지진 소식을 듣고 한달음에 내려온 친구였다. 세 친구가 매일 찾아와 내 곁을 그림자처럼 지키다가 내가 잠든 후에야 돌아가곤 했다.

어느 날 밤 천막 밖에서 누군가 우는 소리가 들렸다. 가만히 들어보니 세 친구가 바깥에서 나누는 이야기소리가 새어 들어왔다.

"랴오즈는 이제 어떻게 하지? 상황이 이렇게 됐는데 왜 남편은 오지도 않는거야."

"랴오즈가 웃고 떠드는 걸 볼 때마다 가슴이 찢어지는 것 같아."

친구들은 자신들이 날 위해 무엇을 할 수 있는지 이야기했다. 나를 도울 방법을 생각하다가 흐느끼며 훌쩍이기 시작했다. 친구들은 울면서 조그만 소리로 날 걱정하고 있었다. 나는 친구들의 이야기를 똑똑히 들을 수 있었다. 내 눈에서도 소리 없이 눈물이 흘러내렸다. 매일 밤 친구들이 내가 잠든 걸 확인하고 내가 깰세라 살금살금 일어나 돌아갈 때 사실 나는 잠든 것이 아니었다. 친구들이 걱정할까봐 잠든 척 했던 것이다.

친구들이 나누는 대화를 들으며 나는 내가 정말로 운이 좋다고 생각했다. 모든 걸 잃고 아무 것도 없는 나를 그렇게 사랑해주고 진심으로 걱정해주는 친구들이 셋이나 있다니 난 정말 행운아였다. 자기 생활도 포기한 채 매일 나를 찾아와준 친구들에게 진심으로 감동했다. 내 곁에 있어주기 위해 한 명은 결혼을 미루었고 한 명은 학업도 내던졌으며 또 한 명은 직장까지 그만두었다는 걸 나는 알고 있었다. 이런 우정을 얻었는데 무얼 더 바랄까?

낮에는 아무 일도 없는 듯 내게 우스운 이야기를 들려주고 함께 웃고 떠드는 친구들이 밤에는 나 몰래 숨어서 날 걱정하며 울 거라고는 생각도 하지 못했다. 나중에 친구들은 내게 말했다. 내가 드레싱 받는 걸 지켜볼 때마다 눈물이 울컥 솟구쳤지만 속으로 '울면 안 돼! 울면 안 돼! 랴오즈는 저렇게 씩씩하잖아. 내가 울면 랴오즈가 얼마나 힘들겠어? 랴오즈를 힘들게 하면 안 돼'라고 되뇌며 눈물을 삼켰다는 것이다.

친구들에게 받은 위로는 내게 정말이지 커다란 힘이 되어주었다. 무슨 일이 있어도 나는 혼자가 아니었다. 나를 사랑하는 친구들이 내 곁에 있으니 두렵지 않다고 생각했다. 말로 다 할 수 없는 커다란 사랑이 곁에 있다는 생각에 잃어버린 것들은 작게 느껴졌다. 잃은 것을 원망하기보다 가진 것에 감사했다. 그들이 있어서 참 다행이었다.

외동딸인 나는 형제자매가 없기 때문에 어릴 적부터 친구들이 소중했다. 지진이 발생하기 전 친구가 어려움을 당하면 두 팔 걷어붙이고 나서서 도왔다. 그 덕분에 내게 불행이 찾아오자 친구들이 자기 일처럼 나를 도와주었다. 하지만 내가 친구들을 위해 해주었던 건 사실 보잘 것 없는 일들이었다. 그런데도 하늘이 나를 특별히 사랑해 많은 것을 잃은 내가 버티지 못할까 봐 천사 같은 친구들을 내게 보내준 것 같다.

세상이 점점 냉랭하고 이기적인 곳으로 변해가고 속임수와 함정이 곳곳에 도사리고 있다. 사람들은 점점 타인에게 먼저 베풀려고 하지 않는다. 진실하고 순수한 정을 바라는 건 이제 사치가 되었다. 사람들은 종종 우정의 본질을 넘어선 무언가를 기대하고 타인에게 많은 것을 바라면서도 자신은 남에게 적게 베푼다. 또 쉽게 마음의 문을 닫아걸고 자기연민에 빠지기도 한다.

하지만 낭만적인 소설이나 영화에서 그려내는 비현실적인 우정을 넘어서 우정의 본래 모습으로 돌아가야 할 필요가 있다. 진짜 우정은 낯간지러운 말로 증명할 필요가 없다. 도움이 필요할 때 두 손을 뻗어주고 따뜻한 눈길을 보내주는 것, 그것이 바로 우정이다.

— 랴오즈

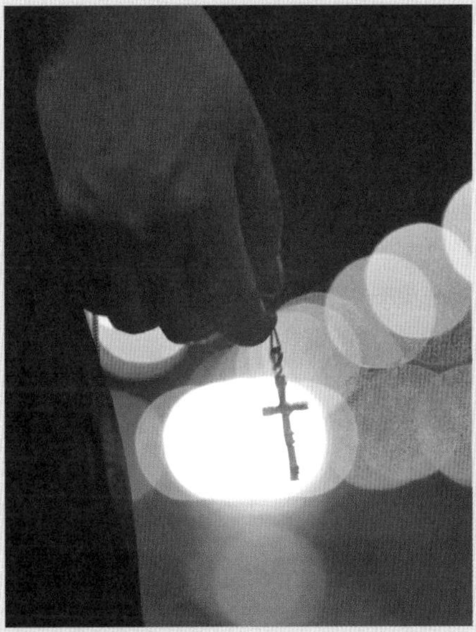

친구에게 보내는 편지

친구야, 내가 가끔은 덜렁대고 염치없게 보인다는 걸 나도 알아. 항상 날 아껴주고 믿어주는 네게 진심으로 고마워.

내가 왜 자주 웃는지 너는 아니? 잊을 수 없는 아름다운 순간들을 기억하고 싶기 때문이야. 진심에서 우러난 너의 순진무구한 미소는 세상 그 무엇보다 아름다워. 비록 그렇게 웃는 건 아주 드물지만 말이야.

가끔은 내가 거울을 보며 웃는 것 같아. 거울 속에 있는 사람이 활짝 웃는 걸 보고 싶어서 나도 웃으려고 애를 쓰지. 내가 웃을 때마다 너도 똑같이 내게 웃어줄 수 있겠니? 너는 나의 불행을 가슴 아파하지만 내가 가슴 아픈 이유는 단 한 가지뿐이야. 네가 잘 웃지 않는다는 것 말이야.

친구야, 나는 너를 100퍼센트 믿을 수는 없어. 나 자신도 100퍼센트 믿을 수 없기 때문이야. 하지만 그러면 좀 어때? 아무리 그래도 나는 진실하고 너그러운 마음으로 널 대할 수 있고 널 위해 무엇이든 해줄 수 있어. 이게 바로 '사랑'이라는 감정일 거야.

내가 널 배신하는 일은 없을 거야. 네게 도움이 필요할 때마다 나는 네게 손을 뻗을 거야. 네가 손을 내밀기만 하면 나는 그 손을 꼭 잡아줄 거야.

친구야, 너는 내게 한없이 따뜻할 수만은 없을 거야. 나도 네게 한없이 따뜻할 수만은 없으니까 말이야. 누구나 아무도 모르는 비밀을 가지고 있는 법이잖아. 나도 모르고, 어쩌면 너도 모르는 그런 비밀을…….

자신이 매 순간 생각하는 것들을 모두 솔직히 남에게 말할 수 있는 사람은 없을 거야. 만약 그런 사람이 있다면 '인간'의 내면에 숨겨진 더럽고 추악한 밑바닥을 드러내게 되겠지. 하지만 그러면 좀 어때? 나는 하늘이 하는 일 중 가장 아름다운 일의 하나가 세상의 모든 죄악을 알면서도 그 중 일부는 영원히 숨겨주는 것이라고 생각해.

친구야, 하늘은 우리가 차마 말할 수 없는 부분을 숨겨주었어. 그렇다면 우리는 어떻게 해야 할까? 있는 그대로를 이해해고 받아들여야 할 거야. 우리의 약점과 단점까지 모두 말이야.

나는 내가 할 수 있는 한 최선을 다해 네가 내게 베풀어준 따뜻함에 보답할 거야. 우리 사이에는 세상 사람들이 갈망하는 100퍼센트의 만족과 교환은 없어. 그런 건 서로 바라지 않았으면 좋겠어. 어차피 우리는 서로가 무엇을 원하는지 완벽하게 알지 못하니까 말이야. 우리가 할 수 있는 범위 내에서 가장 진실한 우정을 베푼다면 그것으로 충분할 거야.

100퍼센트가 아니면 좀 어때? 사람과 사람 사이에 완벽한 신뢰와 따뜻함을 바란다면 결국에는 상처만 남게 돼. 처음부터 사람의 능력을 벗어난 걸 기대하니까 말이야. 실망한 후에 쉽게 부정하고 포기하게 되잖아. 이런 감정이 더 비극이 아닐까?

우리 사이에는 100퍼센트란 없어. 하지만 나는 네게 합격점을 받을 수 있도록 최선을 다할 거야. 네가 실망하고 상심할 때마다 네 곁에 가서 "오늘은 어떻게 지냈어?"라고 따뜻한 말을 건넬 거야.

사랑하는 친구야, 이 세상에 희극은 그리 많지 않다는 걸 너도 나만큼이나 잘 알고 있을 거야. 희극이란 끝없이 포용하는 사람들이 무던한 인내로 탄생시키는 거야.

사랑하는 친구야, 네가 그렇듯 나도 완벽할 수는 없어. 널 내 친구로 받아들인다는 것은 네가 저지를 수 있는 배신과 네가 내게 줄 수 있는 상처를 모두 받아들일 거라는 뜻이야. 그게 너의 의도에 의한 것이든 무의식적인 것이든 말이야.

내 사랑은 완벽하지는 않지만 온전한 사랑이야. 나는 네가 가난할 때든 부유할 때든, 건강하든 장애를 가졌든, 아름다울 때든 추악할 때든, 슬플 때든 즐거울 때든 영원히 내 곁에 네 자리를 남겨둘 거야. 네가 오기만 하면 나는 언제나 그 자리에 있을 거야. 그러니까 네 마음속에서 내가 간신히 합격할 정도라고 해도 날 용서

해줘. 난 널 사랑하니까. 내 사랑이 널 만족시키는 건 불가능하겠지만 최소한 나의 이 감정은 영원히 진실하고 순수할 거야.

사랑하는 친구야, 네가 어느 도시의 어느 침대에 누워 있다 해도, 네가 내게서 얼마나 멀리 있다 해도, 이 편지를 네가 볼 수 있든 영원히 볼 수 없든, 네가 매일 밤 행복한 꿈을 꾸길 바라.

Chapter 3

언젠가는 감정의 상처도 치유되리

나의 남자는 끝까지 내 곁을 지켜주지 않았다

5월 21일 병원장이 허겁지겁 달려와 나를 찾았다. 충칭에 있는 큰 병원으로 옮길 수 있는 기회가 생겼는데 내가 그 기회를 잡았으면 좋겠다는 것이었다. 내 환부의 감염이 심각한데 더양(德陽)의 병원에는 약품이 부족해 감염을 효과적으로 치료할 수 없다고 했다.

나는 병원을 옮기고 싶지 않았다. 감염보다 두려운 것이 외로움이었다. 가족도 친구도 없는 낯선 도시보다는 차라리 감염된 채로 그곳에 있고 싶었다. 하지만 병원장은 나를 끈질기게 설득했다. 옮길 수 있는 환자의 수가 많지 않아 누구나 얻을 수 있는 기회가 아니라고 했다. 그는 소식을 듣자마자 내게 달려왔다며 진심으로 나를 돕고 싶다고 했다. 의료진 모두 나를 좋아하지만 이대로 있다가는 무릎을 살릴 수 없을 거라고 했다.

나는 병원장의 간곡한 설득에 감동해 그의 권유를 받아들이기로 했다. 병원을 옮기는 날 많은 의사와 간호사들이 나를 배웅했다. 그들은 내가 떠나는 것을 아쉬워하며 다 같이 나를 들어 구급차로 옮겨 실어주었다.

전 남편도 왔다. 입원 기간 동안 그는 간간이 나를 보러 왔지만 잠시 앉아서 몇 마디 나누곤 휙 하니 가버리곤 했다. 그는 나를 보기만 하면 울기 시작했고 나도 참지 못하고 함께 울었다. 하지만 병원을 옮기던 날 나는 그를 보고 울지 않았다. 마음이 이상하리만치 평온했다. 내가 말했다.

"나 떠나. 충칭으로 갈 거야. 같이 가겠어?"

그는 아무 대답도 하지 않았다. 내가 말했다.

"실은 당신에게 묻기 전에 이미 결정했어. 당신까지 같이 갈 필요는 없다고 말이야. 친구가 있으니 괜찮아. 당신은 가봐야 아무런 도움도 안 될 거야. 날 돌본 적이 없으니까 어떻게 간호해야 하는지 모르잖아. 기분전환으로 어디 여행이라도 다녀와. 나랑 같이 가지 마. 당신은 내 얼굴만 봐도 울잖아. 날 보지 않으면 좀 나을 거야."

내 말을 들으며 계속 울기만 하던 그가 한참만에 입을 열었다.

"내가 같이 가주길 바라?"

어떻게 바라지 않을 수 있을까? 이런 상황에 남편과 같이 있길 바라지 않는 여자가 있을까? 나는 그를 쳐다보며 조용히 대답했다.

"당신은 병간호를 할 줄 모르잖아. 여기 있어."

사실 우리는 이틀 전 한 바탕 다툰 후였다. 나는 정말 속상했다.

다른 천막에 입원한 여자 환자들은 모두 남편이 곁에서 병간호를 해 주는데 왜 그는 날 보러 오지도 않는 걸까? 그는 나만 보면 죽은 딸과 어머니가 생각나서 견디기 힘들다고 했다. 우리는 만나기만 하면 울기 시작했다. 그는 더 이상 나로 인해 우울해지고 싶지 않다고 했다. 이제는 행복을 찾고 싶다고 했다.

그의 말이 맞았다. 남들 앞에서는 웃으며 농담을 하는 내가 그를 보기만 하면 주체할 수 없는 눈물이 흘렀다. 그렇지만 그게 그가 나를 버리는 이유가 될 수 있을까? 그가 괴롭다는 건 나도 알지만 상황이 더 나쁜 사람은 나였다. 적어도 그는 마음대로 걸어 다닐 수 있지만 나는 꼼짝없이 누워 있어야 했다. 그는 왜 내 곁에 있어줄 수 없을까? 다투어도 결론을 낼 수 없었다. 그런데 이제 정말 떠난다는 생각에 갑자기 홀가분해졌다. 굳이 같이 있을 필요는 없었다. 둘이 함께 있으면 괴롭기만 하니 결국에는 둘 다 상처만 입을 것이었다. 그때는 우리 둘 다 담담해졌던 것 같다. 행복을 찾아 떠나는 것이 그에게 더 좋을 것 같았다. 더 이상 그에게 심리적 부담을 주고 싶지 않았다. 그가 말했다.

"내가 같이 가지 않으면 사람들이 날 욕할 거야."

"걱정 마. 당신이 같이 오려는 걸 내가 말렸다고 할게. 당신은 그냥 여기 있어."

그날 나는 정말로 마음이 평온했다. 원래 붙잡으려 할수록 붙잡는 쪽이든 붙잡히는 쪽이든 더 고통스러운 법이다. 붙잡으려 애쓰는 것보다는 조용히 놓아주는 것이 서로의 상처를 줄이는 방법이라는 걸 나는 그제야 깨달았다.

미소는 가장 좋은 말

그때 나를 병간호 해준 사람들 중에는 사촌동생과 또 한 명의 남자 자원봉사자도 있었다. 병원을 옮기던 날, 그 두 사람과 나의 세 친구가 너도 나도 충칭까지 따라가겠다고 실랑이를 벌였다.

두 남자가 말했다.

"우리가 충칭으로 가겠어요. 누나를 계속 따라다닐 거예요."

뜻밖의 말에 나는 진심으로 놀랐다. 사촌동생이 말했다.

"누나가 가버리면 나 혼자 어떻게 해? 누나가 없으면 여기서 내가 뭘 하겠어?"

나는 사촌동생을 다독였다.

"누나는 갈게. 여기엔 아직도 도움이 필요한 사람이 많아. 너는 나를 도와주었던 것처럼 그 사람들을 도와줘. 지금 병원을 옮기는 사람들은 보호자가 한 명만 동행할 수 있대. 너는 남자라서 너를 보호자로 데려갈 수가 없잖아. 너는 여기에서 보호자가 없는 남자 환자들을 도와줘. 여기도 네가 할 수 있는 일이 많을 거야."

구급차가 떠날 때까지 사촌동생은 계속 내 손을 잡고 울었다. 한

참 동안이나 잡은 내 손을 놓아주려 하지 않았다. 나는 그렇게 눈물 속에서 더양을 떠나 충칭으로 옮겼다. 충칭에 도착했을 때 내 눈에 처음 들어온 것은 수많은 고층빌딩이었다. 더럭 불안해졌다. 맙소사, 이곳에서 지진이 발생한다면 내가 도망칠 수 있을까? 호랑이굴로 들어가는 것 같아 병원을 옮긴 것이 조금 후회되었다. 병원으로 가는 동안 나는 동행한 의료진에게 계속 물었다.

"충칭에서 지진이 날 가능성은 없나요? 빌딩들이 너무 높아서 무서워요!"

의료진은 나를 계속 위로했다.

"걱정하지 말아요. 충칭에서는 지진이 일어나지 않을 거예요. 괜찮아요."

충칭병원에 도착해 병실을 배정받았다. 완전히 낯선 환경과 분위기에 나와 친구 모두 쉽게 적응할 수 없었다. 환자들은 모두 병상에 누워 있고 숨소리조차 들리지 않았다. 간호사가 내 혈압을 재러 왔다가 무얼 빠뜨리고 왔는지 서둘러 다시 나갔다. 간호사는 병실로 돌아오자마자 방금 전까지만 해도 침대 머리 쪽에 앉아 있던 내가 침대 발치로 자리를 옮긴 것을 보고 화들짝 놀라며 물었다.

"어떻게 옮겨 앉으셨어요?"

"엉덩이로 지탱하고 움직였죠."

간호사가 깜짝 놀랐다.

"어머나, 대단하세요!"

나와 비슷한 시기에 부상을 입은 사람들 중 대부분이 아직 침상에서 한 발짝도 움직이지 못하고 있었다. 하지만 나는 감염 부위를 제외하고 나머지 부분은 회복이 매우 빨랐다. 아마도 나의 마음가짐과 평소에 무용을 하면서 몸을 많이 움직인 덕분인 것 같다.

그리 오래 지나지 않아 나는 또 충칭병원의 '유명인사'가 되었다. 병원의 의사와 간호사들 중에 나를 모르는 이가 거의 없었다. 같은 시기에 충칭병원으로 옮겨 온 100명 남짓한 환자들 가운데 내가 가장 특별한 인상을 남겼던 것이다. 내가 젊고 예쁜 여자인데다가 어디서나 잘 웃는 낙천적인 성격, 그리고 자주 농담을 건네고 움직이는 걸 좋아하고 뭐든 적극적으로 하려는 모습이 그들의 눈에 띄었던 것 같다. 더양의 병원에 있을 때처럼 의료진 모두 내가 있는 병실에 와서 담소를 나누는 걸 좋아했다.

내 미소에 묘한 매력이 있다고 그들은 말했다. 가끔은 기자를 데리고 오기도 했다. 한 번은 기자가 내게 물었다.

"그 미소가 진짜인가요, 가짜인가요? 하루 이틀은 웃을 수 있어도 계속 그렇게 웃기는 힘들겠죠?"

그 물음에 나는 정면으로 대답하지 않았다. 그때는 내가 누구보다 약하고 자신 있게 내세울 것이 없었기 때문에 그런 의심 가득한 질문에 그저 웃음으로 둘러댈 수밖에 없었다. 나는 웃으며 "어쩌면 그럴 수도 있죠"라고 짧게 대답했다.

나는 아무런 반박도 하고 싶지 않았고 더 이상 많은 이야기를 하고 싶지도 않았다. 내가 뭐라고 말하든 아무 소용도 없을 테니까. 말을 많이 할수록 사람들에게 더 반감을 사게 될 것이었다. 내게 오기가 있어야 하지만 그 오기를 말로 표현하는 것이 아니라 묵묵히 인내함으로써 몸으로 보여주어야 한다고 생각했다. 세상의 모든 의심에 맞서 인내심을 겨룬다면 언젠가는 사람들이 진심으로 내게 감탄할 날이 올 거라 생각했다. 그때가 되면 굳이 말로 설명하지 않아도 사람들이 저절로 알아줄 것이었다.

그때 나는 어린 아기처럼 순종적이었다. 누가 무슨 말을 해도 반박하거나 평가하지 않았고, 나에 대해 뭐라 말하고 나를 어떻게 대하든 모두 받아들이고 이해했다. 하지만 돈으로 나를 도우려는 사람들의 호의는 모두 사절했다. 그런데 한 할머니가 내게 준 마음만은 평생 잊을 수 없다. 할머니가 내 침상에 돈을 던지듯 올려놓고 급하게 몸을 돌려 나가던 장면을 지금도 또렷하게 기억한다.

할머니가 놓고 간 것은 꼬깃꼬깃 접힌 작은 지폐 몇 장이었다. 1위안(元), 5자오(角)(1위안이 10자오다. ―옮긴이), 심지어 1자오, 2자오짜리 지폐도 있었다. 다 합쳐 보니 17위안이었다. 나는 서둘러 친구를 시켜 할머니에게 돈을 돌려주라고 했다. 친구는 병원을 거의 두 바퀴나 돌아서야 겨우 할머니를 찾을 수 있었다. 돈을 받지 않겠다고 하자 할머니는 눈물을 흘렸다. 너무 적다고 기분 나빠하지 말고 꼭 받아달라고 애원했다. 친구는 눈물범벅이 된 얼굴로 병실로 돌아왔다. 친구의 손에는 할머니의 돈이 꼭 쥐어져 있었다. 친구의 이야기를 듣고 나도 울었다. 이상하게도 지진 후에 내가 흘린 눈물은 슬픔의 눈물이 아니라 거의 모두 감동의 눈물이었다.

어린이날, 딸에게 보내는 선물

6월 1일 어린이날. 그날은 햇살이 유난히 눈부셨다. 나를 잘 아는 의사와 간호사가 찾아와 말했다.

"랴오즈, 꼬마 환자들을 위해 어린이날 파티를 해주려고 하는데 참석해주겠어요?"

나는 흔쾌히 그러겠다고 했다. 나는 청두(成都)에서 온 엄마가 밀어주는 휠체어를 타고 행사장으로 갔다. 우리는 무대 아래에서 아이들의 공연을 즐겁게 관람했다. 그런데 웃고 있는 내 얼굴에서 문득 물방울이 또르르 굴러 떨어졌다. 냉큼 손으로 훔쳤지만 물방울이 줄기가 되어 멈추지 않고 흘러내렸다. 처음에는 이 소리 없는 눈물을 아무도 알아차리지 못했다. 하지만 내 울음이 흐느낌으로 변하자 엄마와 친구도 내가 울고 있다는 걸 알았다.

그들은 내가 우는 걸 보자 말없이 따라 울기 시작했다. 나는 참아보려고 안간힘을 썼다. 속으로 내게 외쳤다. '이런 자리에서 울면 안 돼! 울지 마! 울지 마!' 그런데도 눈물이 주체할 수 없이 흘러내렸다. 참으려 할수록 눈물이 더 쏟아졌다. 충충이 살아 있었다면 그날은 충충이 태어나 처음 맞이하는 어린이날이었을 것이다.

무대 위에서 공연을 하고 선물을 받는 아이들 중에는 손이 없는 아이, 다리가 없는 아이도 있었지만 내게 그런 건 아무렇지도 않았다. 충충이 살아있기만 했다면 팔이 없든 다리가 없든 똑같이 사랑해주었을 테니까. 하지만 충충은 어린이날 선물을 받을 기회조차 없었다. 슬픔이 거센 파도가 되어 내 가슴을 세게 때렸다. 나는 엄마와 친구에게 나를 무대 위로 올려달라고 했다.

"충충에게 선물을 주고 싶어."

나는 무대 앞에서 행사 진행자에게 말했다.

"제가 무대에서 노래 한 곡 불러도 될까요? 제 딸에게 주는 선물이에요. 지금 하늘 위에서 절 보고 있을 거예요. 하늘에 있는 내 딸을 위해 노래로 어린이날 선물을 주고 싶어요."

무대 위에서 나는 꼬마 환자들을 보며 말했다.

"어린이날이라 원래 어른은 무대에 올라오면 안 된다는 걸 알아요. 내게 이런 기회를 준 병원에 감사해요. 한 아이가 있어요. 지금 여러분에게는 보이지 않지만 나는 그 아이가 지금 여기에 있다는 걸 알아요. 그 아이는 아직 한 번도 어린이날을 보내지 못했어요. 그 아이가 어린이날을 즐겁게 보냈으면 좋겠어요. 여러분이 선물을 받은 것처럼 그 아이에게도 선물을 주고 싶어요. 그 아이에게 노래 선물을 주려고 해요."

나는 마음을 가다듬고 노래를 부르기 시작했다.

"내게는 아름다운 꿈이 있어요. 어른이 되면 해를 심을 거예요."

눈물이 내 두 볼을 타고 주르륵 흘러내렸다. 노래 절반쯤에는 노랫소리가 흐느낌이 되어 알아들을 수도 없었다. 행사장에 있는 사람들 모두 눈물을 흘렸다. 나는 눈물범벅이 된 얼굴로 한 소절 한 소절 끝까지 노래를 불렀다. 노래를 끝낸 후 나는 웃으며 말했다.

"충충, 오늘 네게 선물을 줄 수 있어서 정말 다행이야. 내 꿈이 이루어졌어. 고마워."

그날 이후 매일 낮 나는 엄마 몰래 친구에게 휠체어를 밀어달라고 부탁해 2층에 있는 신생아실에 가서 아기들을 목욕시키는 걸 구경했다. 유리창 안에서 아기들이 목욕을 하는 걸 보고 있노라면 나도 모르게 기분이 좋아졌다. 나는 아기들이 귀엽다며 감탄사를 연발했다. 그건 딸에 대한 사무친 그리움 때문이었을 것이다. 지진이 일어나기 전 충충은 매일 밤 내 품에 꼭 안겨서 잠이 들었다. 그런데 갑자기 내 가슴이 텅 비어버리자 허전해서 잠을 잘 수가 없었다. 병원 친구들은 나더러 아이처럼 인형을 안고 잔다며 놀렸지만 사실 그건 내 아이가 너무 그리웠기 때문이었다.

어느 날 낮에 친구가 또 나를 데리고 신생아실에 갔다. 나는 구경하는 걸로는 부족해 몰래 산부인과 병동으로 들어갔다. 문이 열려 있는 한 병실에서 엄마가 자고 있는 사이에 옆에 있는 아기를 살며시 들어 품에 안았다. 나는 아기를 한참동안이나 내려놓지 못했다. 친구는 아기 엄마가 깨면 어쩌려고 그러느냐며 빨리 가자고 나를 재촉했지만 나는 아기를 내려놓을 수가 없었다. 그렇게 한참을 안고 있다가 아기 엄마가 잠에서 깨고 말았다. 아기 엄마가 놀라서 벌떡 일어나자 나도 순간 당황했다. 친구가 황급히 미안하다고 사과하며 내가 지진으로 딸을 잃어 아이를 그리워하는 마음에 그만 실례를 저질렀노라고 했다. 친구의 설명을 들은 아기 엄마가 울먹이며 말했다.

"아기를 좀 더 안고 계세요."

아기 엄마는 내가 3층 병실에 있다는 걸 알고 종종 아기를 데리고 나를 찾아와 아기를 안고 있을 수 있도록 해주었다. 얼마나 고마웠는지 모른다. 아기 엄마는 내게 자기 딸의 수양엄마가 되어달라고 했다. 비록 지금은 오랫동안 연락이 끊겼지만 그 아기 엄마와 아기는 언제나 내 마음속에 있다. 그들이 내게 보여준 따뜻함을 통해 나는 사람과 사람 사이의 아름다운 정을 느꼈으며 세상에는 나를 도와주는 사람이 많다는 걸 새삼 실감했다.

많은 사람들의 도움으로 나는 차츰 슬픔에서 벗어날 수 있었다. 조금씩 안정을 되찾자 나도 누군가를 돕고 싶어졌다. 특히 어린 아이가 팔다리가 절단되었다는 소식을 들으면 마음이 아파 선물을 가지고 찾아가 아이의 친구가 되어주었다. 그게 아이의 우울함을 풀어주는 일이란 걸 알고 있었기 때문이다. 병원의 꼬마 환자들을 모두 병문안 한 후 나는 어른 환자들도 찾아가 보기로 마음먹었다.

나의 병원은 움직이는 놀이동산

처음에는 낯선 사람의 방문이 그리 환영받지 못했다. 환자들, 특히 불의의 사고로 상처를 입은 이들은 마음의 문을 꼭꼭 닫아걸기 마련이다. 내가 웃으며 먼저 말을 걸어도 돌아오는 건 단답형 대답 한두 마디뿐이었다. 그들은 무뚝뚝하게 툭 내뱉고는 말없이 잠을 청했다. 지진은 사람의 몸은 물론 마음에도 엄청난 상처를 남겼다. 살아남았지만 부상을 입은 사람들의 얼굴에서 웃음기를 찾기란 하늘의 별따기보다 어려웠다. 그에 비하면 아이들은 훨씬 순수했다.

하지만 나는 포기하지 않았다. 지금이야말로 모두를 하나로 단합시키는 힘이 필요한 때였다. 우리가 똘똘 뭉쳐 동병상련의 마음을 나누어야 한다고 생각했다. 비록 지진이 있기 전에는 서로 일면식도 없었지만 이제는 친구가 되어 서로를 향한 진정한 위로를 주고받을 필요가 있었다. 나의 끈질긴 노력으로 사람들도 조금씩 마음의 문을 열기 시작했다. "랴오즈, 나도 너처럼 일어나 휠체어를 탈 수 있게 되면 너의 병실로 찾아갈게."라고 내게 말하는 사람도 있었다.

얼마 후 그들은 정말로 하나둘씩 나의 병실로 찾아왔다. 옹색한 병실에 휠체어가 한 대, 두 대, 세 대 계속 늘어나기 시작했다. 결국 병실은 휠체어로 꽉 차서 앉을 자리조차 없게 되었다. 병실에 앉을 자리가 없어서 우리는 병원 로비에 둥글게 둘러앉아 이야기를 나누었다. 우리는 날마다 오후 6시가 되면 그곳에 모여 저녁 8~9시까지 놀았다. 이야기를 나누고 춤도 추고 노래도 불렀으며 여러 가지 놀이를 만들어 함께 즐겼다. 시간이 지날수록 모이는 사람들도 많아져 어느새 로비도 좁아졌다.

우리 모임은 병원의 큰 볼거리가 되었다. 다른 환자를 병문안 하러 온 충칭 사람들이 휠체어를 탄 환자들이 남녀노소 할 것 없이 빙 둘러앉아 하하호호 떠들고 게임을 즐기는 것을 보고 신기한 표정으로 "지진 지역에서 온 사람들이에요?"라고 물었다. 내가 그렇다고 대답하면 사람들은 하나같이 이렇게 말했다. "쓰촨(四川) 사람들은 참 낙천적이로군요! 이런 상황에서도 즐겁게 웃을 수 있다니!" 그러면 나는 활짝 웃으며 대답했다. "맞아요! 우리 쓰촨 사람들은 모두 낙천적이에요!"

우리는 점점 매스컴의 주목을 받게 되었다. 여러 매스컴에서 병원을 찾아와 우리가 휠체어를 타고 모여 재미있게 노는 모습을 촬영했다. 지나가던 사람들도 걸음을 멈추고 휴대폰으로 사진을 찍곤 했다. 그때 느낀 희열은 영원히 잊을 수 없을 것이다. 행복은 그 크기가 중요한 것이 아니라 행복할 수 있다면 그걸로 충분하다는 걸 그때 알았다.

사람들은 종종 내게 의구심 어린 질문을 던졌다. "랴오즈, 이런 일을 하는 게 무슨 의미가 있어요? 그들을 잠깐 동안 행복하게 해준다고 해서 뭐가 달라져요? 하루 24시간 중에 고작 두세 시간 행복하다고 해도 병실로 돌아가면 또 금세 불행한 일들이 생각나서 우울해질 거잖아요. 당신이 아무리 노력한들 무슨 소용 있어요?"

그 말이 맞다. 내가 대단히 의미 있는 일을 하고 있다고 장담할 수는 없었다. 내가 당장 사람들의 마음가짐을 바꾸고 그들을 완전히 다른 사람으로 변신시킬 수 있다고, 적어도 나만큼 밝아지게 만들 수 있다고 자신 있게 말할 수 없었다. 그렇지만 그 일이 어떤 효과를 발휘하리라고 기대하고 한 건 아니었다. 나조차도 가끔은 울적해질 때가 있었다. 하지만 적어도 우리가 함께 있는 순간만큼은 모두 다 행복했다. 내가 사람들을 위해 그런 일을 하지 않았더라면 우리는 하루 24시간 내내 불행했을 것이다. 매일 두세 시간만이라도 행복할 수 있다면 헛된 일은 아니라고 생각했다.

지금 돌이켜 생각해 보면 무슨 일을 하든 남을 위해 하는 일 중에 무의미한 건 아무 것도 없다. 타인을 위해 무언가를 했다면 그걸로 되는 것이다. 적어도 그 일을 하는 동안은 상대에게 어떤 영향이든 미칠 수 있으니까 말이다. 어째서 영원히 계속될 수 있는 일을 하지 않느냐고 누군가 묻는다면 그런 일은 세상에 없다고 대답할 것이다. 사람이 하는 일 중에 영원히 지속되는 일은 없다. 우리가 하는 일이 설령 한 순간의 행복밖에는 줄 수 없을지라도 우리 인생은 그로 인해 풍요로워질 것이다.

병원에서 휠체어 부대를 이끌었던 경험을 통해 나는 무슨 일을 하든 그 일이 어떤 결과를 내고 어떤 효과를 발휘할 수 있을지 먼저 물어서는 안 된다는 걸 알았다. 한 순간이라도 우리가 무언가를 했다면 그걸로 충분하다. 그 순간 우리가 즐겁고 행복하고 만족스러웠다면 우리의 영혼은 충만해지고 존재의 의의를 갖게 된다.

그 후 나는 이런 생각을 가지고 많은 일들을 했기 때문에 어떤 비난이나 헛소문도 두렵지 않았다. 사람이 살면서 해야 하는 일들은 아주 많기 때문에 어떤 일들은 사람들의 비난과 방해에 부딪힐 수도 있다. 그 일이 의미가 있느냐 없느냐를 결정하는 것은 바로 자기 마음가짐이다.

일생동안 사람에게 주어진 시간을 분과 초로 나누면 헤아릴 수 없이 많다. 그러나 누구나 그 일 분 일 초를 현재의 시간으로 사는 것은 아니다. 과거에만 머물러 있는 사람도 있고 미래만 내다보며 사는 사람도 있다. 많은 사람들이 과거와 미래만을 쳐다보다가 자기도 모르게 현재를 놓쳐버린다.

나는 세상에 떨어진 갓난아기처럼 아무 것도 없는 상태에서 하루하루 새로운 생활을 쌓으며 살아야 했고 그러면서 일분일초를 소중히 여기는 법을 배웠다. 이것은 내게 인생을 새로 만드는 일이자 주변 사람들과 더 진실하게 접촉하는 법을 배우는 과정이었다. 사람은 순간순간 객관식 문제를 풀 듯 선택하며 살고 있다. 매순간 남에게 영향을 줄 것인지 남으로부터 영향을 받을 것인지 선택해야 한다. 남의 영향을 받지 말고 남에게 영향을 주면서 살아야 한다는 것이 내가 다시 얻은 새 생명을 통해 깨달은 사실이다.

— 랴오즈

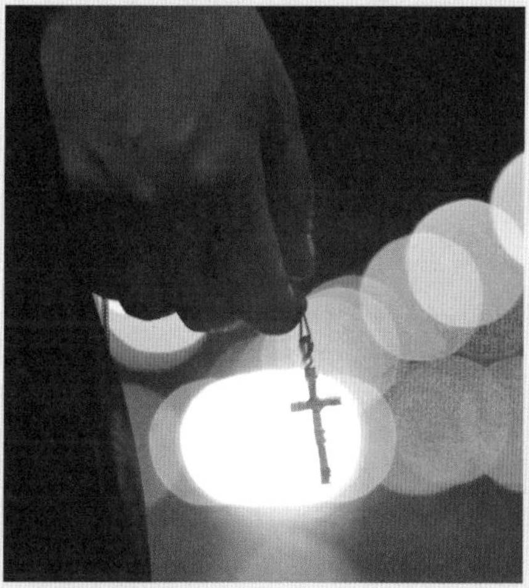

Chapter 4

북춤,
발이 없어도 꿈의 춤을 출 수 있다

춤추고 싶었지만

다리를 절단하고 두 달쯤 되었을 때 나는 내 인생에서 처음으로 '북춤'을 만났다.

제58회 미스월드 중국 지역 선발대회를 앞두고 조직위에서 후보자들을 데리고 나를 병문안 하러 왔다. 나중에 들은 얘기지만 그들은 나를 처음 보고 깨끗한 얼굴에 깜짝 놀랐다고 한다. 깨끗한 얼굴이 뭘까? 얼굴에 그늘이 없었다는 뜻이다. 그들의 예상과 달리 내가 무너진 아파트 밑에 깔려 있다 나온 사람처럼 보이지 않았던 것이다. 그들은 내가 비참한 일을 겪은 사람이란 걸 믿을 수 없었다고 말했다.

그때 조직위의 한 관계자가 내 눈빛이 순수하다고 느꼈던 것 같다. 나는 아무 말 없이 그들을 보고 조용히 웃기만 했다. 그는 내 얼굴을 보자마자 급하게 밖으로 뛰쳐나갔다. 잠시 후 병실로 돌아온 그의 얼굴에는 불긋불긋 운 흔적이 있었다. 그는 내 눈을 보자마자 자기도 모르게 왈칵 눈물이 쏟아졌지만 내 앞에서 울고 싶지 않아 밖으로 뛰쳐나갔다고 했다. 바로 그 순간 그는 내가 자신이 찾고 싶었던 사람임을 확신하고 나를 무대에 올리기로 결심했다고 한다.

그가 내게 말했다. "춤추는 걸 좋아한다고 들었어요. 우리가 무대를 마련해줄게요. 꿈을 이룰 기회를 줄게요. 어때요?" 물론 내겐 거절할 이유가 없었다. 이튿날 그는 무용가와 안무가 세 명과 함께 나를 찾아와 안무를 짜주었다. 하지만 그들은 내가 앉아서 춤을 추는 게 아니라 무릎을 꿇고 춤을 추었으면 좋겠다고 했다. 그러는 게 더 인상적일 거라고 말했다.

나는 무릎을 꿇어보기로 했다. 첫 번째 시도에서 넘어졌지만 그때까지도 내 상황을 정확히 알지 못했다. 그저 자세가 잘못되었던 거라고 여겼다. 두 번째 시도에서도 넘어지자 긴장되기 시작했다. 뭔가 이상하다는 걸 알았지만 설마 내가 무릎 꿇고 앉을 수 없다고 믿고 싶지 않았다. 그렇게 연달아 세 번을 쓰러지자 머릿속이 혼란스러웠다. 멍하니 그 자리에 누워 있는데 귓가에서 웅 하는 소리가 들렸다. 어쩌지? 너무 무서워. 무릎을 꿇을 수가 없어!

무릎을 꿇을 수 없다는 것이 이토록 무서운 일인 줄 처음 알았다. 휠체어에 앉으면 이리저리 다닐 수 있었기 때문에 내가 꿇어앉을 수 없다는 건 생각조차 못했던 것이다. 그제야 나는 내게 무릎 아래가 없다는 걸 깨달았다. 발이 지탱해주지 않으니 무릎만으로는 몸을 지탱할 수 없었다.

기분이 나락으로 한없이 떨어졌다. 옆에 있던 사람들도 뭔가 이상한 걸 느끼고 당황한 듯 내게 괜찮으냐고 물었다. 나는 순간적으로 이 상황을 숨기고 싶어 아무렇지 않은 듯 둘러댔다. “오늘은 컨디션이 별로 좋지 않아서 그래요. 시간을 조금 주세요. 연습할게요. 한참 동안 운동을 안 했더니 몸이 굳었나 봐요. 사흘만 시간을 주세요.”

병실을 나가는 그들의 꺼림칙한 표정을 보며 나는 무의식적으로 내가 무릎을 꿇을 수 없다는 걸 숨겨야 한다는 걸 직감했다. 그들이 그 사실을 안다면 내게 춤출 기회를 주지 않을 것 같았다. 사람들이 돌아간 후 아무 것도 모르는 엄마가 말했다. “자, 랴오즈, 연습하자. 사흘 뒤에는 잘하는 걸 보여줘야지.”

하지만 나는 “연습은 무슨……”이라고 퉁명스럽게 내뱉고는 침대에 누워 이불을 머리끝까지 뒤집어 쓴 뒤 자는 척 했다. 도저히 현실을 받아들일 수가 없었다. 너무 무서웠다. 내가 무릎을 꿇을 수 없다니? 왜 이러지? 이불 속에 머리를 파묻었지만 잠이 오지 않아 계속 뒤척였다. 엄마와 친구는 그런 나를 보며 숨도 크게 쉬지 못하고 말도 걸지 못했다. 하지만 내게 무슨 일이 일어났는지 전혀 짐작하지 못했다.

밤새워 연습하며 무릎으로 걷는 법을 배우다

그날 나는 점심도 거르고 저녁도 먹지 않았다. 엄마와 친구는 내게 말조차 걸지 못하고 그대로 내버려두었다. 나는 잠들 수 없었다. 현실을 받아들일 수 없었다. 아니, 받아들이고 싶지 않았다. 내가 왜 무릎을 꿇을 수 없을까? 밤이 되어서는 나도 그런 분위기를 참을 수가 없었다.

엄마와 친구 앞에서 항상 평화로운 모습만 보여주었던 나였다. 그런데 그날은 두 사람이 나 때문에 심하게 놀랐다는 걸 느낄 수 있었다. 두 사람이 내 앞에서 어쩔 줄 모르고 조마조마해 하고 있다는 걸 알 수 있었다. 나는 그런 분위기가 무서웠다. 지금까지 날마다 일부러 웃고 떠든 것도 그런 분위기가 싫기 때문이었다. 무겁게 가라앉은 병실 안 공기에 나조차도 숨이 막힐 지경이었다. 부끄러웠다. 내가 잘못해서 주변 사람들을 걱정하게 만들다니. 이 고비를 꼭 넘기고 말리라 다짐했다.

그런데 어떻게 해야 할까? 무릎을 꿇을 수도 없고 그 사실을 인정할 수도 없었다. 엄마와 친구를 걱정시키기도 싫었다. 이제 어떻게 해야 하지? 마음이 복잡했다. 이대론 도저히 견딜 수가 없어 무턱대고 해보기로 했다. 제 아무리 어려워도 폐허 속에 묻혀 있을 때만큼 어렵기야 하겠어? 무너진 아파트 밑에 깔려 있을 때는 꼼짝도 할 수 없었지만 이제는 적어도 움직일 수는 있고 어쨌든 자유롭잖아? 폐허 속에서는 몸을 돌리는 것조차 상상할 수 없었지만 이제는 몸을 돌리는 건 물론이고 앉아서 여러 가지 일을 할 수 있잖아? 이것만 해도 큰 진전이야. 자신감을 가져. 무릎을 꿇을 수 없다면 춤 출 수 있는 다른 방법을 생각해내면 돼. 뭐든 연습하면 될 거야.

엄마와 친구가 잠자리에 들 준비를 하는데 내가 이불을 홱 걷었다. “좋아. 지금부터 연습할래.” 두 사람의 얼굴에 동시에 안도의 빛이 떠올랐다. 그날 하루 종일 두 사람은 나 때문에 긴장해 있었던 것이다. 내 옆 병상의 아주머니도 말수가 줄어든 것 같았다. 다들 마음대로 말도 못하고 웃지도 못하고 하루를 보냈다. 평소에 웃음소리가 끊이지 않던 우리 병실이지만 그날만은 예외였다. 다들 나 때문에 놀랐던 것 같다. 나는 일부러 아무렇지 않은 척 말했다.

“좋아. 우리 연습하자!”

엄마와 친구는 놀란 표정으로 서로를 쳐다보다가 곧 얼굴이 밝아졌다.

“그래! 연습해보자고!”

엄마는 그제야 한숨을 내쉬며 말했다.

“오후에 네가 기분이 안 좋아 보여 우리 둘 다 말도 못 걸었잖니.”

“알아요. 미안해. 걱정시켜서.”

우리는 당장 연습을 시작했다. 나는 엄마와 친구의 부축을 받으며 내가 무릎을 꿇을 수도 없고 어떻게 해야 무릎을 꿇을 수 있는지 모르겠다고 솔직하게 털어놓았다. 두 사람은 나를 양쪽에서 부축해 일으킨 후 천천히 손을 놓았다. 빨리 손을 놓으면 내가 넘어질까 봐 아주 천천히 손에 힘을 뺀 다음 조금씩 나를 놓았다. 그날 밤 나는 한숨도 자지 않고 새벽까지 연습했다. 하늘가가 우련히 밝아올 무렵 나는 드디어 무릎을 꿇는데 성공했다.

'일어서기' 부터 새로 시작하다

그 순간, 엄마와 친구가 손을 놓자 내가 무릎을 꿇고 섰다. 내 몸이 약간 휘청거리기는 했지만 쓰러지지는 않았다. 병상마다 일제히 환호성이 터져 나왔다. 모두 잠든 이른 새벽 고요한 가운데 우리 병실에서 갑자기 환호성이 터져 나오자 간호사가 허겁지겁 달려왔다.

"무슨 일이에요?"

모두들 기뻐서 어쩔 줄 모르며 간호사에게 말했다.

"이것 좀 봐요. 랴오즈가 무릎 꿇고 섰어요!"

옆 병상의 아주머니도 일어나 기쁨에 겨워 외쳤다.

"와! 드디어 해냈구나! 정말 멋져!"

모두 복권 당첨이라도 된 듯 기뻐하며 달려와 나를 끌어안고 나와 손바닥을 마주쳤다. 내가 무릎을 꿇는데 성공했을 뿐인데 이렇게 작은 일로 모두 기뻐할 줄은 생각도 못했다. 무릎을 꿇는데 성공하자 그 후 사흘 동안 나는 아주 빠르게 좋아졌다. 무릎 꿇고 앉는 것은 물

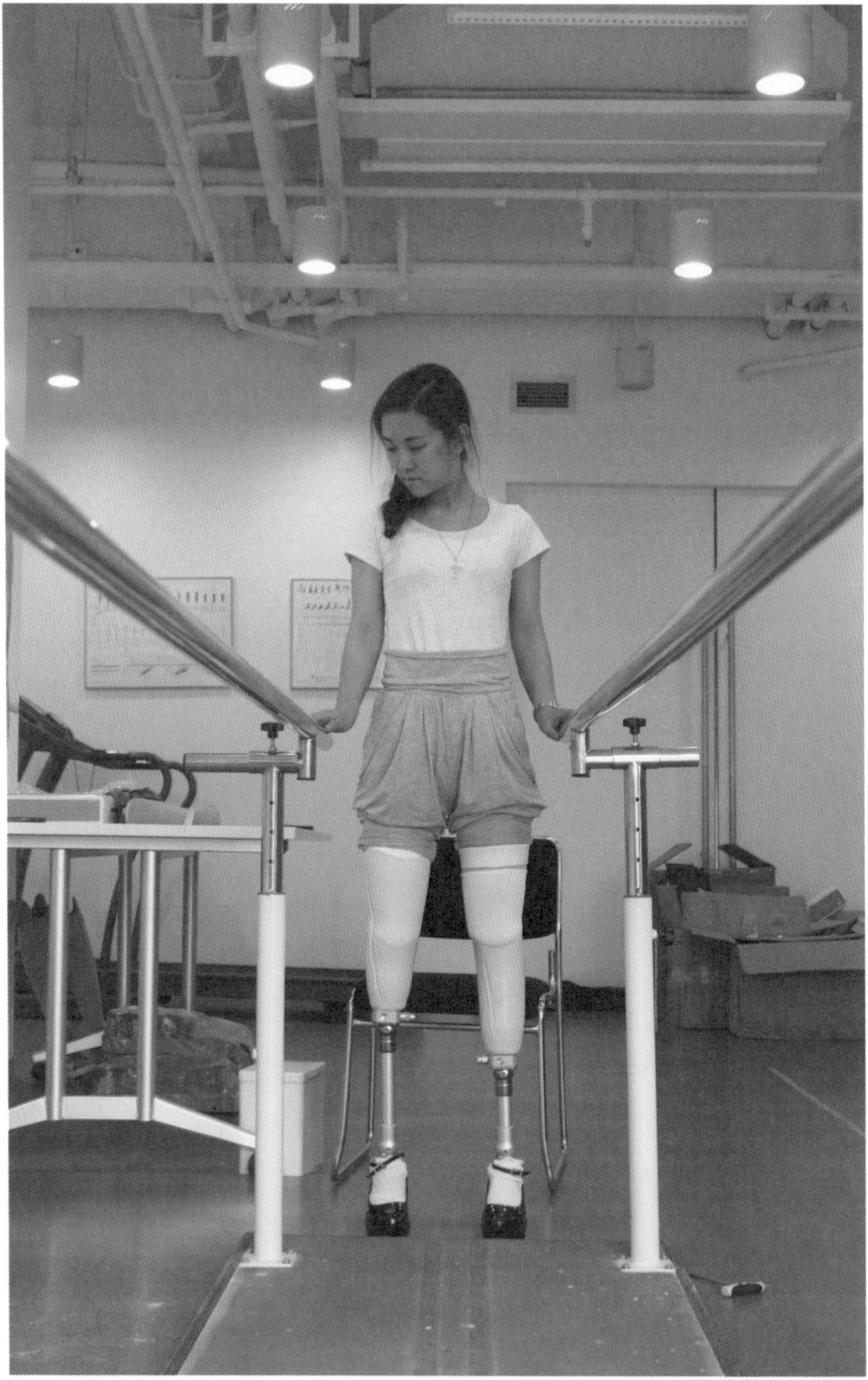

론이고 다리를 일자로 벌리는 연습도 하고 끈으로 허리를 묶는 동작도 연습했다. 게다가 무릎을 꿇을 수 있게 된 후에는 몸이 전체적으로 빠르게 회복되었다.

사흘 뒤 다시 찾아온 무용가와 안무가, 조직위 관계자는 나를 보고 놀라움을 금치 못했다. 내가 할 수 있는 동작들을 보여줄 때마다 그들은 믿을 수 없다는 듯 눈이 휘둥그레지며 탄성을 질렀다. 내가 어떤 동작을 할 수 있는지 몰랐던 안무가도 내가 할 수 있는 동작들을 보며 그 모든 동작을 조합해 안무를 짜주었다. 그들이 말했다.

"커다란 북 위에서 춤을 추면 어떨까요?"

그때까지 나는 휠체어를 타거나 무대에 무릎을 꿇고 춤을 추게 될 거라고 예상했다. 그런데 그들은 그것보다는 북 위에서 무릎을 꿇고 춤을 추는 것이 훨씬 힘 있게 느껴질 거라고 말했다. 내가 북 위에서 무릎을 꿇고 춤추는 광경을 상상해보니 아름다울 것 같았다. 그들이 내게 물었다.

"이 춤의 이름을 뭐라고 지으면 좋을까요?"

"그냥 북춤(鼓舞)* 이 좋겠어요. 북 위에서 추는 춤이라는 뜻도 있고 사람들의 마음을 고무시킨다는 의미도 되니까요."

원래 그들은 《태양은 계속 떠오른다》 같은 이름을 생각해놓았지만 내가 《북춤》이 제일 어울린다고 고집하자 조직위 관계자도 내 의

* 북춤을 뜻하는 '고무(鼓舞)'가 '고무적이다'라는 뜻이 되기도 함. — 옮긴이

견에 동의했다.

그때부터 매일 세 시간씩 정식 연습이 시작되었다. 첫날은 병상 위에서 연습했고 둘째 날부터 병원에 딸린 유치원 강당 바닥에 솜이불을 깔고 그 위에서 무릎을 꿇고 연습했다. 그때가 6월 중순이었고 나는 두 번째 수술을 앞두고 있었기 때문에 의사들은 내가 이 춤을 연습하는 데 동의하지 않았다. 나는 의사에게 애원했다.

"수술을 7월 14일로 연기해주세요. 공연을 끝내고 수술할게요."

엄마도 옆에서 거들었다.

"랴오즈가 꿈을 이룰 수 있도록 도와주세요. 랴오즈가 이 공연을 얼마나 기대하는 줄 몰라요. 공연을 끝내고 편한 마음으로 수술 받을 수 있도록 해주세요."

의사가 하는 수 없다는 듯 한숨을 쉬었다.

"좋습니다. 하지만 조심해야 합니다. 매일 연습 때마다 간호사를 보내겠습니다. 병세가 악화되면 안 됩니다. 무릎의 감염 부위가 조금 줄어들기는 했지만 아직 완치된 건 아니에요."

꿈 앞에서 특별대우란 없다

의사의 말대로《북춤》연습을 시작할 때 사실 나의 몸 상태는 그리 좋지 않았다. 사흘째 되던 날부터 나는 버티기가 힘들어졌다. 온종

일 무릎이 아프고 욱신거렸다. 처음 이틀은 그래도 참을 수 있었지만 사흘째부터는 연습실에서 처음 무릎을 꿇는 순간 펄쩍 뛰어오를 뻔했다. 무릎의 고통이 이틀 만에 형언할 수 없을 만큼 심해졌던 것이다.

셋째 날 저녁 연습을 끝내고 병실로 돌아와 침대에 누운 후 엄마가 내게 얇은 이불을 덮어주었는데 이불이 무릎에 닿는 순간 나는 뼈를 송곳으로 찌르는 듯한 고통에 온몸이 오그라들었다. 하루 종일 온몸을 무릎으로만 지탱했기 때문이었다. 얇은 피부로 덮인 무릎이 체중 전체를 지탱하고 거기다가 춤을 추며 움직였으니 무릎이 아픈 것은 당연했다. 고통스러워하는 날 보고 엄마는 공연을 포기하라고 나를 설득했다. 사실 나도 포기하고 싶은 마음이 없었던 것은 아니다. 너무 아파서 참을 수가 없었다. 이대로 열흘 더 연습해야 공연을 할 수 있는데 그러다가는 무대에 오르기도 전에 아파서 죽을 것 같았다. 굳이 그럴 필요가 있을까? 이렇게 힘든 길을 갈 필요가 있을까? 내게는 선택할 권리도 있는데 말이다. 그때 마음속에서 어떤 목소리가 말했다.

"네가 포기한다면 난 네게 실망할 거야. 그러니까 계속 연습해."

나는 차라리 무릎의 통증을 줄일 수 있는 방법을 생각해보기로 했다. 무릎보호대를 사서 무릎을 감싸고 뜨거운 물로 찜질도 하고 자원봉사자에게 부탁해 부기와 멍을 풀어주는 파스를 구해다가 무릎에 붙였다. 무릎의 통증을 줄이기 위해 오전에 재활센터에 가서 물리치료를 받은 후 오후에 연습을 했다. 그리 큰 효과는 없었지만 조금이나마 통증을 해소하거나 주의력을 다른 데로 옮길 수 있었다. 무용 연습을 하던 중 무용가 선생님이 말했다.

"랴오즈, 얼굴에 표정이 별로 없어요. 웃을 때도 지금보다 훨씬 환하게 웃어야 해요."

"지금 웃고 있잖아요."

선생님이 말했다.

"웃고 있는 것 같지 않아요. 미간에 잔뜩 힘이 들어가 있고 입가는 계속 떨리고 있어요. 표정이 너무 굳어 있어요. 고문당하고 있는 사람 같아요."

"저는 정말 웃고 있는 거예요. 그런데 너무 아파서 웃을 때 저도 모르게 얼굴이 일그러져요."

연습을 하는 동안 무용가 선생님들에게 많은 걸 배웠다. 선생님들은 내가 다리를 절단했다는 이유로 대강 넘어가지 않았다. 그분들에게 진심으로 고맙다. 다른 선생님들처럼 내가 못한다고 포기하지 않고 오히려 내게 오기와 투지가 생길 수 있도록 용기를 북돋워 주셨다. 무용가 선생님이 말했다.

"다른 사람들은 랴오즈를 어떻게 대하는지 몰라도 나는 랴오즈를 특별히 대우하지 않을 거예요. 나는 무용가예요. 무용가는 무대를 존중하고 자기 무용을 존중해야 해요. 춤추는 사람이 다치는 것은 정상이고 몸이 아픈 것도 당연해요. 나는 랴오즈가 다리가 없다고 해서 내 기준에 못 미치는데도 대충 넘어가지 않을 거예요. 다른 무용가들에게 하는 것과 똑같이 랴오즈를 대할 거예요. 내가 랴오즈를 무용가로서 존중하기 때문이에요."

내가 말했다.

"저는 아픈 것도 힘든 것도 두렵지 않아요. 지쳐 쓰러져도 상관없어요. 절 엄격하게 가르쳐주세요."

우리는 훌륭한 공연을 만들어보기로 의기투합했다. 공연을 하지 않으면 모르지만 일단 공연을 하기로 마음먹었다면 최선을 다해 멋지게 해내야 했다. 나는 선생님들을 믿고 열심히 연습했다. 열흘 남짓의 연습이 끝난 후 나는 마침내 무대에 올랐다. 세상에서 가장 훌륭한 공연은 아니었지만 그때의 나로서는 더 이상 잘 할 수 없을 만큼 최고의 공연이었다.

막이 내리기 전까지는 버텨야만 한다

공연을 앞두고 인터넷으로 홍보가 시작되었다. 다리 절단 후 두 달 만에 무대에서 춤을 춘다고 홍보했다. 인터넷에서 갑론을박이 일었다. 대부분 그런 일은 불가능하다며 사기라고 비난했다. 다리를 절단한 지 100일도 안 되어 어떻게 무대에 오를 수 있을까? 하지만 그건 정말로 가능했다. 나는 5월 14일에 다리 절단 수술을 받았고 7월

14일에 무대에 올라 공연을 했다. 가슴이 두근거렸다. 내가 춤을 추는 모습이 어떤지 볼 수 없으니 관중들이 싫어하면 어떻게 하나, 야유를 보내면 어떻게 하나 걱정되었다.

공연이 시작되자 무대에서 동영상이 상영되었다. 나는 그런 동영상을 찍는 줄도 모르고 있었다. 공연 관계자들이 병원으로 찾아와 이야기를 나눌 때 옆에 카메라가 있기는 했지만 사진을 찍고 있다고만 생각했지 동영상으로 녹화하고 있는 줄은 까맣게 몰랐다. 무대 뒤에서 소리를 들으며 내가 어떻게 저런 철학적인 이야기를 했는지 감탄했다. 동영상 속 내가 한 마디 한 마디 할 때마다 무대 아래서 박수소리가 터져 나왔다. 감격에 겨워 가슴이 북받쳐 올랐다. 나는 문득 사람들이 어쩌면 나의 춤을 기대하고 있는지도 모르겠다는 생각이 들었다. 관중들의 박수소리가 내게는 최고의 격려였다.

드디어 공연이 시작되었다. 내가 북채를 들어 올린 순간 나는 정말로 내가 검투사가 된 듯 호방한 자신감이 솟구치는 걸 느꼈다. 나는 북채를 높이 들고 속으로 말했다. '랴오즈, 사람들의 박수소리에 보답하기 위해 흔들리지 말고 꿋꿋하게 서 있어야 해. 사람들을 실망시켜선 안 돼!'

연습하는 동안 하루에도 몇 번씩 넘어졌기 때문에 공연하다가 넘어질까 봐 걱정되었다. 연습하면서 춤사위에 집중하다가 번번이 중심을 잃고 쓰러지곤 했다. 그런데 그날 무대 위에서 나는 처음부터 끝까지 단 한 번도 흔들리지 않았다. 마지막 동작이 끝날 때까지 나는 무릎으로 꼿꼿하게 서 있었고 무용이 끝남과 동시에 바닥에 쓰러졌다. 쓰러지는 순간 문득 선생님의 말씀이 떠올랐다. 무대에서 넘어진다 해도 막이 내려가기 전까지는 무슨 일이 있어도 다시 일어나라는 말이었다. 사실 나는 무용이 끝나고 쓰러졌으므로 그대로 관중들에게 허리를 굽혀 인사한 척 하고 끝내면 그만이었다. 하지만 나는 다시 일어나 연습한대로 북채를 머리 위로 들어올렸다. 나중에 선생님은 곧 막이 내릴 텐데 기어이 일어나 마지막 동작을 하는 내 모습이 아주 사랑스러웠다고 말했다.

나는 이렇게 말했다. "선생님이 그러셨잖아요! 막이 내려오기 전까지는 무슨 일이 있어도 일어나라고요." 그날 내가 북춤을 추는 동안 박수소리가 귓가를 떠나지 않았다. 그 전에는 한 번도 느껴보지 못했던 타인의 격려와 사람과 사람 사이의 뜨거운 정이 내 가슴을 가득 채웠다. 사람들은 내 춤이 부족하다고 흉보지 않았고, 다리가 없어서 아름답지 않다고 비난하지도 않았다.

그 박수소리가 선의로 충만한 격려이자 지지였다고 나는 확신한다. 무대 아래 있는 사람들의 눈가가 눈물로 반짝이는 것을 똑똑히 보았다. 그들은 내게 동정과 연민 외에 선의와 사랑도 함께 느꼈을 거라 믿는다. 그들은 처음 보는 내게 사랑을 보냈다. 그 순간 나는 이루 말할 수 없는 감동을 느꼈다. 그날 그 무대, 그 공연이 다시 나를 무대 위로 이끌었다. 다리도 없는 내가 다시 일어서리란 건 감히 상상도 못했던 일이다.

사람들은 일하다 힘들 때 "나는 안 돼. 나는 능력이 부족해"라며 체념하곤 한다. 하지만 태어날 때부터 강한 사람이 있을까? 육체든 정신이든 갈고 닦는 과정 없이 강해지는 것이 있을까? 《북춤》을 처음 연습할 때 나는 한없이 약했다. 가끔씩 북채를 떨어뜨릴 때 나까지 통째로 바닥에 고꾸라질 것 같았다. 하지만 꾸준히 연습하는 동안 나는 점점 강해졌고 내 몸을 통제할 수 있게 되었다. 어떤 일이 성공했을 때 사람들은 능력이 있기에 가능했던 거라고 말하지만 나는 그 일을 위해 자신을 단련시키면서 능력이 생겨난 거라고 생각한다.

— 랴오즈

Chapter 5

의족,
아무리 고통스러워도
자유를 얻을 수 있다

억지로 첫걸음을 떼다

'북춤' 공연을 마친 후 나는 두 번째 다리 절단 수술을 받았고 2주 후 실밥을 뽑은 후 의족을 신기 위해 준비했다. 사실 내 상태는 최악이었다. 너무 마르고 허약했다. 처음 의족을 신은 날 나의 체중은 고작 25킬로그램이었고 의족의 무게는 10킬로그램이었다. 25킬로그램의 몸으로 내 체중의 3분의 1일이 넘는 의족을 움직여야 했다. 다리를 들 수도 없고 가만히 서 있는 것조차 힘든 내가 걸음을 걷는다는 건 거의 불가능해 보였다.

처음 사흘은 병원의 재활센터에서 의족을 신고 재활 훈련을 했다. 다리를 들 수 없으니 서고 앉는 것밖에는 할 수 없었다. 사실 그것만으로도 온몸이 땀으로 흠뻑 젖었다. 에어컨이 내 앞에서 바람을 불어댔지만 땀은 멎을 줄 몰랐다. 다리가 너무 아팠다. 겨우 2주 전 다리의 수술 부위에서 실밥을 뽑았고 아직 부기도 다 빠지지 않은 상태였다. 의족을 신는 것이 지난한 과정임을 그제야 깨달았다. 의족을 신기 전 사람들은 내게 의족을 다리에 끼우면 누에고치처럼 굳은살이 박일 때까지 살갗이 한 꺼풀 한 꺼풀 닳아 벗겨질 것이라며 겁을 주었다. 그 이야기를 들으면서 무섭고 끔찍해 차라리 모르는 게 낫다는 생각을 했다. 과연 의족을 신고 연습해야 할 때가 오자 공포심이 극에 달했다. 아픔이 30퍼센트라면 공포심이 70퍼센트는 되었던 것 같다.

솔직히 너무 무서웠다. 내 다리에 또 한 번의 시련이 닥친 것 같았다. 무릎 아래를 절단한 여자가 의족을 달고 산 7년간 대여섯 차례나 수술을 받았다는 이야기를 들었다. 환부가 의족에 닿고 쓸려서 감염이 계속되었기 때문이라고 했다. 그 이야기를 들으며 나의 공포는 몇 배로 커졌다. 너무 많이 연습하지 말고 내 몸을 최대한 보호하는 게 상책이라고 생각했다. 석 달 만에 겨우 상처를 치료하고 몸을 추슬렀는데 다시 상처를 입기는 정말 싫었다.

내가 혼자 힘으로 걸을 수 있게 된 건 한 가지 극적인 사건 덕분이었다. 첫날 의족을 신고 일어섰을 때 엄마가 무척 기뻐하며 휴대폰으로 사진을 찍었다. 엄마는 내가 예전 모습으로 돌아가기를 간절히 바랐다. 엄마는 내가 의족을 신자마자 성큼성큼, 아니 단 몇 발짝이라도 걸을 수 있을 거라고 상상했을 것이다. 하지만 나는 그럴 수 없었다. 의족을 신고 있는 동안 나는 대부분의 시간을 그저 멍하니 서 있기만 했다. 제일 많이 걸은 것이 세 걸음 걷고 넘어진 것이었다.

나는 엄마의 눈에서 실망의 빛을 보았다.

넷째 날 낮에 나는 엄마가 낮잠을 자는 사이 친구와 함께 걷기 연습을 했다. 엄마가 보고 있으면 나도 긴장되고 부담스러웠기 때문이다. 내가 엄마를 사랑하는 마음보다 엄마가 날 사랑하는 마음이 더 크다는 걸 알았기 때문에 엄마의 마음을 이해할 수 있었다. 나는 친구에게 말했다.

"오늘은 여섯 걸음을 걸을 거야. 누구의 부축도 없이 여섯 걸음을 걷고 나서 엄마에게 보여줄래. 그게 오늘 내 목표야."

세 걸음이 최고 기록이었던 나는 두 시간을 꼬박 연습한 후 드디어 목표에 도달했다. 나는 기쁜 마음에 서둘러 병실로 돌아왔다. 엄마는 이미 잠에서 깨어 있었다. 내가 휠체어에 앉아 의족을 안고 있는 걸 보고 엄마가 물었다.

"어디 갔다 오니?"

내가 말했다.

"엄마, 내가 부축 없이 혼자 걸었어. 내가 보여줄게!"

내가 의족을 다리에 끼우려는데 엄마가 "잠깐 기다려"라고 하더니 갑자기 복도로 뛰어나갔다. 엄마가 왜 뛰어나갔는지 몰랐다. 내가 의족을 다 신자 친구가 휠체어를 밀어 엄마를 찾으러 복도로 나갔다. 나는 그제야 엄마가 우리 층에 있는 모든 병실 문을 두드리며 우리 랴오즈가 걸을 수 있게 되었다고 외치고 있다는 걸 알았다. "우리 랴오즈가 걷는 걸 좀 봐요!"

그때 내가 있는 3층은 정형외과 병동이라 대부분 절단 환자들이었다. 한쪽 다리만 절단한 환자를 포함해 거의 모두 의족을 하고 있었지만 걸을 수 있는 사람은 아직 한 명도 없었다. 내가 걷는다는 말에 병동 전체가 술렁였다. 모두들 일어나 나를 보러 복도로 나왔다. 누워서 꼼짝도 못하는 어떤 환자는 병상에 누운 채로 병상을 밀어 복도로 나왔다. 간호사들까지 엄마의 외침에 달려왔다.

그때는 누군가 걸을 수 있다는 게 모든 이의 희망이었다. 모두들 호기심과 긴장이 교차하는 눈빛으로 나를 기다렸다. 모두들 의족을 하고 걷는 데 성공하지 못했기 때문에 의족을 하고 걷는 게 어떤 건지 궁금해 했다. 나는 복도에 서서 생각했다. '큰일 났어. 고작 여섯 걸음도 못 걷고 넘어질 텐데.' 사람들의 표정을 보면 마치 내가 육상선수처럼 달릴 거라고 믿고 있는 듯 했다. 엄마가 상기된 표정의 '관중'들을 눈으로 훑으며 자랑스럽게 말했다.

"자, 랴오즈, 네가 걷는 걸 보여줘!"

나는 하는 수 없이 친구에게 속삭였다.

"네가 옆에서 조금 부축해줘. 내가 걷지 못하면 대강 둘러대고 날 휠체어에 앉혀줘."

친구가 알겠다고 대답한 후 나는 걷기 시작했다. 한 걸음, 두 걸음, 세 걸음, 네 걸음, 다섯 걸음, 여섯 걸음…… 나도 모르게 어느새 여섯 걸음을 넘었다. 나는 복도를 따라 내가 생각했던 것보다 훨씬 많이 걸었다. 내가 고개를 돌리며 사람들에게 말했다.

"자, 이 정도면 됐죠? 나를 휠체어에 앉혀줘!"

친구가 휠체어를 밀고 오려는데 내 앞에 있던 한 아주머니가 말했다. 그 아주머니의 아들이 얼마 전 한쪽 다리를 절단했다.

"잠깐, 기다려, 랴오즈. 일 분만 기다려줘."

아주머니는 병실로 뛰어가 휴대폰을 가지고 오더니 날 향해 휴대폰을 들이대며 말했다.

"다시 걸어봐. 아들에게 보려주려고. 내 아들이 하필 휠체어를 타고 나갔지 뭐야. 아들이 오면 보여줄 거야. 랴오즈 누나는 걸을 수 있다고."

아주머니의 말에 나는 멍해졌다. 이제는 도저히 걸을 수가 없었다. 다리가 너무 아프고 또 무서웠다. 이러다 넘어지면 어쩌지? 걱정되었지만 솔직히 말할 수는 없었다. 기대로 가득 찬 모두의 눈빛이 날 향하고 있었다. 다시 걸을 수밖에 없었다. 다른 사람들도 "랴오즈, 기다려. 휴대폰 가지고 올게!"라고 외치며 병실로 뛰어 들어갔다.

나는 계속 걸었다. 아마 그건 내 생애 가장 긴 복도였을 것이다. 누구의 부축도 없이 넘어지지도 않고 한참을 걸었다. 가까스로 복도 끝에 다다른 후 나는 긴 한숨을 내쉬며 친구에게 빨리 휠체어를 가져와 달라고 말했다. 바로 그날 나는 처음으로 의족을 신고 걷는 법을 배웠다. 예상치 못한 드라마틱한 상황이었다. 우리 세 사람은 온종일 흥분을 가라앉히지 못했고 그날 저녁 휠체어 부대의 모임 때도 다들 그 사건으로 이야기꽃을 피웠다.

모두들 랴오즈가 걸을 수 있다며 랴오즈는 우리 모두의 희망이라고 말했다. 사람들은 나를 격려하며 앞으로 병원에서 자주 걸어 다니는 걸 보여 달라고 부탁했다. 그렇게 해서 나는 걷는 법을 배웠다.

걸을 수 없다는 현실과 마주하다

그날 이후 퇴원할 때까지 나는 병원에서 휠체어를 손으로 잡고 밀면서 걸어 다녔다. 퇴원 후 나는 급격히 우울해졌다. 휠체어를 밀고 다니며 걷는 것이 진정으로 걷는 게 아니라 휠체어에 끌려 다니는 거란 걸 알고 있었기 때문이다.

나는 그때까지도 걸을 때 휠체어에 의지하면서 대부분의 힘을 팔로 지탱하고 있었다. 내가 휠체어를 밀고 병원 곳곳을 돌아다닐 때 겉으로는 잘 걷는 것 같지만 사실 팔로 내 몸을 지탱하고 있기에 가능한 것이었다. 물론 이걸 눈치 챈 사람은 아무도 없었다. 가끔은 발이 허공에 떠 있기도 했다. 그 때문에 내 몸에 근육이 생기고 특히 팔이 굵어지기 시작했다.

나는 친구를 제외한 그 누구에게도 이 사실을 말하지 않았다. 모두들 내가 정말로 잘 걷고 있다고 생각했다. 내가 보여준 허상에 다들 깜박 속았던 것이다. 나는 혼자 가슴앓이를 했다. 계속 그렇게 걸을 수는 없었다. 언젠가는 사람들이 알아챌 것이었고 나도 내가 아무 것에도 의지하지 않고는 걸을 수 없다는 현실과 마주해야 할 것이었다.

9월 8일 퇴원하던 날 나는 어깨가 축 늘어졌다. 병원에서는 먹고 자는 걸 병원에서 다 부담해주지만 병원을 나가면 참담한 현실과 마주해야 했기 때문이다. 나는 부모님의 유일한 자식이고 가계의 부담을 짊어져야 했다. 어떻게 해서든 하루빨리 정상적인 생활을 할 수 있도록 회복해야만 일을 찾을 수 있었다. 무슨 일을 해야 좋을까? 돈을 벌어 가족을 부양해야 한다는 압박감이 나를 주저앉을 듯 억눌렀다. 걷는 것조차 제대로 못하는데 어떻게 살아갈 수 있을까?

현실에서 도피하고 싶었다. 한동안은 의족도 끼우지 않고 내팽개쳤다. 의족이 불편해서 싫다고 둘러대자 엄마가 말했다.

"이제 잘 걷잖아."

"불편하다니까요. 다리가 부었어요."

나는 계속해서 핑계거리를 찾았다. 날마다 점심 때, 심지어 오후가 되어서야 일어났다. 점점 폐인이 되어가고 있었다. 계속 자고만 싶었다. 잠잘 때는 이 모든 현실에서 도피할 수 있다고 생각했다.

매일 부모님에게 휠체어를 밀어달라고 했고 화장실에 갈 때마다 부모님의 도움을 받았다. 의족을 다시 신고 싶지 않았다. 의족을 신는 건 그때까지도 내게 가장 큰 고통이었다. 매번 의족을 신고 있을 때마다 온몸이 참을 수 없이 힘들었다. 표면이 약간 거친 반지만 끼워도 오래되면 손가락이 쓸려 아픈데 잘린 다리에 딱딱하고 육중한 물건을 매단다는 건 정말이지 끔찍한 고통이었다. 온몸이 땀으로 흠뻑 젖었다. 나를 힘들게 한 건 다리의 통증도 있었지만 그보다는 몸이 구속당한다는 고통이 훨씬 컸다. 게다가 한여름이었다. 더운 날씨에 의족 안에 땀이 차서 덥고 쓰라렸다. 두 다리의 절단 부위가 호전되었다가 부어오르기를 반복하고 있었다. 이런 반복된 고통이 날 미치게 만들었다. 차라리 휠체어를 타는 게 더 편했다. 다리를 밖으로 내놓을 수도 있고 아픔을 참을 필요도 없으니까.

그렇게 한참동안 나는 의족을 멀리했다. 부모님의 설득에도 나는 요지부동이었다. 가끔은 부모님이 "너무 오랫동안 걷는 연습을 안 했잖니. 오늘은 연습을 해보자."라고 나를 달랬지만 그럴 때마다 나는 "연습 같은 거 안 해요."라고 퉁명스럽게 대꾸했다. 너무 심란해서 의족 따위는 보고 싶지도 않았다.

그러던 어느 날 늦게 일어나 화장실에 가고 싶어서 누운 채로 엄마를 불렀지만 대답이 없었다. 그때 우리는 퇴원 후 병원에서 가까운 곳에 집을 얻어 살고 있었다. 한참을 기다렸지만 아무도 와주지 않았다. 부모님이 어디 계신지도 알 수 없었다. 시간이 흘러 도저히 참을 수 없게 되자 나는 침대에서 기어 내려와 의족을 찾아다녔다. 의족이 없으면 나는 변기에 앉을 수도 없었다. 나는 그제야 의족이 내게 중요한 것이고 반드시 의족을 써야 한다는 걸 알았다.

한참을 기어 다니다가 소파 뒤에 세워져 있는 의족을 찾았다. 나는 서둘러 의족을 신고 비틀거리며 걸어서 화장실로 향했다. 화장실 문을 열자 바닥에 물기가 있었다. 조금 걱정이 되었지만 길게 생각할 겨를이 없었다. 역시 불길한 예감이 들어맞았다. 왼쪽 다리를 화장실 안으로 성큼 내딛었다가 한 걸음도 걷지 못하고 미끄러져 바닥에 나동그라졌다.

고통 없이는 자유도 없다

의족을 신으면 물기가 있는 화장실 바닥이 얼마나 미끄러운지 감각으로 느낄 수 없기 때문에 발을 딛자마자 미끄러진 것이다. 넘어지던 순간의 상황이 잘 기억나지 않는다. 발을 딛자마자 막대기처럼 그대로 뒤로 나자빠졌던 것 같다. 퍽 하는 소리와 함께 머리가 변기 가장자리에 부딪혔다.

나는 절반쯤 정신을 잃었고 머리카락이 변기 안으로 어지럽게 쏟아져 내렸다. 세탁한 물을 변기에 버렸는지 시커먼 물 위에 거품이 둥둥 떠 있었고 내 머리도 거품투성이가 되었다. 바닥에는 물이 흥건했다. 나는 있는 힘을 다해 몸을 버둥거렸지만 일어설 수 없었다. 의족의 발바닥이 구부러지지 않기 때문에 정상인처럼 자유롭게 발꿈치를 움직일 수 없었다. 게다가 한동안 연습도 하지 않았던 터라 쉽게 일어날 수 없었다.

한참 사투를 벌인 끝에 겨우 일어나 세면대에 몸을 의지했다. 조심스럽게 밖으로 걸어 나오다가 문득 거울에 비친 내 모습과 마주친 순간 나는 흠칫 놀랐다. 거울 속 내 모습은 왼쪽 이마에 불룩하게 혹이 나고 옷도 머리카락도 흠뻑 젖은데다가 너무 많이 잔 탓에 눈두덩마저 만두처럼 두둑하게 부어 있었다.

나는 거울 앞에 우뚝 선 채로 굳어졌다. 거울 속 사람이 나라는 걸 믿을 수가 없었다. 왜 저렇게 추할까? 와락 울음이 터졌다. 엉엉 울면서 세면대를 손으로 마구 때렸다. 가슴속에 꽉 들어찬 울분을 터뜨리고 싶지만 터뜨릴 수가 없었다. 누굴 원망해야 할지 몰랐기 때문이다. 누굴 원망해야 할까? 나는 그렇게 한참을 울었다. 내 몸 안에 있던 또 다른 내가 눈물과 함께 쏟아져 나오는 것 같았다.

가까스로 울음을 멈추고 내 방으로 돌아가 문을 걸어 잠갔다. 넘어진 걸 엄마에게 들킬까 봐 두려웠다. 엄마에게는 이 모든 걸 숨기고 싶었다. 그날 나는 하루 종일 밥도 먹지 않았다. 부모님이 문을 두드렸지만 자고나서 먹을 테니 밥은 문 앞에 두고 가시라고 했다.

나는 계속 고민했다. 나는 이제 어떻게 해야 할까? 정말 이걸로 끝일까? 내 인생은 이제 희망이 없는 걸까? 의족을 신고 남들처럼 걸어 다니는 게 내겐 꿈같은 이야기였다. 오랫동안 의족을 했음에도 걸음걸이가 자연스럽지 못하고 꼭 누군가의 부축을 받아야 하는 사람도 있다고 했다. 나는 언제까지 연습하고 얼마나 더 고통을 받아야 걸을 수 있을까? 절망과 공포가 나를 압도해 하루 종일 침울함을 떨칠 수 없었다. 밤에도 잠들지 못하고 뒤척였다. 내가 뭘 해야 할지 생각나지 않았다.

하는 수 없이 일어나 TV를 켰다. 드라마《서유기》가 방영되고 있었다. 손오공이 금고아*를 쓰고 괴로워하는 걸 보며 그 절절한 고통을 누구보다 잘 이해할 수 있었다. 나는 침대에 앉아 한참을 생각했다. '어떤 결단이든 내려야 해. 이대로 살 순 없어.' 조금 더 있다가는 미쳐버릴 것 같았다. 내 머릿속이 실타래처럼 얽히고설켜 있을 때 내게 답안을 제시해준 건 역시 당장의 생활이었다.

우선 의족을 연습할 건지 휠체어를 탈 건지 결정해야 했다. 의족을 연습하면 어떤 장점이 있을까? 자유로워질 수 있다. 꾸준히 연습하다보면 예전처럼 자유롭게 걸어 다닐 수 있을 것이다. 비록 그 과정이 고통스럽고 언제까지 해야 하는지 기약은 없지만. 아마도 기나긴 싸움이 될 것이었다.

물론 의족에 적응하는 걸 포기할 수도 있었다. 그러면 휠체어에 앉아서 할 수 있는 일은 뭘까? 메이크업을 배워볼까? 하지만 휠체어를 타고 남의 화장을 해주는 것도 불편할 것 같았다. 용변을 보고 목욕을 할 때에도 모두 남의 도움이 필요했다. 곁에 아무도 없다면 난 어떻게 하지?

의족을 연습할까 휠체어를 탈까, 나는 어떤 선택을 해야 할까? 각

* 손오공이 쓴 머리띠. 삼장법사가 주문을 외우면 금고아가 바짝 조여져 손오공을 고통스럽게 함. — 옮긴이

각의 장단점을 고민해 본 후 나는 의족을 신는 편이 장점이 더 많다는 결론을 내렸다. 혹시 앞으로 좋아하는 남자를 만나게 되더라도 의족을 신으면 함께 할 수 있는 게 더 많을 것 같았다. 어쨌든 휠체어에 앉아 늘 그의 도움을 받는 것보다는 훨씬 나았다.

나는 일상생활에서 마주칠 수 있는 문제들까지 곰곰이 생각해보았다. 예를 들어 의족을 신으면 운신의 폭이 넓어지고 휠체어를 타면 마음대로 예쁜 옷을 입지도 못할 것 같았다. 또 휠체어를 오래 타면 허리가 굵어지고 살이 찌겠지만 의족을 신으면 자연히 운동량이 많아지므로 몸매를 관리할 수 있을 것이었다.

어느 면으로 보나 의족을 신는 편이 장점이 더 많았다. 육체적인 고통과 자유롭지 못한 것 중 하나를 선택해야 할 때 내 성격상 육체적인 고통을 감내하는 쪽이 더 나았다. 제 아무리 아픈들 콘크리트 더미 속에 30시간 가까이 깔려 있었던 고통만 할까? 그때는 온몸의 인대가 늘어나 죽는 게 더 나을 만큼 고통스러웠다. 그렇게 긴 시간 동안 견뎌낸 내가 이제 와서 걷는 고통에 질 수는 없었다. 나는 반드시 이겨내야 했다.

여러 가지로 고민한 끝에 의족을 신는 편을 선택했다. 나는 육체적인 고통과 자유를 맞바꾸기로 마음먹었다. 그 자유 속에는 내 존엄의 자유, 영혼의 자유까지 모두 포함되어 있었다. 결론을 내린 뒤 나는 편히 잘 수 있었다. 속으로 내게 말했다. '좋아, 랴오즈. 이제 푹 자기만 하면 돼. 다른 건 다 명확해졌으니까.'

어느새 나는 병원에서 재활할 때의 마음가짐으로 돌아가 있었다. 그 어느 때보다 더 이성적이었다. 이튿날부터 곧장 연습에 돌입하기로 했다. 연습을 위해서는 충분한 체력이 필요하니까 우선 잘 먹고 잘 자야한다고 생각했다. 침대에 눕자 쓸데없는 생각들이 다시 나를 괴롭혔지만 나는 속으로 말했다. '랴오즈, 정신 차려. 아무 것도 생각하지 마. 지금 너한테 필요한 건 푹 자는 거야.'

이튿날 나는 아침 일찍 일어나 컴퓨터를 켰다. 내 방 안에서 연습하는 게 좋을 것 같았다. 부모님이 보지 않는 곳에서 연습하고 싶었다. 밖에서 연습하면 부모님은 분명히 이렇게 연습하면 안 된다는 둥 그렇게 하다가는 다친다는 둥 간섭을 할 것이었다. 물론 노파심에서 하는 말이지만 내게는 커다란 스트레스였다. 모든 소리를 배제하고 내 머릿속에 떠오르는 잡생각을 다 몰아내고 오로지 연습에만 집중하고 싶었다. 그래서 나는 컴퓨터 볼륨을 최대로 높여 음악을 틀었다. 그러면 음악에 정신을 빼앗겨 모든 걸 잊은 채 걷는 연습에만 신경을 쏟을 수 있었다.

방이 워낙 좁아서 한 손으로는 전신거울을 붙잡고 한 손으로는 문고리를 잡고 의지해 걷는 연습을 했다. 연습한 지 20일쯤 되자 문고리가 헐거워지고 거울 밑받침이 부러질 듯 위태로웠다. 나는 아무것도 생각하지 않고 날마다 연습에만 집중했다. 밥 먹을 때를 제외하고 나머지 시간은 오롯이 연습에만 쏟아 부었다.

화장실에서 미끄러지면서 이마에 생긴 혹이 다 가라앉지 않아 앞머리를 내려 가리고 밥을 먹을 때는 모자를 썼다. 부모님이 왜 집안에서 모자를 쓰느냐고 물었지만 나는 내가 좋아하는 모자라서 그런다고 둘러댔다. 간섭받기도 싫고 부모님을 걱정시키고 싶지도 않았다. 최선을 다하기만 하면 잘할 수 있을 거라고 믿었다. 역시 예상대로 나는 의족에 빠르게 적응해갔다.

누구도 대신 걸음을 내딛어주지 않는다

어느 날 부엌에서 물이 끓고 있었다. 주전자에서 삐 소리가 나는데 가스 불을 끄는 사람이 없었다. 계속되는 삐 소리에 마음이 급해져 서둘러 부엌으로 달려가 불을 끈 뒤 주전자를 들고 다른 방으로 가서 끓는 물을 보온병에 담았다. 물을 담아놓고 고개를 들었는데 아버지가 앞에 서 있었다. 아버지의 눈가가 울먹이는 아이처럼 벌겋게 달아올라 있었다. 내가 놀라 물었다.

"무슨 일이에요? 왜 그러세요?"

아버지는 빨개진 눈으로 한참이나 나를 쳐다보다가 입을 열었다.

"어떻게 된 거야? 방에서 어떻게 나왔어? 물을 보온병에 담기까지 하다니!"

아버지의 말을 듣고 나도 깜짝 놀랐다. 20일 전의 내게 이건 불가능한 일이었다. 그때는 무언가를 잡지 않으면 걸을 수 없었고 손을 놓았을 때 작은 물컵이나 책이라도 들고 있으면 곧 균형을 잃고 쓰러졌다. 내가 서 있을 때 누가 손가락으로 톡 밀기만 해도 아마 넘어졌을 것이다. 다리를 절단한 후 나는 아무 것도 잡지 않고 걸음을 걸은 적이 한 번도 없었다. 게다가 무언가를 손에 들고서 말이다. 그런데 나는 지금 끓는 물이 가득 담긴 주전자를 들어 보온병에 물을 담기까지 했던 것이다. '맞아. 내가 어떻게 했지? 너무 신기해!' 그 소리를 듣고 엄마도 방에서 달려 나왔다. 엄마가 흥분된 목소리로 재촉했다.

"어서 어서, 다시 주전자를 들고 물을 따라 봐."

나는 다시 주전자가 있는 곳으로 가서 보온병에 물을 따랐다. 내가 유연하게 허리를 굽히는 법까지 터득했다는 걸 그제야 알았다. 그 전까지 나는 허리를 굽힐 엄두도 내지 못했다. 허리를 조금만 굽혀도 넘어질 것임을 알았기 때문이다. 그런데 20일 만에 나는 달라져 있었다. 허리를 굽혀 물을 따르는데도 넘어지지 않았다. 부모님이 감격에 겨워 내가 물 따르는 모습을 사진 찍었다.

아무리 큰 고난도 상상한 것만큼 고통스럽지는 않다는 걸 그때 깨달았다. 의족에 적응하는 건 내 생각처럼 기약 없는 꿈이 아니었다. 사람들은 내게 의족에 적응하려면 7~8년은 걸리고 어쩌면 10년, 20년이 걸려도 적응하지 못할 수도 있다고 말했다. 하지만 남들이 그렇다고 해서 반드시 내게도 그런 것은 아니었다. 누구나 다 똑같을 수는 없다.

7년이 걸려도 걷지 못하는 사람은 열심히 노력하지 않았거나 아니면 마음속 공포가 너무 크기 때문일 것이다. 남들의 경험에 너무 의지할 필요는 없다. 나는 그들보다 잘할 수 있으니까. 세상 사람들은 제각각 자신의 소리로 타인에게 영향을 미치며 살아간다. 나는 마음속에서 나오는 가장 진실한 소리에만 귀를 기울이기로 했다. 그 후 나는 충칭의 거리 곳곳을 돌아다니기 시작했다. 그 전에는 휠체어를 붙잡고 걸어 다녔지만 이제는 10분쯤 혼자 힘으로 걷다가 10분쯤 휠체어를 붙잡고 걷거나 잠시 앉아서 쉰 다음 다시 또 혼자 걸었다. 나는 점점 대담해졌다. 의사는 내게 너무 많이 연습하지 말라고 주의를 주었다. 땀이 나면 환부가 다시 감염될 수 있기 때문이다. 하지만 나는 내가 그리 쉽게 감염되지 않을 거라는 믿음이 있었다. 날마다 연습을 하면서 환부를 자세히 살펴보고 깨끗하게 관리했다.

나는 의족에 대해 더 많은 경험을 하기 시작했고 의족을 조정하는 법도 배웠다. 의족을 신은 사람들은 대부분 의사에게 의지해 의사를 찾아가 의족을 조정하고 조언을 받는다. 하지만 그건 좋은 방법이 아니다. 의사는 장애인이 아니기 때문에 의사가 알려주는 의족에 대한 지식은 제3자의 입장에서 바라보는 것이 전부다. 의족을 진정으로 자기 몸에 맞추는 건 자기 자신 외에 그 누구도 대신해줄 수 없다.

나중에 나는 병원에서 공구를 빌려다가 직접 의족의 나사를 돌리고 풀어 의족의 각도를 내게 맞추었다. 의족에서 무릎을 감싸는 부분과 그 아래 다리 부분을 연결해주는 곳에 나사가 아주 많았다. 나는 그 나사들을 하나씩 돌려가며 내게 제일 잘 맞도록 조정했다. 사람들이 의족에 적응하지 못하는 큰 이유가 남에게 맞추어달라고 부탁하기 때문에 무릎의 각도가 완벽하게 맞지 않는 것이다. 의족을 직접 조정하는 건 그리 어렵지 않다. 자신에게 가장 편한 각도는 자기 자신만이 알 수 있다.

그때는 다리가 완전히 회복되지 않아서 의족

에서 무릎을 감싸는 부분에 덮개를 여러 겹 씌워야 했다. 자기 전에 다리가 심하게 부었다가 다음날 아침이면 부기가 가라앉았다. 다리 굵기가 수시로 달라지기 때문에 덮개를 여러 개 준비했다. 병원에서 주는 덮개가 모자라 내가 직접 나가서 여러 가지 스타킹을 샀다. 어떻게 하면 더 편하고 옷차림과도 어울릴지 다양한 방법을 짜냈다.

의족에 적응하려면 계속해서 바꾸어가면서 자신에게 맞추는 과정이 필요하다. 의사가 주는 대로 신으면 되는 게 아니라 스스로 의족을 조정하고 단련시켜야 한다. 나는 의족의 발끝을 움직여 방향을 조정했다. 발끝이 걷는 방향과 다르면 보기에도 좋지 않고 걷기도 힘들었다. 의족만 조정하는 것이 아니라 걷기에 더 편한 신발로 바꾸어야 했다. 모든 신발이 의족에 맞는 건 아니기 때문에 수많은 신발가게를 돌아다니며 내가 신을 수 있는 신발을 골랐다. 이것은 육체적, 정신적으로 많은 노력을 필요로 하는 지난한 과정이었다.

나는 의족에 대해 점점 더 많은 걸 알게 되었고 의족과 점차 친해졌다. 병이 오래되면 의사가 된다는 옛말이 바로 내 이야기였다. 나는 의족을 신는 것이 점점 편해졌다.

의족을 신어도 아름다울 수 있다

차츰 의족에 적응하면서 걸음을 걷는 것이 그리 힘들지 않았다. 친구와 놀러 나갔을 때도 친구가 피곤해질 때쯤에야 나도 피로를 느꼈다. 그저 피곤하고 여기저기 시큰거리는 것일 뿐 의족을 처음 신었을 때의 고통과는 완연히 달랐다. 하지만 불편한 점이 전혀 없는 건 아니었다. 살이 찌면 안 된다는 것도 그 중 하나였다. 뚱뚱해지면 의족이 다리에 꽉 끼어 불편했다. 원래 체중이 많이 나가는 사람들은 적게 나가는 사람들보다 의족에 적응하기가 힘들다. 나는 체중이 일정 범위 이상 늘어나지 않도록 먹는 것을 억지로 절제해야 했다.

의족에 적응할수록 의족에 대해 바라는 점이 점점 많아졌다. 의사는 내게 의족을 신으면 영영 미니스커트를 입을 수 없을 거라고 말했다. 미니스커트 아래로 의족이 드러나기 때문이다. 미니스커트를 입고 대신 긴 부츠를 신어 무릎 관절 부위를 가리면 될 것 같았다. 그러나 의족에 맞는 부츠를 찾기가 쉽지 않았다. 의족의 발바닥이 구부러지지 않아 기다란 부츠에 발이 들어가지 않았다. 석 달 동안 지하상가를 누비며 내가 신을 수 있는 부츠를 찾아다닌 끝에 드디어 옆에 지퍼가 달린 부츠를 찾아냈다.

처음 부츠를 신은 날 미니스커트를 입고 모자를 쓰고 사진을 찍어 '의족 미녀 탄생하다'라는 제목으로 내 블로그에 올렸다. 또 그날 나는 내게 의족을 맞추어 준 의사의 진료실을 찾아갔다. 내가 진료실을 문을 열고 들어갔지만 의사는 날 알아보지 못했다. 내가 모자를 벗자 의사가 깜짝 놀랐다.

"이게 누구야? 랴오즈잖아? 와, 멋지군!"

나는 맵시를 뽐내며 자랑스럽게 말했다.

"내게 미니스커트 입을 권리를 빼앗진 못하실 거예요! 의족을 신고도 이렇게 미니스커트를 입었잖아요."

내 말에 선생님이 껄껄 웃었다.

"역시 랴오즈의 집념은 알아줘야 해!"

"앞으로 여자 환자들이 미니스커트를 입을 수 있는지 물으면 전혀 문제없다고 대답하세요!"

그 의사는 나의 좋은 친구가 되었고 나중에는 입원 기간 동안 나를 돌보아 준 내 친구와 결혼했다. 두 사람은 나를 통해 서로 알게 되었고 나에 대한 사랑과 관심이 공감대가 되어 서로 가까워졌다. 그 의사는 다리를 절단한 환자들에게 내 이야기를 해주며 자신감을 북돋워 주곤 했다. 그때부터 의족은 나의 둘도 없는 친구가 되었고 나는 의족에 대해 점점 더 많은 걸 알아가기 시작했다.

나는 쉽게 포기하지 않고 현상에 만족하지 못하는 성격 때문에 어떻게 하면 의족을 더 편하게 개량할 수 있을지 고민했다. 의족의 다리 부분은 파이프로 지탱하고 겉을 스티로폼으로 감싸 다리 형태로 만든 것이다. 대부분의 사람들은 의족의 형태에는 별로 개의치 않아서 의사가 만들어 주는 대로 신는다. 하지만 나는 그것으로 만족할 수 없었다. 문구용 칼을 가지고 직접 스티로폼을 깎아 다리를 더 날씬하고 예쁘게 만들었다. 심지어 근육의 질감까지 표현했다.

사람들이 내게서 포기하지 않는 끈기와 강한 생명력을 느끼는 건 내가 계속해서 자신을 변화시키기 때문일 것이다. 내가 처음 의족을 신고 춤을 춘 건 2008년 10월 장쑤성(江蘇省) 난퉁(南通)에서였다. 그때는 걸음조차 제대로 걷지 못할 때였다. 20분쯤 걷고 나면 한참을 앉아서 쉬어야 했지만 무대에서 춤을 추는 걸 포기하지 않았다. 그때는 파트너와 함께 춤을 추었다. 몸을 빙그르르 돌리는 동작이 많고 파트너의 몸 위에서 이리저리 몸을 돌려야 했으며 다리를 차고 일자로 뻗는 동작이 있어서 안무의 난이도가 높았다.

공연 중간에 파트너의 목덜미 위에서 몸을 한 바퀴 돌린 후 뛰어내리는 동작이 있었는데 내가 뛰어내리기도 전에 갑자기 쿵 하는 둔탁한 소리가 들렸다. 내가 몸을 돌릴 때 오른쪽 의족이 떨어져 나가 관중석을 덮쳤던 것이다.

다행히 야외 공연이고 관중이 많지 않아서 다친 사람은 없었지만 정말 아찔한 순간이었다. 무거운 의족이 누군가의 머리 위로 떨어졌더라면 끔찍한 사고가 벌어졌을 것이다. 의족이 관중석으로 떨어지는 순간 사람들은 무엇이 날아든 건지 알아차리지 못했다. 당황한 진행자가 황급히 달려 나와 분위기를 안정시켰다.

"이제 보니 랴오즈의 공연은 참 위험하군요. 지금까지 제가 본 것 중 제일 무시무시한 무기예요. 제게 원수가 있다면 그 원수를 저 자리에 앉혀놓고 랴오즈에게 처리해달라고 부탁할 겁니다. 하하하!"

진행자의 농담에 사태가 겨우 수습되었다.

조물주는 세상 만물에게 생명을 부여하며, 모든 생명은 자유가 있다. 자유는 방종과 다르다. 자유롭다고 해서 모든 역경을 피해갈 수 있는 것이 아니며 하기 싫은 일을 하지 않아도 되는 것도 아니다. 자유는 사람의 신념에서 나온다. 세상에서 일어나는 모든 일에는 '행복'과 '불행'의 구분이 없다. 오직 '일어난 일'과 '아직 일어나지 않은 일'의 구분만 있을 뿐이다. 우리를 고통스럽게 하는 건 우리에게 일어난 일이 아니라 그 일이 일어났음을 믿지 않는 것이다. 조물주는 우리에게 감당할 수 있는 일만 일어나게 한다. 우리에게 일어난 일은 그 무엇이든 모두 좋은 일이다. 나는 그렇게 믿는다.

— 랴오즈

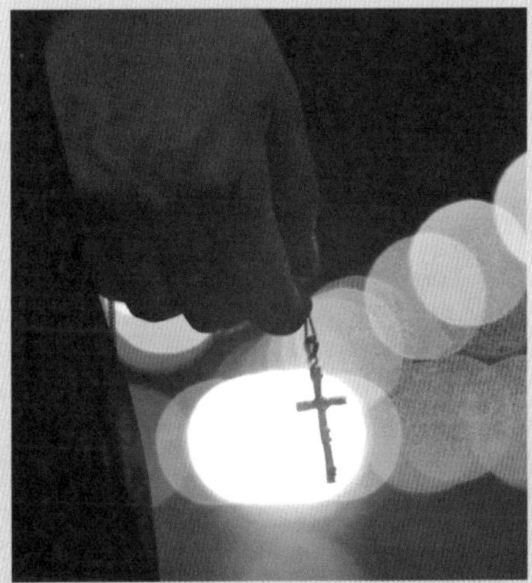

Chapter 6

새 의족에 적응하며 새로운 자신을 찾다

기적처럼 찾아온 새 의족

춤을 출 수 있을 만큼 가벼운 의족을 갖는 건 또 한 번의 기적이 일어나지 않는 이상 불가능했다. 자선공연으로 '북춤'을 추면서 가끔씩 그런 꿈을 꾸었을 뿐이다. 그런데 바라는 것조차 감히 사치였던 내 꿈이 기독교 신도들과의 우연한 만남으로 현실이 되었다.

그들을 만난 건 더양의 한 거리에서였다. 겉으로는 평범한 중국인들이었지만 그들 곁을 지나칠 때 그들의 대화가 자연스럽게 귀에 들어왔다. 말투를 들으니 외국에서 온 사람들이란 걸 대번에 알 수 있었다. 쓰촨의 시골 마을에서 태어난 나는 항상 바깥 세상에 대해 강한 호기심을 가지고 있었다. 별 생각 없이 휠체어 바퀴를 돌리며 그들 옆을 지나치는데 그들 중 한 남자가 인사를 건넸다.

그때까지만 해도 정말로 특별한 생각은 없었다. 그들과 몇 마디 이야기를 나누거나 아니면 그들과 친구가 되고 싶었을 뿐이다. 그들이 아는 세상은 나보다 훨씬 넓을 것이므로 그들을 통해 더 넓은 세상을 보고 싶었다. 내가 그의 인사에 환한 미소로 응대하자 그 남자는 약간 뜻밖이라는 표정을 지었다. 그날 나와 그는 몇 마디 나눈 게 전부였고 미래의 어느 날 그가 나의 목사가 되어 나를 신앙으로 인도하게 될 줄은 꿈에도 몰랐다. 그는 나와 몇 마디를 나누고는 함께 있던 다른 여자에게 나를 소개했다. 그 여자는 친절한 미소를 지으며 내게 도움이 필요한지 물었다.

우리는 거리에서 이야기를 나누었다. 그들은 밴쿠버에서 재해지역을 지원하기 위해 찾아온 봉사자들이었다. 나는 쓰촨 사람들을 도우러 온 사람들이라면 누구든 고맙고 감격스러웠다. 공교롭게도 그들이 다음날 가려는 곳이 바로 내 고향 한왕이었다. 나도 '북춤' 자선공연을 도와줄 사람을 찾으러 한왕에 가려던 차였기 때문에 그들의 현지 가이드가 되어주겠다고 자원했다. 우리는 그 자리에서 서로 전화번호를 주고받았다.

이튿날 눈을 뜨자마자 기분이 좋았다. 밖에는 장대비가 내리고 있었지만 내 기분은 쾌청하기만 했다. 그때 나는 더양에 있었고 친척이 차를 몰고 나를 데리러 오기로 되어 있었다. 친척은 비오는 날 휠체어를 타고 다니기가 쉽지 않다며 다른 날 가는 게 좋겠다고 만류했지만 나는 어제 만난 봉사자들과 약속했다며 꼭 가야한다고 고집을 부렸다.

그런데 처음부터 순조롭지 않았다. 봉사자들과 전화 연결이 되지 않았다. 친척은 연락이 되지 않으니 그냥 집으로 돌아가자고 했다. 연락이 안 되니까 약속을 어긴 건 아니라고 나를 설득했다. 그러나 나는 마음을 바꾸지 않았다. 비가 와서 그들이 한왕 행을 포기한다면 어쩔 수 없지만 내 고향을 대표해서 그들에게 꼭 고마움을 표시해야 한다며 꼭 가겠다고 고집을 부렸다. 어쩌면 그들이 벌써 한왕에 도착했을지도 모르는 일이었다.

우리는 더양을 출발해 한왕으로 갔다. 그런데 그들의 전화가 계속 불통인 것이었다. 한왕을 한 바퀴 다 돌았지만 그들을 만나지 못했다. 한참을 기다려도 그들의 모습은 보이지 않았고 전화 연결도 되지 않으니 그냥 돌아가자 싶었다. 돌아가기 전에 사진을 한 장 찍었다. 혹시 그들을 다시 만나게 된다면 사진을 보여주며 내가 한왕에 갔었다고 당당히 말하리라 생각했다. 바로 그때 전화벨이 울렸다!

이유는 모르겠지만 하필이면 내 전화번호가 저장되어 있는 휴대폰의 전원이 켜지지 않았다는 것이었다. 나는 드디어 그들을 만났다. 그들은 그때까지 기다린 나를 보며 놀라움을 금치 못했다. 다른 사람 같으면 벌써 가버렸을 거라며 인내심이 대단하다고 감탄했다. 사실 내게는 내 고향 땅을 밟고 그들에게 고맙다고 말하는 것이 고마움을 표현할 수 있는 유일한 방법이었다. 그들은 그렇게 먼 곳에서 우리를 도우러 왔는데 내가 할 수 있는 일은 고작 그것뿐이었다. 그런 작은 일도 못한다면 나는 그들에게 너무 부끄럽지 않을까! 그 일을 계기로 그들은 나를 특별한 사람으로 여겼던 것 같다. 그들은 나에 대해 궁금해 했다. 대화 도중에 내가 말했다.

"춤을 계속 추고 싶은데 의족이 불편해요. 무엇보다도 춤을 추는 도중에 의족이 빠져 날아가니 걱정이에요."

내 말에 봉사자 중 한 명이 말했다.

"우리 기금회에 미국의 의족제작자와 잘 아는 사람이 있어요. 그 사람에게 연락해 춤을 출 수 있는 의족을 기증해달라고 할 수 있을 거예요."

처음 그 말을 들었을 때 큰 기대를 하지 않았다. 지진이 일어난 후 많은 사람들이 내게 비슷한 약속을 했지만 그 중 대부분은 지켜지지 않았다. 하지만 결과가 어떻게 되든 그들이 날 위해 그런 생각을 해주었다는 것만으로도 감격스러웠다. 의족을 바꾸지 않더라도 어쨌든 혼자 걸을 수 있으니 그것으로도 충분했다. 춤을 출 수 있는 의족을 갖는다는 건 내게 너무 큰 사치였으므로 갖지 못한다 해도 전혀 서운할 것 없었다.

그들은 떠나면서 내게 성경 몇 권을 선물해주었고 나는 그걸 충칭으로 가지고 왔다. 그들과 서로 이메일 주소를 주고받았기 때문에 만날 수는 없어도 계속 연락을 주고받을 수 있었다. 그렇게 반 년이 흐른 어느 날 봉사자들에게 내 전화번호를 묻는 이메일이 왔다. 그들이 또 중국에 온다는 것이었다. 그런데 이번 중국행의 목적이 나를 미국으로 데리고 가 춤을 출 수 있는 의족을 맞추는 것이라고 했다. 그 순간 나는 정말이지 꿈을 꾸고 있는 것 같았다!

내가 태어난 작은 마을에서 해외에 나간다는 건 다른 세상 이야기였다. 내가 그들과 이메일 주소를 주고받았을 때 내 친척과 친구들은 큰 의미를 두지 말라며 찬물을 끼얹는 말을 하곤 했다. 나는 그들에게 온 이메일을 친척과 친구들에게 보내 자랑하며 세상에 무의미한 일은 없다고 말했다. 설령 새 의족을 얻지 못했더라도 그로 인해 친구들을 사귈 수 있었으니 나는 그걸로 만족했을 것이다.

하늘은 가끔씩 우리의 상상을 훨씬 뛰어넘는 선물을 선사한다. 나는 그들과의 약속을 지키기 위해 세 시간 가까이 비를 맞으며 기다렸을 뿐인데 하늘은 그것과는 비교도 할 수 없는 엄청난 기적을 내게 선물했다. 내가 난생 처음 해외에 나가고, 춤을 출 수 있는 의족까지 생긴다는 건 내 인생에서 불가사의한 첫 번째 사건이었다!

그건 하늘의 뜻이라고 밖에는 설명할 수 없다. 하늘이 우리를 내려다보고 있다면 우리는 최선을 다해 열심히 살아야 한다. 노력도 하지 않고 하늘이 날 도와주지 않는다고 원망해선 안 된다. 2009년 5월 나는 미국으로 가서 내 생애 두 번째 의족을 갖게 되었다. 아무리 뛰고 몸을 돌려도 절대로 떨어져나가지 않는 의족이었다.

의족을 바꾸고 처음부터 다시 시작하다

새 의족으로 나는 오랜 소원을 이루었다. 바로 키가 커진 것이다. 키가 작아 무용대학에 낙방한 후 작은 키를 원망하며 키가 더 컸으면 얼마나 좋을까 생각하곤 했다. 그렇다고 장신이 되길 바란 건 아니었다. 160센티미터만 되어도 좋았다. 그래서 의족을 맞출 때 의사에게 의족을 조금 길게 만들어달라고 부탁했다. 네덜란드인 의사는 내 이야기를 듣고 웃음을 터트리며 자신이 의족을 제작해 준 사람들 중에 내가 제일 귀여운 환자라고 했다. 의족의 첫 번째 조건이 키가 커지는 것이라니 말이다. 나는 키가 크는 게 소원이었고 하늘이 기회를 주었으니 포기할 수 없다고 말했다.

첫 번째 의족을 맞출 때는 다리가 완전히 회복되지 않아 부었다 가라앉았다를 반복했기 때문에 제일 많이 부었을 때를 기준으로 제작해 의족이 상당히 굵었다. 2009년 5월 두 번째 의족을 맞출 때는 다리가 거의 회복된 후였기 때문에 의족이 가늘고 호리호리해 훨씬 예뻤다.

하지만 새 의족은 무릎을 감싸는 부분이 실리콘으로 되어 있어서 첫 번째 의족보다 적응하기가 더 힘들었다. 첫 번째 의족을 처음 신었을 때는 최소한 서 있을 수는 있었지만 실리콘으로 된 두 번째 의족은 다리에 끼우고 3분도 안 되어 벗어던지고 싶을 만큼 고통스러웠다. 실리콘 덮개는 꼴도 보기 싫었다. 실리콘이 피부를 너무 바짝 죄어 다리 전체를 집게로 쥔 것 같았고 얼마 안 되어 다리가 붓고 감각이 무디어졌다. 다리 전체를 꽁꽁 동여맨 것 같아 걸을 수 없었지만 춤을 추다가 의족이 빠져서 날아갈 일은 절대로 없을 듯 했다.

그런데 나를 일상 생활에 적응하게 만든 것은 역시 그 의족이었다. 다리를 절단한 사람에게 의족을 바꾸는 건 엄청난 도전이자 시련이다. 어떤 의족이든 신는 날부터 편한 것이 아니라 반드시 적응 기간이 필요하다. 첫 번째 의족은 이제 익숙해져 춤을 추다가 날아가는 단점만 빼면 모든 일을 의족 위에서 할 수 있었다. 그런데 그 과정을 처음부터 다시 해야 한다니! 새 의족에 적응하는 동안 나는 아무 것도 할 수 없었고 다시 휠체어를 타고 다니는 신세가 되었다. 육체적, 정신적으로 좌절을 겪으며 나는 툭하면 까닭 없이 화를 냈다. 심리 상태가 엉망이었다.

2009년 6월 귀국한 후 거의 석 달 만에 겨우 의족을 신고 밖에서 한 시간 이상 걸을 수 있게 되었다. 의족을 신는 사람들은 차라리 성능이 조금 나쁜 의족을 신더라도 실리콘 의족을 신지 않으려 한다. 실리콘 의족에 적응하는 게 죽을 만큼 힘들기 때문이다. 만약 내가 처음부터 실리콘 의족을 썼더라면 과연 적응할 수 있었을지 자신이 없다. 그런데 지금은 밖에서 걸어 다니고 일상생활을 하고 심지어 춤을 추는 것도 아무 문제가 없다. 직접 사용해 보니 실리콘 의족이 편리한 점이 훨씬 많았다. 실리콘 의족 덕분에 나는 내 꿈에 한 발짝 더 다가갈 수 있었다.

다시 석 달이 흐른 후 나는 드디어 연속 10시간 넘게 걸을 수 있게 되었다. 새 의족을 신고 등산도 하고 달리기도 하고 갖가지 일에 도전해보고 싶어 몸이 근질거렸다. 새 의족 덕분에 처음 혼자 거리로 나가 신호등을 건너보기도 했다. 정상인들에게는 신호등을 건너는 게 아무 것도 아닌 일이지만 나는 그게 너무 무서웠다. 절반밖에 못 건넜는데 갑자기 빨간불로 바뀔까 봐 겁이 났다. 뛴다는 건 생각도 할 수 없었기 때문이다. 길을 걷다가 사거리가 나타나자 나는 한참을 제 자리에 서서 망설였다. 의족을 신은 후 걸음을 걷고 혼자 무언가를 할 수는 있지만 그 모든 일에는 한 가지 전제가 있었다. 누군가 함께 있어야 한다는 것이었다. 나는 혼자서 밖으로 나간 적이 단 한 번도 없었다.

나는 횡단보도 앞에 서서 신호등의 파란불과 빨간불이 번갈아 점멸하는 것을 우두커니 바라보기만 했다. 그러다 한 건장한 남자가 내 옆에 와서 서는 걸 보고 용기가 생겼다. 횡단보도를 건너다가 일이 생겨도 그가 날 도와줄 것 같았기 때문이다. 나는 슬며시 그 남자 옆으로 다가섰다. 괜찮을 거라고 속으로 수십 번을 되뇌었다.

막상 파란불로 바뀌고 길을 건너기 시작하자 역시 가슴이 쿵쾅거렸다. 긴장될수록 나도 모르게 그 남자 옆으로 다가가고 그럴수록 남자는 내게서 멀리 떨어졌다. 그는 내가 왜 자꾸 옆으로 바짝 붙으려는지 이유를 몰랐을 것이다. 어쩌면 나를 소매치기로 의심했을 수도 있다. 나는 무의식중에 그 남자가 내게 의지가 되어줄 거라 믿었던 나머지 나도 모르게 그를 덥석 붙잡고 말았다. 그의 걸음이 점점 빨라져 내가 따라갈 수가 없었던 것이다. 남자가 펄쩍 뛰며 손으로 나를 확 밀쳤다.

"왜 이래?"

나는 그를 쳐다보았다. 그때 내 표정은 분명히 애처로웠을 것이다. 나는 내 상황을 설명하고 싶었지만 내가 말을 꺼내기도 전에 남자는 도망치듯 황급히 사라졌다. 나는 망연자실하게 길가에 우뚝 선 채로 생각했다. 횡단보도를 건널 때마다 이래야 할까? 자괴감이 온몸을 휘감았다. 길 건너기를 포기하고 싶었다.

그때 나를 지탱하고, 스스로 할 수 있는 일을 배우라고 채찍질한 건 독립적으로 살고 싶다는 열망이었지만 그 열망의 크기만큼이나 커다란 절망감이 시시때때로 나를 엄습했다. 때로는 혼자서 거리를 걷다가 까닭 없이 몸에 기운이 빠져 휘청거리며 낯선 사람에게 기대기도 했다. 혼자 힘으로 생활하는 건 쉽지 않은 일이었다. 하루에도 몇 번씩 순간순간 난처한 일들이 나를 덮쳤다.

넘어질 테면 넘어져 봐. 다시 일어나면 돼

2009년부터 2011년까지 2년 가까운 시간 동안 나는 부모님과 따로 살았다. 타지에서 살면서 일하고 가끔씩 예술단 공연에 참여했지만 모든 것을 혼자 힘으로 해야 했기 때문에 그 기간 동안 나는 많이 단련되고 성숙해졌다.

나는 정상인들과 똑같이 생활하고 싶었지만 일상생활을 해내는 것만으로도 어려움이 곳곳에서 속출했기 때문에 외로움을 느낄 겨를조차 없었다. 정상인들에게는 간단한 일이 내게는 몇 배나 힘들었다. 혼자 차를 타는 것도 그 중 하나였다.

한 번은 트렁크와 짐 가방을 양손에 가득 들고 청두 북역으로 기차를 타러 갔다. 청두 북역은 오르락내리락 해야 하는 계단이 많아서 나 같은 사람은 다니기가 무척 힘든 곳이다. 더구나 그날은 비까지 내렸다. 쓰레기통 옆에 서 있는데 사람들의 신발에서 떨어진 물이 바닥에 흥건히 고여 있는 바람에 미끄러지고 말았다. 쿵 하는 소리와 함께 쓰레기통까지 나와 함께 쓰러져 나뒹굴었다. 나는 쏟아진 쓰레기더미 위로 벌러덩 드러눕고 말았다. 더 난감한 것은 내 옆으로 많은 사람들이 지나갔지만 나를 부축해 일으켜주는 사람이 단 한 명도 없었다는 사실이다. 나는 쓰러진 채 거의 울다시피 애원했다.

"좀 도와주세요. 저를 좀 일으켜주세요!"

하지만 아무도 내게 손을 내밀어주지 않았다. 모두들 내가 어떤 상황인지 몰랐던 것 같다. 멀쩡한 여자가 넘어졌으면 빨리 일어나지 않고 왜 남들에게 도와달라는지 의아하게 생각했을 것이다. 사람들은 멀찌감치 떨어져 나를 쳐다보기만 할 뿐 아무도 가까이 다가오지 않았다. 정신이 좀 이상한 여자이거나 신종 사기수법으로 생각했을 수도 있다. 나는 역무원이 와서 도와줄 때까지 그 자리에 누운 채 일어나지 못했다.

나는 지금까지 청두 북역에서 세 번 넘어졌다. 매번 상황은 달랐지만 그때처럼 처량하고 비참했던 적은 없다. 또 한 번은 충칭 천자핑(陳家坪) 버스정류장에서 트렁크를 끌고 집으로 가고 있었다. 그 정류장은 비교적 가파른 언덕 위에 있었다. 트렁크를 끌고 조심스럽게 언덕을 내려오는데 갑자기 트렁크의 중심이 앞으로 쏠리더니 내 몸에 부딪혔고 나는 그 힘에 앞으로 떠밀렸다. "절 좀 잡아주세요! 잡아주세요! 넘어지려고 해요!" 트렁크는 브레이크가 고장 난 자동차처럼 앞으로 돌진했다. 하지만 사람들은 놀란 눈으로 쳐다보기만 할 뿐 아무도 나를 잡아주려 하지 않았다. 결국 나는 트렁크와 함께 꽈당 넘어졌다. 넘어지면서 턱이 바닥에 부딪혀 컴퍼스로 그린 듯 아주 동그랗게 푹 파였다.

살다보면 정상인들도 예측하지 못한 사건들을 겪게 되는데 의족을 신은 나는 오죽할까? 의족을 신고 훈련하는 동안 생각지도 못한 일들이 수시로 일어났다. 바로 1분 후에 어떤 일이 일어날지도 알 수 없었다. 그래서 나는 비가 오는 날에는 노인처럼 조심스럽게 걸어 다녔고 계단을 내려갈 때는 먼저 한쪽 발로 바닥을 문질러 미끄러운지 시험해본 후에 한 계단씩 내딛었다. 의족은 가끔씩 나를 불가항력으로 만들어버리기 때문에 나는 점점 더 신중해지고 걷는 게 조심스러워졌다.

의족에 적응하는 동안 나는 체면이란 게 아무 것도 아님을 깨달았다. 길에서 넘어질 때마다 신기한 듯 구경하는 사람들의 시선을 받으며 나는 무의식중에 내 상황을 미화시켰다. '사람들은 내가 어떤 일을 겪었고 지금 어떤 상황에 있는지 몰라서 저러는 거야. 저 사람들이 내 상황을 안다면 앞 다투어 나를 도와주려고 할 거야.' 난처한 모습으로 사람들에게 빙 둘러싸여 구경당하는 것이 일상이었기 때문에 나는 점점 그런 일에 담담해졌다. 살면서 일어나는 모든 일을 더 담대하게 받아들여야 했다.

한 번은 엄마와 버스를 타려고 뛰어가는데 운전기사가 빨리 오라고 재촉했다. 나는 이미 내가 낼 수 있는 전속력으로 달리고 있는 중이었다. 버스에 올라 엄마가 내 다리에 장애가 있다고 말하자 운전기사는 전혀 믿지 못하겠다는 눈초리로 나를 훑어보았다.

또 한 번은 나 혼자 찻길을 건너는데 그곳이 무단횡단 금지구역이라는 걸 알았다. 하지만 나는 이미 중앙선까지 나와 있었다. 그때 뒤편 인도에서 장갑을 낀 여자가 내게 다시 돌아오라고 손짓을 했다. 다리가 불편해서 그러니 사정을 좀 봐달라고 부탁했다. 여자는 나를 위아래로 훑어보더니 건너가라고 손짓을 했다. 내가 잰걸음으로 찻길을 건너가자 그 여자가 길 맞은편에서 나를 향해 "사기꾼이잖아!" 라고 그악스럽게 외쳤다. 난처한 일은 이것보다 훨씬 많았다.

버스나 전차를 탈 때 운 좋게 빈 자리에 앉았는데 갑자기 노인이나 임신부가 내 앞에 서서 내게 무언의 시위를 할 때도 있었다. 의족을 신고 오래 걸어서 다리가 시큰거리고 쉬고 싶었지만 남들은 내가 장애가 있다는 걸 알아차리지 못했다. 옆자리에 앉은 사람이 자리를 양보해주길 기대했지만 사람들은 그저 나를 뚫어져라 응시할 뿐이었다. 내가 두 다리의 통증을 참을 수 있는 정도라면 일어나 자리를 양보했지만 너무 힘들고 아플 때는 "미안해요. 제 다리가 의족이에요."라고 말할 수밖에 없었다. 그럴 때마다 나는 내가 어떤 표정을 지어야 할지 몰라 난감했다.

사람들은 내게 의족을 감쪽같이 위장해놓아서 말하지 않으면 의족이란 걸 모르겠다고 말하곤 했다. 내게 의족은 정상인처럼 위장하기 위한 것이 아니라 더 편하게 살고 정상인과 비슷한 생활의 질을 누리기 위한 것이다. 두 다리를 잃고 장애를 가진 것이 나의 진정한 모습이다. 내가 의족을 꾸미는 건 더 편하게 사용하기 위함이지 그게 나의 진정한 모습인 양 속이기 위함이 아니다.

의족 위에 서 있을 때 나는 순수하게 웃을 수 있다. 그러나 의족을 벗었을 때도 그늘 없이 웃을 수 있다. 나는 의족을 자유롭게 사용할 수 있지만 의족으로 진정한 모습을 감출 수는 없다. 자신의 진정한 모습조차 사랑할 수 없는 사람이 무슨 자격으로 남들이 나를 좋아해주길 바랄 수 있을까.

10킬로그램짜리 의족과 매일 밤을 함께 보내다

의족을 신은 후 이상한 일들을 숱하게 겪으며 나의 마음가짐은 점점 담담해지고 평온해졌지만 그럴수록 인생을 대하는 태도 자체는 조심스러워졌다. 나는 한순간도 경계심을 늦출 수 없었다. 매일 아침 내가 눈을 뜨자마자 제일 먼저 하는 일이 10킬로그램짜리 의족을 신는 것이었다. 나는 날마다 의족과 함께 하루를 보냈다. 의족을 신을 때마다 내 안에서 어떤 목소리가 말했다.

"랴오즈, 너는 쉽게 이 세상에 태어난 게 아니야. 넌 10킬로그램의 짐을 지고 있으니까 한 걸음 한 걸음 남들보다 더 조심해서 내딛어야 해. 너의 걸음은 남들보다 훨씬 무겁고 힘드니까 네게 오는 하루하루를 소중히 생각해야 해. 지금 네가 마주하고 있는 모든 것들에 대해 그게 비난이든 칭찬이든 냉정하고 이성적으로 받아들여야 해. 너는 남들과 달라서 다음 기회란 없어. 매일 걷는 한 걸음 한 걸음이 어렵기 때문에 그걸 소중하게 여겨야 해. 너 자신이 누구인 줄 알고 네 깜냥이 얼마나 되는지 알며 네가 할 수 있는 일과 할 수 없는 일이 무엇인지 분명히 알아야 해. 너는 무슨 일이 있어도 옳은 일만 해야 해."

몇 가지 활동에 참여하면서 나에 대해 아는 사람들이 점점 많아지고 있다. 그러나 언젠가 내가 많은 사람들에게 둘러싸여 찬사를 받게 되더라도 나는 그로 인해 으스대지 않을 것이며 분수를 모르고 욕심을 부리지 않을 것이다. 왜냐하면 나는 정상인들과는 다르니까.

지난 몇 년 간 내게는 한 걸음 한 걸음이 결코 쉽게 내딛은 것이 아니었다. 의족은 시시각각 내게 신중하게 행동하라고 경고를 보냈다. 지금 나는 아주 잘 걷고 남들과 같이 등산을 하고 하루 종일 쇼핑도

할 수 있다. 또 내가 먼저 이야기하지 않으면 내가 의족을 신고 있다는 걸 아무도 눈치 채지 못하지만 그래도 나는 내가 의족을 신고 있다는 걸 한시도 잊을 수 없다.

야안에서 봉사활동을 할 때 현지 주민과 자원봉사자들 모두 내가 의족을 신고 있다는 걸 까맣게 잊고 지냈다. 내가 봉사활동을 하는 동안 겉모습은 물론이고 성격이나 일을 하는 능력이 의족을 신은 사람처럼 보이지 않았기 때문이다.

하지만 온 세상이 잊어도 나는 잊을 수 없다. 10킬로그램짜리 의족이 날마다 내 곁에 있기 때문이다. 이건 좋은 일이다. 나는 이것이 하늘이 내게 준 표시라고 생각한다. 의족은 내가 누구인지 기억하고 내가 해야 할 일이 무엇이며 어떻게 일해야 하는지 잊지 않게 만들어주는 표시다.

인터넷을 통해 내게 의족에 대해 묻는 사람들이 많다. 어떤 의족이 좋은지 묻기도 하고 의족이 너무 불편해서 줄곧 휠체어를 타고 생활한다는 사람들도 있다. 그럴 때마다 나는 의족은 천천히 적응하는 과정이 필요하다고 말한다.

실리콘 의족에 적응하고 훈련하는 것은 내게 엄청난 시련이었다. 첫 번째 의족에 적응한 경험도 없이 처음부터 실리콘 의족을 신었더라면 나는 그렇게 쉽게 고비를 넘기지 못했을 것이다. 첫 번째 의족에 적응한 후에 두 번째 의족을 신었으니 나는 참 행운이었다. 그 경험을 통해 어떤 어려움이든 도전할 수 있고 적어도 내가 쉽게 무너지지 않는다는 걸 알았으니까 말이다.

의족에 문제가 있다고 생각하는 사람들이 많지만 사실 그건 적응하지 못했기 때문이다. '랴오즈는 비싼 의족을 신었으니까 저렇게 잘 걷는 것이고 내 의족은 싸구려라서 걸을 수 없는 거야.'라고 생각하는 사람도 있을 것이다. 그러나 아무리 좋은 의족도 딱딱하고 무거운 것이 두 다리에 꽁꽁 묶이는 건 똑같다. 비싼 의족은 신자마자 성큼성큼 걸을 수 있다고 생각한다면 큰 오산이다. 어떤 의족이든 자유롭게 걸어 다니고 더 많은 일을 하기 위해서는 반드시 연습이 필요하다. 문제는 의족 자체에 있지 않다.

걸음을 잘 걷느냐 못 걷느냐는 의족의 좋고 나쁨에 의해 결정되는 게 아니다. 의족에만 의지하면 의족이 좋지 않아 그런 거라며 쉽게 포기하게 된다. 하지만 절대로 그렇지 않다. 나의 첫 의족은 의족 중에서 가장 싼 것이었지만 나는 그걸 신고 걷고 생활하고 춤까지 추었다. 의족에 적응하는 데 가장 중요한 건 연습이다. 의사가 해주는 단순한 재활훈련에만 의존하지 말고 노인이 아니라면 밖에 나가서 많이 걷는 것이 도움이 될 것이다. 평지만 걷지 말고 울퉁불퉁하고 경사가 있는 길도 걸어야 한다.

내가 왜 고향으로 내려가지 않고 혼자 충칭에서 살았을까? 충칭은 언덕이 유난히 많은 지형이다. 사람들은 충칭이 내가 살기에 적합한 도시가 아니라며 평지가 많은 곳으로 이사하라고 권유했다. 그런데 처음부터 평탄한 길만 걸으면 인생의 굴곡이 닥쳤을 때 몇 발짝도 걷기 힘들지만 처음에 울퉁불퉁한 길을 걸으면 그 다음에는 길이 점점 평탄해지는 법이다. 제일 걷기 힘든 길도 걸을 수 있는데 평지에서 걷지 못할까 봐 걱정하겠는가? 의족을 신은 사람에게는 오르막길과 내리막길을 걷는 것이 가장 힘들다. 그런데 나는 충칭의 가파른 언덕길도 걸어보았으니 이제 어느 도시에서도 살 수 있다.

나를 어디에 떨어뜨려놓아도 잘 적응하고 살아갈 것이다. 그러니까 넘어져도 밟혀도 두려워하지 않는 잡초 같은 정신으로 연습해야 한다. 체면 따위는 내던져버리고 모든 두려움을 훨훨 날려 보내고 용감하게 도전해야 한다. 의족을 신는 것은 큰 용기가 필요한 일이다. 대담해지면 할 수 있는 것이 훨씬 많아진다.

의족을 신고 생활하는 것이 생각만큼 무서운 일은 아니다. 야안에서 자원봉사를 하는 동안 나는 재미있는 일을 아주 많이 겪었다. 야안으로 출발하면서 차에 짐이 가득 실려 사람이 탈 자리가 부족했다. 차 밑바닥까지 짐이 들어차 있었기 때문에 다른 사람들은 차에서 다리를 둘 곳이 없어 몹시 불편한 자세로 가야 했다. 하지만 나는 아주 간단했다. 나는 의족을 빼 어깨에 척 걸쳤다. 다리가 짧아 비좁은 구석 어디로 뻗어도 불편함이 없었다. 또 비가 오는 날 남들은 자원봉사를 하다가 발에 물집이 잡혀 힘들어 했지만 내 발은 아주 깨끗했다. 사람들이 내게 모여들어 내 발을 구경하면서 부럽다고 야단이었다.

의족이 큰 문제가 되지는 않았다

한 번은 엄마와 함께 비행기를 타기 위해 공항에 갔는데 기다리는 동안 엄마가 내 휠체어를 밀면서 장난을 쳤다. 옆에 있던 외국인이 내가 웃으며 장난치는 걸 가만히 쳐다보았다. 잠시 후 지나가던 사람이 바닥에 쓰레기를 버리는 걸 보고 나는 휠체어를 밀고 가 쓰레기를 주워 쓰레기통에 넣었다. 그 외국인은 내 행동을 유심히 쳐다보다가 정지 화면이 된 듯 멍한 표정을 지었다. 나도 그를 보았고 나와 눈이 마주치자 겸연쩍었는지 그가 고개를 돌렸다.

나는 문득 장난기가 발동해 그의 옆으로 다가갔다. 그날 나는 긴 치마를 입고 있었고 실리콘 의족으로 바꾸기 전이라 예전 의족을 신고 있었다. 나는 그가 있는 쪽으로 휠체어를 밀고 가다가 1~2미터 떨어진 곳에서 벌떡 일어섰다. 아마 그는 내가 장애인이 아닌데 휠체어를 타고 다닌다고 생각했을 것이다. 멀쩡한 여자가 왜 휠체어를 타고 다니는지 의아했을 것이고 그저 장난으로 휠체어를 타고 다니나보다 생각했을 수도 있다.

나는 다시 휠체어에 앉아 그의 옆으로 갔다. 그가 신문을 얼굴까지 들어 올려 신문을 보는 척 했지만 시선의 가장자리로 몰래 나를 보고 있다는 걸 알 수 있었다. 그의 눈에 호기심이 잔뜩 어려 있었다. 나는 그의 옆에 앉아 다리를 주무르다가 그가 잠시 한눈을 판 사이 오른쪽 의족을 잽싸게 빼내 어깨에 걸쳤다. 순간 그가 기겁을 하며 놀라 얼굴이 벌겋게 달아올랐다.

내가 깔깔 웃음을 터뜨리자 그도 어안이 벙벙한 표정을 지었다가 이내 웃음을 터뜨렸다. 그는 독일인이었다. 그도 영어가 유창하지 않고 나 역시 영어에 젬병인지라 우리는 손짓발짓을 해가며 몇 마디를 나눈 후 전화번호를 주고받았다. 그 후 반 년 동안 그와 나는 자주 통화를 하고 문자메시지를 주고받았다. 10분 동안 통화를 하고도 서로 무슨 말을 했는지 모르는 일이 태반이었지만 어쨌든 그렇게 우리는 친구가 되었다.

의족을 신는다는 건 무서운 일이 아니다. 의족을 신었다는 걸 감춘다면 사람들과 교류하는 데 높은 벽을 쌓는 셈이다. 특히 처음 만난 사람들이 내 다리에 호기심을 갖고 있으면서도 선불리 말도 못하고 똑바로 쳐다보지도 못한다는 걸 느낄 수 있다. 그러면 나는 먼저 의족을 빼서 보여주고 그들에게 의족의 구조에 대해 설명해준다.

일반적으로 사람들은 의족을 '불행', '슬픔' 같은 단어들과 연관

짓지만 나는 의족은 기계라고 생각할 뿐 굳이 다른 형용사를 가져다 붙이지 않는다. 의족은 내가 더 편리하게 살 수 있도록 도와주는 기계다. 그래서 나는 사람들과 의족에 대해 이야기하면서 내가 그것에 적응하는 게 얼마나 힘들고 고통스러웠는지 구구절절 이야기하지 않고 의족의 구조에 대해 설명해준다.

나는 또 사람들에게 의족이 무엇으로 만들어져 있고 내부에 어떤 것이 있는지 보여준다. 의족이 얼마나 무거운지 한 번 들어보라고 건네주기도 한다. 또 의족과 다리를 어떻게 연결하는지, 의족을 더 보기 좋게 하기 위해 어떻게 꾸몄는지, 어떻게 내 몸에 적응시켰는지도 자세하게 설명해준다.

내 설명을 듣다보면 사람들은 감성적 사고가 아니라 이성적 사고로 의족을 바라보게 된다. 더 이상 의족을 신는 것이 슬픈 일이라고 생각하지 않고 그 대신 의족이 어떻게 생긴 기계인지 궁금해 한다. 심지어 내 친구는 처음 만난 친구 앞에서 랴오즈의 의족이 얼마나 신기하게 생긴 줄 모른다며 빨리 빼서 모두에게 보여주라고 나를 재촉하기도 했다.

처음 만난 친구는 어떻게 랴오즈에게 그런 말을 하느냐며 내 친구를 나무랐다. 당연히 친구의 행동이 내게 상처를 줄 것이라고 생각했을 것이다. 하지만 나는 아무렇지도 않게 의족을 빼서 보여주며 의족의 구조에 대해 설명해주었고 새 친구 역시 내 이야기를 들으며 처음과는 다른 눈으로 의족을 보게 되었다. 한 친구가 내게 “네 의족은 교류의 수단이구나!"라고 말했을 때 나는 이렇게 대답했다.

"내 의족은 무궁무진한 신분을 가지고 있어!"

시간이 흐르고 이런 일이 많아지면서 의족을 신는 것이 즐거운 일이 되었다. 춤을 출 수 있다는 것도 내가 의족을 사랑하는 이유 중 하나다. 남들은 10년은 족히 쓸 수 있는 의족을 나는 7~8년, 더 짧으면 5~6년밖에 쓰지 못할 것 같다. 의족이 남들보다 훨씬 많이 닳기 때문이다. 문득 내 의족에게 측은지심을 느꼈다. 의족도 나와 함께 사는 것이 그리 녹록지는 않을 것이다. 날마다 내게 밟히고 내 체중을 지탱하는 게 어디 그리 쉬울까. 또 나는 돌아다니는 것을 좋아하고 춤도 추고 등산도 한다. 심지어 야안에 가서 자원봉사도 했다. 나를 따라다니며 그 많은 일을 하는 동안 의족이 참 많이도 닳았다.

나는 의족을 예쁘게 꾸미는 걸 좋아한다. 발톱이 없는 의족에 발톱 모양을 그려 페디큐어를 발랐다. 한쪽 발은 발톱 다섯 개를 예쁘게 그렸는데 다른 쪽 발은 발톱 두 개가 잘 그려지지 않았다. 그래서 나는 의족에 각각 '오순이', '삼순이'라고 이름을 붙였다. 처음에는 장난삼아 이름을 붙이기 시작했다. 어떤 날은 내 기분 상태에 따라 이름을 붙이고 어떤 날은 꾸민 모습에 따라 이름을 붙인다. 노란 스타킹을 신은 날에는 '노랑이'라고 부른다. 이름을 붙이자 의족이 생명을 가진 친구처럼 느껴졌다. 나와 함께 수많은 길을 걸었으니 애틋한 정이 생기는 건 당연한 일이다.

세상 많은 일들은 중성적인 색채를 가지고 있다. 우리는 주관적인 시각과 감정으로 그것들을 '좋은 것'과 '나쁜 것'로 구분하고 색을 칠한다. 그러나 아름다움을 발견하려는 눈과 생활을 바꾸려는 부지런한 손을 가졌다면 '나쁜 것'을 '좋은 것'으로 바꿀 수 있다.

— 랴오즈

Chapter 7

고통은 쓰지만 효과적인 약이다

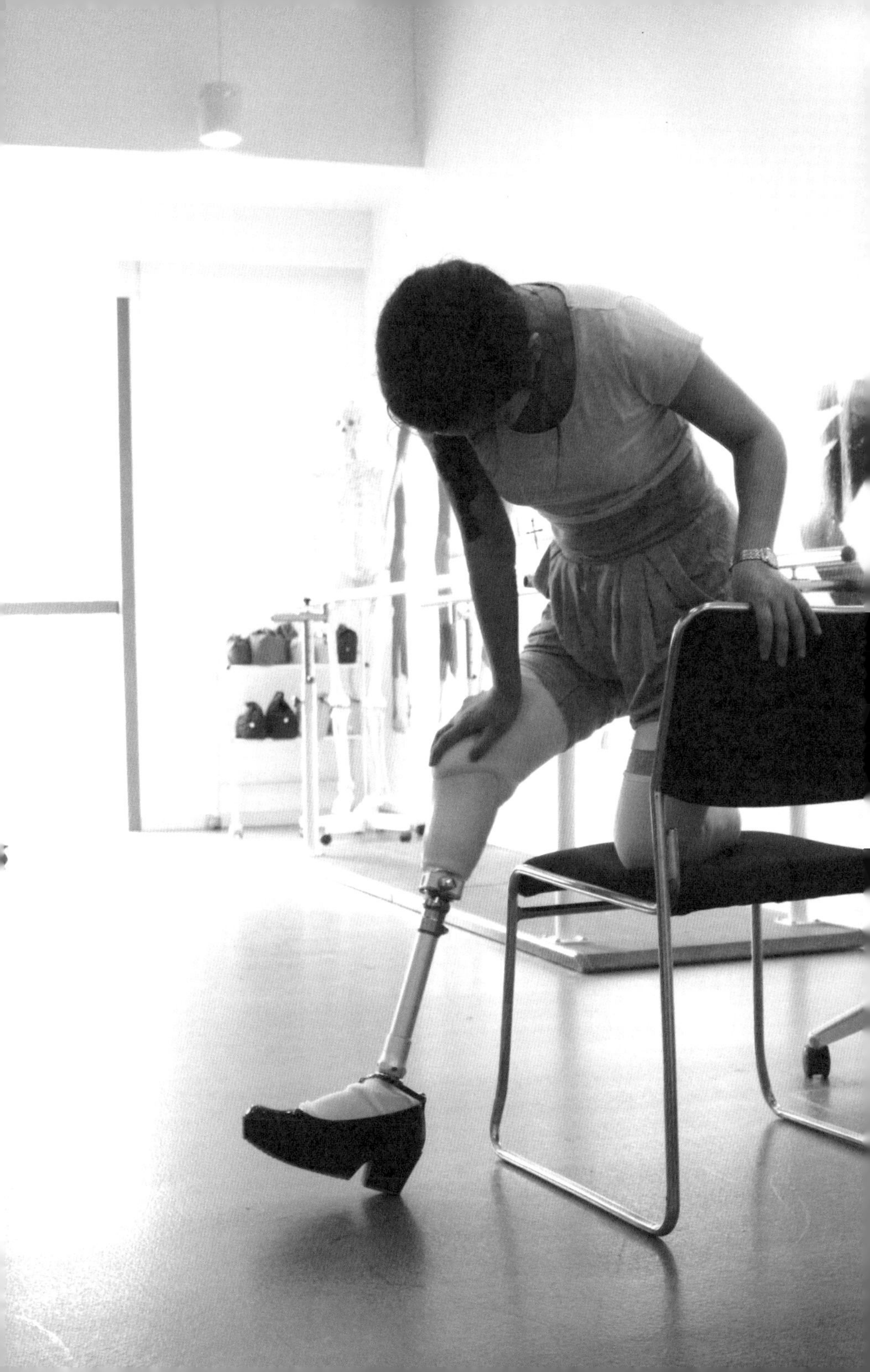

넘어짐은 인생의 필수과목이다

의족을 하고 적응 훈련을 막 시작했을 때는 넘어지는 것이 일상이었다. 처음에는 무섭고 당황스러웠다. 매번 넘어질 때마다 너무 아팠을 뿐 아니라 피멍이 들 만큼 심하게 넘어졌기 때문이다. 화장실에서 넘어졌을 때는 턱에 눈에 띌 만큼 큰 상처가 났고 또 한 번은 비가 오는 날 계단에서 이끼를 밟고 심하게 넘어지는 바람에 하마터면 오른쪽 다리 뼈에 문제가 생길 뻔 했다.

하지만 넘어졌다는 걸 아무에게도 말할 수 없었다. 나 혼자서는 아무 데도 외출하지 못하게 하리란 것을 알았기 때문이다. 혼자 외출하는 것은 나의 목표였다. 어딜 가든 꼭 누군가를 대동하고 다니고 싶지는 않았다. 이 목표를 위해 나는 수없이 넘어져도 걷는 훈련을 멈추지 않았다. 어느새 나는 넘어지는 순간 재빨리 자세를 바꾸어 최대한 부상을 줄일 수 있는 요령을 터득하게 되었다.

내가 그렇게 할 수 있다는 것을 처음 발견한 것은 무용 연습을 하고 있을 때였다. 휠체어 등받이에 의지해 몸을 꼿꼿이 세운 채로 한 바퀴 돌린 다음 다리를 일자로 벌리는 동작을 연습하고 있었다. 둘이 하는 무용이었는데 내가 몸을 돌릴 때 파트너가 휠체어에 앉아 내 허리를 살짝 받쳐주었다. 그런데 그날은 파트너 없이 나 혼자 연습하고 있었다. 엄마가 옆에 있었고 휠체어에는 아무도 앉아 있지 않았다. 내가 몸을 돌리는 동작을 하는데 빈 휠체어가 내 몸의 무게를 지탱하지 못하고 중심을 잃고 갑자기 쓰러졌고 나는 휠체어에 등을 세게 밀려 넘어지고 말았다. 주위에 있던 사람들이 놀라 달려왔지만 나는 다친 곳이 없었다.

몸을 돌리며 휠체어를 잡은 손에 힘을 빼는 순간 휠체어가 넘어질 것 같다는 예감이 들어 최대한 나를 보호했기 때문이었다. 순간적으로 그 다음 동작이 다리를 일자로 벌리는 것이어서 무게중심이 아래에 있었기 때문에 그 자세를 계속 유지한다면 충격을 완화시킬 수 있을 것이라고 생각했다. 그래서 나는 휠체어가 넘어지는 동시에 몸을 앞으로 향하며 다리를 일자로 벌렸고 휠체어가 내 등에 부딪히는 순간 나도 그 방향대로 앞으로 고꾸라졌다. 덕분에 나는 다친 곳 없이 멀쩡했다. 그 일이 있은 후 나는 넘어지는 순간 무엇이든 지탱할 수 있는 것이 있다면 내 몸을 보호할 수 있었다. 또 그 일을 계기로 나는 내 몸을 스스로 보호해야 한다는 것을 깨달았다.

가끔은 무용 연습을 할 때 파트너나 손잡이에 몸을 의지하고 동작을 하면서 내가 이대로 넘어지면 어떻게 해야 하는지 머릿속으로 그려보곤 했다. 이 자세대로 그대로 넘어진다면 어떤 부위를 바닥에 먼저 닿게 할 것인지, 손은 어디를 짚어야 하는지, 넘어진 순간 어느 부위를 보호해야 하는지 등등 머릿속으로 떠올리며 넘어질 것에 대비했다. 그러자 점점 요령이 생겼다. 《내 인생을 춤추다》 공연 때는 파트너 양지강(楊志剛)과 연습을 하다가 휠체어가 세 번이나 넘어져 나도 함께 바닥에 내동댕이쳐졌지만 요령껏 넘어진 덕분에 한 번도 다치지 않았다.

나는 넘어지는 순간 재빨리 다리를 움츠리고 휠체어에 의지하면 나를 보호할 수 있다는 것을 알았다. 남들은 아마 나처럼 하기 힘들 것이다. 보통 사람들은 나처럼 다리를 바짝 움츠려야 한다는 걸 모르기 때문이다. 나는 다리를 움츠리지 않으면 남아 있는 정강이 부분이 바닥에 부딪혀 큰 부상을 입을 수 있었다. 그래서 무의식중에 주변 환경을 이용해 나를 최대한 보호했고 그 덕분에 세 번이나 연거푸 넘어지고서도 다친 데 없이 멀쩡했다. 그런 나를 보며 다들 놀라워했다.

아픔을 좋아하게 될 수도 있다

넘어질 때는 정신을 똑바로 차려야 한다. 앞으로 넘어질 때, 뒤로 자빠질 때, 옆으로 쓰러질 때 각각 어느 부위가 가장 심하게 다칠 수 있는지 알아야 한다.

예전에 트렁크 가방을 밀고 가다가 앞으로 넘어져 턱을 심하게 다친 일이 있었다. 그때 만약 무의식중에 손이나 가슴으로 충격을 분산시켰다면 그렇게 크게 다치지 않았을 것이다. 몸이 균형을 잃고 쓰러지는 순간 몸의 각 부위가 차례대로 바닥에 닿는다. 수없이 넘어지고 다치면서 바닥에서 가까운 순서대로 바닥에 닿으면 제일 나중에 바닥에 닿는 부위는 큰 상처를 입지 않는다는 사실을 터득했다. 지금은 몸이 균형을 잃고 쓰러지려 할 때 무의식중에 손동작을 바꾸어 공중에서 둥글게 호를 그리면서 충격을 완충시킬 수 있는 곳을 재빨리 찾는다.

한번은 외출했다가 화장실에 갔는데 좌변기가 없었다. 화변기에 쭈그리고 앉아서 볼 일을 보는 것은 내겐 너무 힘든 일이다. 몸을 지탱할 곳이 없으면 잠시도 앉아 있을 수 없기 때문에 두 손으로 문을 꽉 붙들었다. 그런데 화장실 문짝이 허술하게 달려 있었는지 내 무게를 지탱하지 못하고 덜컹 떨어져 그대로 나를 덮쳤다. 다른 사람 같았으면 아마 그 순간 당황해서 얼어붙었을 것이다. 다리가 성한 사람이라도 미처 피할 겨를도 없이 문짝에 밀려 넘어졌을 것이다.

하지만 나는 문짝이 나를 향해 쓰러지는 순간 본능적으로 자세를 바꾸었다. 문을 잡고 있던 손을 재빨리 벽으로 옮겨 몸을 지탱하고 몸을 낮추어 바닥에 엎드린 후 머리를 뒤로 젖혀 얼굴로 문짝을 막

아냈다. 문짝에 부딪혀 입가에서 피가 나기는 했지만 문짝에 밀려 넘어지는 것은 면할 수 있었고 큰 상처를 입지도 않았다. 나는 이미 나 자신을 보호하는 법을 알고 있었다. 만약 내가 레슬링 선수들을 훈련시킨다면 자신을 지키며 다치지않게 넘어지는 방법을 누구보다 제대로 알려주는 코치가 될 수 있을 것 같다.

경험이 쌓일수록 아픔에 대한 두려움은 점점 줄어들었다. 사실 다리를 절단한 후 아픔은 매순간 나를 따라다녔다. 처음에는 아픔이 두려워 드레싱 하는 것도 무섭고 의족을 하고 훈련하는 것도 겁이 났다. 그런데 어느 날 본 영화 속 한 장면이 내 생각을 바꾸어놓았다. 영화 제목은 잊었지만 그 장면은 또렷하게 기억하고 있다. 위원러(余文樂, 중국의 유명한 영화배우. — 옮긴이)가 연기한 권투선수가 부상을 입고 손목에 깁스를 했다. 다시 권투를 하고 싶지만 아픔이 두려워 용기를 내지 못하는 그에게 코치가 이렇게 말했다.

"아픔은 그저 여러 감각들 중 하나일 뿐이야. 우리가 그것에 '아픔'이라는 이름을 붙였기 때문에 그걸 두려워하고 피하려 하는 것뿐이야. 감각에는 좋고 나쁜 게 없어. 향기와 악취처럼 말이지. 두리안의 냄새가 고약하다고 말하지만 그게 맛있게 느껴질 수도 있잖아. 고약한지 맛있는지는 너 스스로 그걸 정의하면 돼. 아픈 것도 마찬가지야. 아픔이라는 감각을 좋아하게 될 수도 있어."

그 장면을 보고 나를 돌아보았다. 《북춤》을 공연할 때도 아팠고 처음 의족을 하고 훈련할 때도 아팠지만 참을 수 없을 만큼의 고통은 아니었다. 하지만 만일 참을 수 없을 거라고 생각했다면 나는 정말로 그 고통을 참아내지 못했을 것이다. 사실 참을 수 없는 고통은 없다. 모든 감각은 참을 수 있다. 중요한 것은 그 감각을 참고 받아들이느냐에 있다. 지진으로 무너진 아파트 밑에 깔려 있었을 때 오른손 두 번째 손가락을 피가 나도록 깨물었다면 아마 아무 감각도 느끼지 못했을 것이다. 이것도 같은 이치다.

아픔이라는 감각은 사람을 속인다. 사람을 속여 아픔이라는 감각을 한없이 크게 느끼게 하고 견딜 수 없게 만든다. 하지만 반대로 사람이 감각을 속일 수도 있다. 아픔을 다른 곳으로 전이시키거나 조절하는 것이다. 내가 드레싱을 할 때 그리 아프지 않았던 것은 주의력을 다른 데로 돌렸기 때문이다. 다른 곳에 정신을 집중했기 때문에 드레싱 하는 시간이 짧게 느껴졌다. 만약 내가 아픔에 모든 신경을 집중했더라면 아마 고통을 참기 힘들었을 것이다. 아픔은 여러 감각 중 하나일 뿐이며 통제할 수 있다. 어떻게 통제하고 조절하느냐에 따라 같은 통증이라도 10만큼 아플 수도 있고 100만큼 아플 수도 있다.

통증이 가져다주는 예민함을 소중하게 여기다

통증은 언제나 사색을 부른다. 한센병 환자들의 사진을 보고 전율을 느낀 적이 있다. 한센병 환자들은 감각을 상실해 통증을 느낄 수 없다. 얼핏 들으면 좋은 일인 것 같지만 사실 통증을 느끼지 못하는 것은 아주 위험한 일이다. 어쩌다 바늘이 몸에 박혀도 아픔을 느끼지 못하고 바늘이 살에 박힌 채 살이 썩어 들어가도록 모를 것이다. 결국에는 팔, 다리, 눈까지도 잃을 수 있다.

어느 순간 아픔은 일종의 일깨움이라는 생각이 들었다. 위험을 알려 자기 몸을 보호해야 한다고 일깨우는 것이다. 그러므로 아픔을 싫어하지 말고 오히려 소중하게 여겨야 한다. 어딘가가 아프다는 것은 자신에게 위험이 닥쳤음을 알리는 반응이다. 내가 넘어졌을 때 아프기 때문에 위험을 깨닫고 나를 지킬 수 있는 것처럼 말이다. 위험을 깨닫지 못하고 아무런 방어 없이 넘어진다면 심각한 부상을 입을 것이다.

아픔은 자신을 보호하라는 경고다. 미리 마음의 준비를 하고 있다면 어떤 상황이 닥치든 차분하게 대처할 수 있다. 반대로 아무 준비도 없이 갑작스럽게 닥친 일은 육체적으로든 정신적으로든 대처하기가 쉽지 않다. 똑같은 아픔이 닥쳐도 어떤 사람들은 차분하게 대처하고 어떤 사람들은 큰 충격을 받아 견뎌내지 못하는 것이 바로 이 때문이다. 아픔을 이겨내느냐 아픔에 패배하고 무너지느냐는 사람의 마음에 달려 있다.

한센병 환자들의 사진은 내게 큰 충격으로 다가왔다. 그 일을 계기로 나는 아픔이 소중하다는 사실을 깨달았다. 몸의 어떤 곳이 아프다는 것은 그곳을 보호하고 특별히 아껴야 한다는 뜻이다. 마음도 마찬가지다. 누군가와의 관계에서 어딘가 잘못된 것을 느꼈다면 상대의 고통을 느낄 수 있고 두 사람의 문제가 무엇인지 알 수 있고 문제를 해결하기 위한 방법을 생각해낼 수 있다. 하지만 반대로 아무것도 느끼지 못한다면 어느 날 갑자기 상대가 자기 곁을 떠나고 난 후에야 문제를 깨달게 된다.

예전에 한 친구가 내게 말했다. 남편과 이혼하기 전까지 남편에게서 이상한 낌새를 전혀 느끼지 못했다는 것이다. 그 친구는 남편이 자신을 여전히 사랑하고 있으며 부부 사이에 아무런 문제도 없는 줄 알았다고 했다. 그건 일종의 감정 마비다. 감정 마비도 신체 마비만큼이나 위험하다. 아무런 통증을 느끼지 못하면 그 통증이 점점 커지다가 어느 날 갑자기 소중한 무언가를 잃게 할 수도 있다. 잃는 것이 팔일 수도 있고 다리일 수도 있고 사랑하는 사람일 수도 있다.

일도 마찬가지다. 주위 사람들이 자신에게 어떤 반응을 보이는지 예민하게 알아차리지 못하는 것은 매우 위험한 일이다. 아픔이라는 감각은 사람의 예민함을 시험한다. 자신은 물론 주변의 일에 대해 예민하게 느끼고 반응할수록 자신이 가지고 있는 모든 것을 소중하게 여기게 된다.

아픔 덕분에 나는 살아있음에 감사하고 인생을 찬미할 수 있었다. 더 이상은 무언가를 원망해야 할 이유를 찾지 못했다. 인생의 방향을 찾지 못해 우울해 하는 사람들에게 몇 가지 방법을 추천한다.

1. 손가락을 코 밑에 대고 숨결을 느낀다. 부정적인 생각이 들려고 할 때 이렇게 하면 도움이 된다. 숨을 들이마시고 내쉴 때마다 숨결을 느끼면 숨을 쉬고 있다는 것만으로도 행운이라는 생각이 들 것이다. 세상에는 숨 쉴 권리를 빼앗긴 사람들이 수 없이 많으니까 말이다.
2. 손에 든 책을 내려놓고 주위에서 자주 마주치지만 그리 가깝지 않은 사람을 찾아 포옹을 해보자. 상대가 어떤 반응을 보일지 걱정할 필요도 없다. 마음속에서 옳다고 생각하는 일을 하고, 마음에서 우러나는 일을 하며, 남들의 시선과 평가를 두려워하지 않고 용감하게 행동하는 법을 배우게 될 것이다.
3. 최근 자기 잘못으로 마음을 상하게 했거나 피해를 준 사람에게 전화를 걸어 미안하다고 사과한다. 남에게 잘못을 저질렀을 때 솔직하게 잘못을 인정하고 사과한다면 자기 마음도 더 차분해진다. 아무리 나쁜 상황이 닥쳐도 그 상황을 받아들이고 인정한다면 그때부터 상황이 점점 나아지고 문제가 해결될 것이다.
4. 길가에 자리를 잡고 앉아 지나가는 사람들을 구경한다. 한참동안 구경하다 보면 세상에는 똑같은 사람이 하나도 없다는 것을 깨닫게 될 것이다. 그러면 내가 나 자신을 좋아하든 말든, 남들이 나를 좋아하든 말든, 내가 남들에게 사랑을 받든 비난을 받든, 나는 이 세상에 단 하나뿐인 귀한 생명임을 알게 될 것이다.

— 랴오즈

Chapter 8

야안,
하루 아침에 가장 아름다운
자원봉사자가 되다

다시 만난 지진, 그대로 앉아 있을 수 없었다

야안에서 지진이 발생했을 때 나는 마침 집에서 쉬고 있었다. 컴퓨터를 켜는데 갑자기 집이 흔들리는 것 같더니 부모님의 다급한 목소리가 들렸다. 순간 나는 그 자리에서 얼어붙었다. 이미 끝난 악몽이 다시 찾아온 것 같았다.

정신없이 부모님을 따라 계단을 뛰어 내려갔다. 아파트 밖으로 나가보니 우리처럼 무작정 밖으로 뛰쳐나온 사람들이 길을 가득 메우고 있었다. 우리는 긴장한 표정으로 서로를 쳐다보기만 했다. 더 이상의 흔들림은 느껴지지 않았다. 서로를 쳐다보는 사람들의 눈동자는 초점을 잃고 흔들렸다. 방금 전의 흔들림이 마치 환각인 듯 땅은 고요했지만 집으로 다시 들어가려는 사람은 없었다. 우리는 얼빠진 사람들처럼 멍한 표정으로 거리를 배회하다가 더 이상 걷기 힘들만큼 지친 뒤에야 집으로 돌아왔다.

우리가 느낀 흔들림은 환각이 아니었다. 야안과 루산에서 지진이 발생했다는 뉴스가 긴급속보로 보도되었다. TV 뉴스에서 지진으로 무너진 집들을 볼 때마다 마음이 무겁게 가라앉았다. 집에 있으면 지진에 대한 두려움을 떨칠 수가 없었다. 집이 갑자기 무너질 것 같은 끔찍한 공포가 시시각각 엄습했다. 이럴 바에야 차라리 야안으로 가서 사람들을 도와주는 것이 나을 것 같았다. 그때 나를 구해준 남학생처럼 나도 그들을 위해 뭐라도 하고 싶었다.

결심이 서자 나는 전화를 걸기 시작했다. 전화번호부를 펼쳐 함께 야안으로 갈 수 있을 것 같은 사람들에게 전화를 걸었다. 하지만 자원봉사를 하러 가겠다는 내 이야기를 다들 농담으로 받아들였다. 게다가 직장에 다니거나 아기를 키우는 등 모두 바쁘게 살고 있었다. 모두 나를 말렸다. 아직은 여진의 위험이 크다는 것이 첫 번째 이유고 두 번째는 내가 그곳에 간들 무슨 일을 할 수 있겠느냐는 것이었다. 솔직히 그때까지는 나도 별로 깊이 생각하지 않았다. 내 생각은 그저 단순했다. 내가 살고 있는 충칭이 야안에서 멀지 않고 때마침 토요일이니까 빨리 갔다가 일요일 저녁에 돌아오면 될 것 같았다.

원촨 지진을 겪은 경험 덕분에 지진 발생 당일 밤이 얼마나 중요한지 잘 알고 있었다. 원촨 지진 당시 발생 당일 한왕진의 사망자는 수천 명이었지만 하룻밤이 지난 후 그 다음날 사망자 수가 1만 명 이상으로 급증했다. 구조에서 가장 중요한 것이 바로 시간이다. 원촨 지진의 사망자 중 대부분이 그날 밤에 죽었다. 내가 할 수 있는 일이 설령 아주 미미하더라도 단 한 사람이라도 더 살릴 수 있다면 그 역시 소중한 일이라고 생각했다.

일 분 일 초가 아까워 속이 타들어갔지만 전화를 수없이 걸어도 함께 가겠다는 사람이 없었다. 간절하게 기도했다. 나도 모르게 흐느낌이 터져 나왔다. 그런데 기도를 마친 후 몇 분 되지 않아 신께서 응답하셨다. 아주 중요한 전화 한 통이 걸려온 것이다. 그 전화 한 통이 나를 지진 피해가 가장 심한 야안으로 데려다주었다.

전혀 예상하지 못한 일이었다. 전화 속 젊은 남자의 목소리를 듣자마자 그가 누군지 알 수 있었다. 지진이 발생하기 바로 전날 한 오토바이 회사에서 강연을 했는데 그 목소리의 주인공이 바로 그날 내 강연을 들은 오토바이 회사의 직원이었다. 처음에는 그가 내게 전화를 건 이유를 짐작할 수 없었다.

"랴오즈 말이 맞았어요!" 그의 뜬금없는 첫 마디에 깜짝 놀랐지만 그날 내가 했던 말을 두고 하는 말이라는 것을 금세 알았다. 강연이 끝나고 질문을 받는 시간에 누군가 원촨 지진이 일어나기 전에 어떤 징조가 있었느냐고 질문을 했다. 나는 그날도 오늘처럼 이상하리만치 더웠다고 대답했다. 무심코 했던 말이 그대로 맞아떨어진 것이다. 몇 마디 대화를 나눈 후 그는 자신이 한 오토바이 동호회에 속해 있는데 원촨 지진 당시에 원촨과 위수(玉樹)의 지진 구호에 참여했었다면서 야안에 같이 가지 않겠느냐고 물었다. 이 얼마나 놀라운 일인가? 어떻게 날 떠올렸느냐고 묻자 그가 대답했다. "경험자니까요. 폐허 속에 그렇게 오래 갇혀 있었으니 지진 피해를 입은 사람들에게 무엇이 필요한지 정확하게 알 것이고 또 그들을 어떻게 위로하고 격려해야 하는지도 알고 있을 거라 생각했어요."

갑자기 눈앞이 환해졌다. 하늘이 내 기도를 듣고 그를 내게 보내준 거라고 생각했다. 나는 필요한 물건을 챙겨 곧장 출발하겠다고 말했다. 전화를 끊자마자 짐을 싸기 시작했다. 야안에서 지진이 발생한 시각이 아침 여덟 시고 우리가 집이 흔들리는 것을 느끼고 급하게 뛰어 내려갔을 때 옷을 챙겨 입지 못했으므로 재해 지역 사람들에게 옷이 필요할 것 같았다. 나는 옷과 구급약, 외상 후 스트레스 치료에 관한 책들을 가방에 넣었다.

엄마는 그제야 야안으로 가겠다는 나를 말릴 수 없다는 것을 알았다. 엄마는 아무 말 없이 방으로 들어가더니 잠시 후 배낭을 들고 나와 소파 위에 툭 내려놓았다. "나도 같이 갈게."

그럴 순 없었다. 원촨 지진이 발생했을 때 아버지처럼 강인한 사람도 스물여섯 시간 동안 폐허 밖에서 나를 기다리며 거의 폐인이 되었다. 그때 엄마는 현장에 있지 않았다. 만약 그때 밖에서 날 기다린 사람이 아버지가 아닌 엄마였다면 아마 버티지 못했을 것이다. 엄마에게 그런 일을 겪게 하고 싶지 않았다. 또 세 식구뿐인데 엄마와 내가 같이 갔다가 만일 사고라도 난다면 혼자 남은 아버지는 어쩌란 말인가? 하지만 엄마가 나보다 더 고집스러웠다. 엄마는 나 혼자서는 절대로 보낼 수 없다며 짐 지키는 일밖에 할 수 없다고 해도 따라가겠다고 했다.

엄마와 내가 큰소리까지 오가며 실랑이를 벌이고 있을 때 외출했던 아버지가 들어왔다. 아버지는 우리 둘이 다투는 것을 듣고 있다가 나를 타이르듯 말했다. "랴오즈, 엄마와 함께 가는 게 좋겠다. 둘 다 아무 일도 없을 거야. 좋은 일을 하러 가는 사람들이니 하늘이 보호해줄 거야." 아버지의 중재로 문제가 해결된 후 나는 웨이보(중국의 SNS 사이트. — 옮긴이)에 야안으로 출발한다는 글을 올린 후 엄마와 함께 짐을 꾸렸다.

두 사람이 함께 하니 금세 준비가 끝났다. 한 시간도 안 되어 준비를 마치고 오토바이 동호회 사람들이 데리러 오기를 기다렸다. 그런데 그때 또 작은 우연이 일어났다. 모 방송사 프로듀서가 내 웨이보를 보고 기사거리가 될 수 있다고 생각했는지 내게 전화를 걸었다. 상하이에 있는 방송사의 공익 프로그램에 출연해 자원봉사 참여를 독려해달라는 것이었다. 물론 나는 그의 요청을 간곡히 사양했다.

방송에 출연한다면 자원봉사자들을 많이 모을 수는 있겠지만 경험이 없는 사람들은 현장에서 아무런 도움도 되지 못할 수 있었다. 나처럼 무너진 폐허 더미에 깔려 있다가 구조된 사람만이 그런 상황에서 무슨 일을 해야 하는지 정확히 알 수 있었다. 직접 야안으로 가겠다는 결심이 확고했으므로 그런 전화로 마음이 흔들릴 리 없었다. 그런데 엄마는 달랐다. 어쨌든 엄마는 내가 위험한 곳에 가는 것을 원치 않았기 때문에 방송사로부터 십 여 통의 전화를 받자 마음이 약해졌다. 아버지가 내 편을 들어주지 않았다면 엄마는 야안으로 가지 말자고 나를 설득했을 것이다.

아버지가 말했다. "텔레비전 프로그램은 언제라도 나갈 수 있지만 재해 구조는 시간이 중요해. 지금 가야 도와줄 수 있어." 방송사 프로듀서는 나를 프로그램에 출연시키는 것은 포기했지만 우리의 자원봉사 과정을 기록으로 남기고 싶다면서 카메라맨 두 명이 동행하게 해달라고 부탁했다. 오토바이 동호회 사람들이 집합을 거의 완료한 상태였다. 나는 썩 내키지는 않았지만 방송사의 요청을 들어주기로 했다. 카메라맨이 오기를 기다리느라 출발 시간이 한 시간 넘게 지체되었다. 사람들의 불만이 터져 나왔지만 나는 묵묵히 견딜 수밖에 없었다. 지진 구조에서 한 시간이 얼마나 큰 차이인지는 나도 잘 알고 있었다. 나는 초조한 마음을 애써 누르며 고개를 숙인 채 웨이보로 야안의 소식을 계속 확인했다.

드디어 오토바이 봉사대가 출발했다. 차 두 대에 오토바이와 구호물자를 싣고 야안으로 출발했다. 친구들로부터 계속 문자메시지가 도착했다. 내가 야안으로 출발했다는 소식에 안전을 걱정하며 자주 소식을 전해달라고 했다. 그렇게 많은 사람들의 염려와 당부 속에서 나는 야안으로 향했다. 야안으로 가는 동안 카메라맨들은 계속 내게 질문을 했고 나는 점점 긴장되기 시작했다. 어떤 일이 나를 기다리고 있는지 알 수 없었으므로 너무 많은 사상자가 나오지 않기만 기도할 수밖에 없었다.

야안에 가까워질수록 분위기가 점점 긴장되었다. 길가에 불빛이 하나도 보이지 않았고 옆으로 경찰차들이 사이렌을 울리며 빠르게 지나쳐갔다. 야안으로 들어서자 도로가 차들로 꽉 막혀 있었다. 청두에서 출발한 봉사대원들과 중간에서 만나 함께 가기로 약속되어 있었지만 길이 너무 혼잡해 통화를 하면서 몇 바퀴를 돌았지만 그들을 만날 수가 없었다. 시간은 계속 흐르고 하늘은 점점 어두워졌다. 조금이라도 빨리 재해 지역으로 들어가기 위해 번갈아 운전을 하며 밤새도록 쉬지 않고 이동했다. 날이 점점 밝아오고 모두의 얼굴에 피곤한 기색이 역력했다. 새벽 여섯 시가 넘도록 루산에도 도착하지 못했다.

우리는 차 두 대를 다리 밑에 세워놓고 잠시 쉬어가기로 했다. 다들 비틀거리며 차에서 내려 잠시 눈 붙일 곳을 찾았다. 지쳐 쓰러져 설핏 잠이 들었는데 알람이 울렸다. 4, 50분도 자지 못하고 다시 출발했다. 간단히 아침을 먹은 후 구호물자를 실을 공간을 더 많이 확보하기 위해 사람은 모두 차 한 대에 타고 차 한 대에는 구호물자만 싣기로 했다. 차 두 대에 탔던 사람들이 한 대에 타려니 쉽지가 않았다. 뒷자리에 네 명이 겨우 끼어 앉았다. 나는 제일 마지막에 차에 탔는데 상체는 구겨 넣었지만 다리를 둘 곳이 없었다. 나는 아예 의족을 빼서 어깨에 걸쳐 멨다. 차에 탄 사람들이 나를 보고 놀라움을 감추지 못했다. 의족에 그런 기능도 있었다니! 그렇게 우리는 피로를 쫓아내가며 루산으로 깊숙이 들어갔다.

왜 출발했는지 절대로 잊지 마라

드디어 루산에 도착했지만 우리는 망연자실했다. 우리의 예상과는 달리 루산에는 사망자가 많지 않았고 구조가 필요한 곳도 별로 없었다. 루산을 한 바퀴 빙 돌아보니 지형과 건축구조가 다른 것이 원촨 지진에 비해 피해가 적었던 결정적인 원인이었다. 지진이 일어난 지 하루밖에 되지 않았지만 구조 작업이 거의 마무리된 듯 했다.

그래도 도움이 될 수 있는 일을 하기 위해 타이핑진(太平鎭)으로 더 들어가기로 했다. 타이핑진으로 가는 길이 끊겨 길을 돌아 논두렁을 따라 가기로 했다. 논에는 돌덩이가 어지럽게 흩어져 있고 수확한 유채씨가 1~2미터 높이로 쌓여 논두렁을 가로막고 있었다. 차를 전속력으로 몰아 유채씨 더미를 뚫기로 했다. 우리를 태운 자동차가 붕붕 거센 엔진소리와 함께 유채씨 더미를 향해 돌진했다. 자동차가 거꾸로 설 것처럼 앞으로 쏠리자 뒷좌석에 있는 네 사람은 서로 손을 꼭 잡고 숨조차 크게 쉬지 못했다. 전속력으로 들이받았지만 유채씨 더미를 뚫지 못하고 앞이 가로막혔다. 차를 후진했다가 다시 속력을 내 두 번째 돌진을 시도했다.

겉으로 말은 안 했지만 모두 죽을 만큼 떨리고 두려웠다. 포기하고 다른 길로 돌아가자고 말하고 싶었지만 목구멍까지 올라왔던 말을 다시 욱여 삼켰다. 우리는 눈을 크게 뜬 채 운전하는 봉사대장의 뒷모습만 쳐다보았다. 숨 막히는 긴장감이 자동차 내부를 가득 채웠다. 모두가 숨죽였다. 자동차가 두 번째 돌진하기 전 길에 있던 마을 사람들이 우리를 향해 뭐라고 외쳤지만 엔진소리에 귀가 마비되어 무슨 말인지 알아들을 수가 없었다.

아마도 위험하다고 우리를 말렸던 것 같다. 그러나 자원봉사대가 출발하면서 구조 활동을 하는 동안 모든 행동을 같이 하기로 약속한 터였다. 우리는 놀러온 것이 아니라 구조하러 온 것이므로 누구도 원망하거나 불평하는 것은 금물이며 한 사람에게 일을 맡겼다면 다른 사람들은 그의 결정에 무조건 따라야만 했다. 그러지 않으면 조직이 쉽게 흐트러질 수 있었다. 그 순간 극도로 두려웠지만 누구도 반대하거나 불평하지 않았다. 출발하면서 했던 약속을 생각하며 돌파가 성공하기만을 기도했다. 드디어 세 번째 충돌에서 차가 덜컹하더니 앞으로 달려 나갔다. 논을 지나 도로로 올라오니 차가 안정적으로 달리기 시작했다. 엄마가 박수를 치기 시작하자 모두들 긴장이 탁 풀린 듯 다 같이 박수를 쳤다. 모두들 눈동자에 놀라움과 성취감이 어렸다. 봉사대장의 모험 덕분에 우리는 재해 지역에 처음 도착한 자원봉사대가 되었다. 군대도 길이 끊겨 들어오지 못한 곳에 우리가 구호물자를 싣고 들어간 것이다.

그 일을 계기로 봉사대장에 대한 대원들의 신뢰가 더 강해져 자원봉사 활동을 하는 동안 전원이 강한 응집력을 발휘해 대장의 결정에 무조건 따랐다. 우리 봉사대의 활동은 전문 구조대원들과 비교해도 결코 뒤지지 않았다. 나중에는 현지 주민들이 우리에게 어느 부대

소속이냐고 물어보고 우리가 민간단체라고 설명하면 믿지 않을 정도였다.

21일 새벽, 우리는 타이핑진으로 들어가지 못하고 부근의 룽먼향(龍門鄕)으로 목적지를 바꾸었다. 무너진 건물 아래 매몰된 사람들이 많을 것으로 예상해 구조를 위한 장비들을 챙겨서 떠났지만 막상 도착해 보니 우리가 생각했던 것과는 딴판이었다. 룽먼 향의 집들은 거의 단층인데다가 지진이 발생한 후 대부분 밖으로 빠져나왔고 미처 빠져나오지 못한 사람들은 20일 밤에 이웃 주민들에게 모두 구조된 뒤였다.

원촨 지진 당시에는 고층 건물이 많아서 무너진 건물마다 수십 명이 매몰되어 있었기 때문에 전문장비가 없이는 구조할 수 없었지만 룽먼 향은 집집마다 한두 사람밖에 살지 않았으므로 구조작업은 끝난 상태였다. 우리가 도착했을 때 대나무를 세워 천막을 만들고 있던 현지 주민들은 구조 장비를 잔뜩 싣고 온 우리를 보고 어리둥절한 표정을 지었다. 군대나 자원봉사대가 들어가지 않은 곳이었기 때문에 그곳 사람들은 자원봉사자가 뭘 하는 사람들인지도 알지 못했다. 그들은 호기심 가득한 눈으로 우리를 살펴보았고 우리는 망연자실하게 그들을 바라보았다.

급하게 도울 일이 없으니 우리도 일단 천막을 치고 휴식을 취하기로 했다. 솔직히 말하자면 나는 조금 힘이 풀렸다. 처음부터 따라오지 말았어야 한다는 생각이 들었다. 천신만고 끝에 도착했지만 갑자기 내가 할 수 있는 일이 없어진 기분이었다. 충동적으로 결심했다고 자책했다. 내가 무엇을 도울 수 있을지 막막했다. 천막을 치는 동안 대장에게 힘없이 말했다.

"우리 계획이 다 허사가 됐어요. 괜히 왔나 봐요."

"랴오즈, 실망하지 말아요. 다행이라고 생각해야죠. 설마 아직도 구조되지 못한 사람들이 많기를 바라는 건 아니겠죠? 다친 사람도 없고 매몰된 사람도 없으니 좋은 일이잖아요."

순간 코끝이 시큰했다.

"맞아요. 처음 길을 떠난 이유를 잊어선 안 되죠."

나는 봉사대장과 폐허 위에 서서 인생을 논하고 우리 삶을 되돌아보았다. 세상에는 아름다운 일들이 수없이 많다. 처음에는 세상 모든 것이 아름답게 보이지만 우리는 그 끝에 다다르기도 전에 길을 떠난 이유를 잊고 목표에만 몰두해 초심을 잃어버리곤 한다. 부서진 벽돌조각들이 널브러진 공터 위에서 인생에 대해 이야기를 나누고 우리가 출발한 곳을 돌아보았다. 지금 생각해 보면 우습지만 그 순간 내 머릿속은 어느 때보다 또렷했고 다시 열심히 일할 수 있는 힘을 얻었다.

내가 할 수 있는 일이 무엇일까? 봉사대장은 현지 주민들에게 물어보라고 충고해주었다. 그의 말을 듣기 전까지 나는 현지 주민들에게 가까이 다가갈 생각조차 하지 않고 있었다. 대장의 말이 나를 움직였다. 처음에는 주민들 옆에 서서 그들이 천막을 치고 불을 피우고 밥하는 것을 쳐다보며 그들에게 무엇이 필요한지, 내가 할 수 있는 일이 무엇인지 혼자 생각했다. 그러나 대장은 내게 혼자 생각하는 것은 아무 소용이 없다며 주민들에게 다가가 직접 물어보라고 했다.

모르는 사람에게 말을 거는 것은 역시 쉽지 않은 일이었다. 그곳 주민들은 오랫동안 산지에서 살면서 외부 사람들과 거의 왕래가 없었고, 또 우리가 그 마을에 처음 간 자원봉사대였기 때문에 우리에게 매우 깍듯하게 대했다. 내가 말을 걸면 그들은 본능적으로 뒤로 움찔 물러섰다가 어색하게 웃으며 가버리곤 했다. 번번이 거절당하다가 드디어 나이가 지긋한 할아버지와 마주쳤다. 필요한 것이 없느냐는 나의 물음에 할아버지는 하늘이 어두컴컴해지는 걸 보니 비가 올 것 같다며 천막처럼 비를 가릴 수 있는 것이 필요하다고 말했다.

"천막을 세워드릴게요!" 내 말에 할아버지가 흠흠 헛기침을 했다.

"자네가 말인가?" 할아버지는 큰 기대를 하지 않는 듯 했지만 나는 아랑곳하지 않고 상기된 얼굴로 일을 시작했다. 주민들이 천막을 치다가 번번이 실패한 이유는 대나무가 튼튼하지 않기 때문이었다. 나는 우선 천막을 지탱하기에 적당한 장대와 돌멩이를 주워다가 천막을 고정시켰다. 주민들이 천막을 칠 때 천에 구멍을 크게 뚫어 대나무에 끼웠기 때문에 비가 오면 비가 줄줄 샐 것이 뻔했다. 나는 천으로 장대 끝을 싸매고 단단히 묶는 법을 주민들에게 가르쳐주었다. 내 방법으로 하면 천막을 더 튼튼하게 고정시킬 수 있었다. 내가 먼저 시범을 보이며 설명하자 주민들이 천천히 내 주위로 모여들었다.

내가 말을 걸었을 때 피했던 주민들도 내가 천막을 세우는 것을 보고 다가와 말없이 옆에서 거들었다.

봉사대의 다른 대원들은 우리 천막을 완성하고 차에 싣고 온 발전기를 돌려 밥을 지었다. 나 혼자 이리저리 뛰어다니며 주민들이 천막 치는 것을 도와주자 주민들도 자발적으로 찾아와 봉사대를 돕기 시작했다. 주민들이 봉사대에 점점 마음을 열기 시작했다. 봉사대의 남자대원들이 합세하자 천막이 공터 전체에 가득 찼다. 천막의 재료는 모두 현지에서 조달했다. 우리가 가져간 천막이 많지 않아서 7~8가구밖에는 사용할 수 없었고 우리 천막도 어느새 사람들로 가득 차 있었다. 주민들은 발전기 옆에서 휴대폰을 충전하면서 자연스럽게 우리에게 말을 걸고 이야기를 나누었다.

천막이 완성되자 주민들에게 더 필요한 것이 무엇인지 생각했다. 갑작스럽게 재해를 겪은 터라 마을 전체가 충격과 우울감에 휩싸여 있었다. 나는 우선 마을 아이들과 놀아주기로 했다. 처음 마을에 도착했을 때부터 아이들은 낯선 사람들을 보고 도망치기 바빴고 초콜릿을 주어도 받지 않았다. 바쁘게 천막을 칠 때는 일에 집중하느라 나도 표정이 잔뜩 굳어 있었지만 천막을 완성하고 나니 기분이 한결 가벼워졌다.

나는 엄마와 함께 천막 사이를 돌아다니며 춤을 추고 놀았다. 재미있게 노는 척 하면 아이들이 호기심에 가까이 다가올 것 같았다. 예상대로 아이들이 내게 '걸려들었다'. 처음에는 멀찌감치 숨어서 몰래 훔쳐보다가 하나둘씩 슬금슬금 다가오기 시작했다. 호기심과 기대감에 한껏 들뜬 표정이었다. 꼬리잡기, 수건돌리기 같은 놀이들을 하면서 웃고 떠들자 점점 아이들이 많아지더니 나중에 마을 전체 아이들이 모였다. 다른 대원들은 주민들과 함께 불을 피우고 밥을 짓는 등 일상적인 일들을 했다.

지진이 일어난 후 어른들이 구조작업으로 바빠 집안일에 신경 쓸 겨를이 없었기 때문에 아이들이 제대로 씻지 못해 손이며 얼굴이며 할 것 없이 몹시 더러웠다. 나는 아이들을 깨끗이 씻긴 후 먹기 전에 꼭 손을 씻으라고 당부했다. 내가 화장실이 어디냐고 물었더니 아이들이 나와 엄마를 데리고 어딘가로 향했다. 한참을 앞장서서 걷던 아이들이 걸음을 멈춘 곳은 어느 유채밭 앞이었다. 아이들은 화장실이라며 너른 유채밭을 가리켰고 엄마와 나는 그 자리에서 멍하니 선 채 서로의 얼굴만 쳐다보았다.

어쩔 수 없었다. 나는 유채를 헤치며 밭으로 들어갔다. 유채의 키가 그리 크지 않은데다가 의족 때문에 완전히 쪼그려 앉을 수가 없기 때문에 나는 말타기처럼 엉거주춤한 자세로 볼일을 보아야 했다. 멀리서 아이들이 내게 외쳤다.

“언니! 좀 더 앉아요!” 나는 혀를 날름 내밀며 아이들을 향해 소리쳤다.

“난 쪼그려 앉을 줄 몰라! 우리 엄마가 안 가르쳐줬어!” 아이들이 유채 사이에서 까르르 웃었다. 지진이 휩쓸고 지나간 자리에서 그런 웃음소리를 듣는다는 것은 아주 특별한 일일 것이다.

내가 왜 '재난'과 관계된 곳에 찾아가서 그곳에 어울릴 법한 일들을 하지 않는지 사람들은 의아하게 생각한다. 예를 들면 목 놓아 울거나 슬픈 표정으로 사람들을 위로하는 것 말이다. 내가 하는 일들은 남들이 보기에 그곳에 어울리지 않는다. 놀이를 즐기고 우스운 이야기를 하고 깔깔대고 웃기도 한다.

마음의 상처를 치료하는 가장 좋은 약이 즐거운 마음과 웃음이라고 나는 믿고 있다. 아픈 사람 앞에서는 꼭 눈물을 흘려야 할까? 그래야만 어울리는 장면일까? 사람들이 어울린다고 믿는 행동을 하지 않으면 비정상일까? 다수가 하는 일은 무조건 옳기만 할까? 나는 남들에게 인정받기 위해 남들 눈에 '옳은' 일을 하기는 싫다. 내 마음이 시키는 대로 진정으로 나와 타인 모두 위한 일을 할 것이다. 그 중 어떤 것들은 장소와 어울리지 않을 수도 있지만 그게 진정으로 그들을 돕는 일이라면 나는 그렇게 할 것이다.

사소한 일도 최선을 다해라

룽먼향에서의 첫날 커다란 바위에 걸터앉아 쉬고 있는데 갑자기 여진이 찾아왔다. 산 위에서 느끼는 진동은 도시에서와는 사뭇 달랐다. 팔팔 끓는 물처럼 산 전체가 금세라도 터져버릴 듯 부르르 떨렸다. 지진이 찾아온 그 순간 나는 바위에서 튕겨져 나오듯 벌떡 일어났다. 진동은 금세 잦아들었다. 하지만 내가 다시 바위에 앉았을 때 두 번째 여진이 찾아왔다. 나는 다시 펄쩍 뛰어오르듯이 일어났다. 대원들이 나를 보고 배를 잡고 웃었다.

"랴오즈! 그렇게 큰 지진도 다 겪었으면서 이 정도 여진에 뭘 그리 놀라요?" 나는 겸연쩍게 웃었다.

"놀라는 게 당연하죠. 나도 사람이잖아요. 산이 무너질 것처럼 흔들리는데 안 무서운 사람이 어디 있어요?" 룽먼 향에서의 자원봉사는 재미있는 일도 많았지만 단 한 순간도 내가 해야 하는 일을 잊은 적은 없었다. 바쁘게 천막을 세우면서도 웨이보를 통해 실시간으로 소식을 전했다. 유채밭 화장실에 다녀온 후에도 웨이보에 글을 올려 이동식 화장실과 세면용품이 부족하다고 알렸다. 재난 지역의 상황을 알리는 웨이보는 수없이 많았지만 대부분 구체적이지 않았다. 나는 웨이보에 현장의 상황을 최대한 자세하게 알리고 필요한 것이 무엇인지 적었다. 재해 지역에서 봉사활동을 하려는 사람들에게는 유용한 정보가 될 것이고, 나를 걱정하고 있는 친구들에게는 내가 무사하다는 걸 알릴 수 있는 방법이었다.

21일 우리는 룽먼향을 떠났다. 지나가는 마을마다 천이 없어서 천막을 치지 못하는 것을 보고 그날 밤은 야안의 작은 모텔에서 묵은 뒤 천막용 천을 수천 위안어치 사서 차에 실었다. 다시 재해 지역으로 들어가는 길은 나올 때보다 차들이 적었다. 이번에는 논두렁의 유채씨더미를 뚫고 지나갈 필요는 없었다. 대신 통행증이 없기 때문에 검문소를 뚫고 지나가야 했다. 검문소를 지날 때마다 경찰차나 구급차 뒤에 바짝 따라붙어 마치 일행인 양 통과했던 것이다. 평소 법규를 잘 지키는 나도 그런 상황에서는 불가피하게 법규를 어길 수밖에 없었다. 검문소를 무사히 통과할 때마다 법규를 어겼다는 죄책감보다는 성취감이 훨씬 컸다.

나는 봉사대장에게 감탄했다. 봉사대에서 그런 일을 용감하게 할 수 있는 사람은 대장밖에 없었다. 대원들은 모두 그의 결정을 전폭적으로 지지했다. 불가피한 상황에서는 규칙을 어길 수도 있다. 중요한 것은 규칙을 위반하는 목적이 무엇인지와 어느 정도의 선을 지켜야 한다는 점이다. 우리가 법규를 위반하기는 했지만 그 선을 적절히 지켰기 때문에 혼란을 유발하지도 않으면서 우리 일을 해낼 수 있었다.

둘째 날이 되자 일에 요령이 붙어 속도가 빨라졌다. 우리는 루산으로 들어가는 길에 마주치는 마을마다 차를 멈추고 천을 나누어주고 천막 치는 일을 도와주었다. 그런데 한 가지 문제점을 발견했다. 길 양편으로 군데군데 있는 집들이 무너지지는 않았지만 언제 무너질지 몰라 사람들이 들어갈 수 없었다. 그런데도 집이 무너지지 않았다는 이유로 그들에게는 천막이 지급되지 않았다. 전문 구조장비들은 길을 막을 만큼 산더미처럼 쌓여 있었지만 정작 가장 필요한 천막은 부족했기 때문이다. 주민들은 집에도 들어가지 못하고 천막도 없어 길가에서 생활하고 있었다.

거의 모든 구조대가 지진 지역에 집중되어 있지만 길이 복구되지 않아 수십 시간이 지나도록 지진 지역으로 들어가지 못한 채 기다리고 있었다. 그 때문에 지진 지역 사람들 중 일부는 구호물자를 받았지만 지진 지역으로 가는 길에 사는 사람들은 구호물품을 전혀 받지 못하고 있었다.

우리 자원봉사대는 자동차와 오토바이 네 대가 한 조가 되어 이 마을 저 마을 돌아다니며 필요한 물건들을 나누어주었다. 외딴 집이라도 있을까 봐 깊은 산속까지 샅샅이 뒤지고 주민들이 필요한 것이 있다고만 하면 무슨 수를 써서든 가져다주었다. 길이 너무 좁아 차가 들어갈 수 없는 길은 걸어서 들어갔다. 나는 오토바이 뒤를 따라 걸으면서 짐을 메고 따라오는 대원들에게 길을 안내했다. 걸어서 짐을 나르니 트럭으로 짐을 실어 나르는 것보다 훨씬 더 깊숙한 곳까지 들어갈 수 있었다.

구호활동을 하는 내내 대원들은 나를 많이 배려해주었다. 나를 위해 잠깐씩 쉴 수 있는 시간을 주었고 철사 줍기 같은 제일 쉬운 일만 내게 맡겼다. 나는 더 힘들고 중요한 일을 하고 싶었지만 불평하지 않고 주어진 일부터 열심히 했다. 철사 줍기는 아주 간단한 일이지만 그래도 건성으로 하고 싶지는 않았다. 나는 대원들이 필요하다고 하기 전에 미리 철사를 주워다가 길이에 따라 세 종류로 분류해놓고 대원들이 달라고 하면 그때그때 적당한 길이의 철사를 주었다.

대원들이 나를 보는 눈이 점점 달라지기 시작했다. 내가 기계적으로 일하는 것이 아니라 작은 일이라도 최선을 다하려고 노력한다는 것을 그들도 알게 되었다. 그러자 내게 맡기는 일들도 달라졌다. 고무줄, 대나무, 장대 등을 찾아오는 일까지 내가 맡아서 했다. 또 대원들은 내가 사교적이고 모르는 사람들과도 잘 어울린다는 것을 알고 마을 주민들과 소통할 일이 있으면 모두 내게 맡겼다. 못, 스패너, 가위 등 우리가 미처 준비하지 못한 것들은 마을 주민들에게 빌려다 썼는데 나는 어떤 물건을 어떤 집에서 빌렸는지 다 기억하고 있다가 다 쓰고 나면 곧바로 주인에게 돌려주었다. 대원들은 그런 일은 섬세한 여자가 더 잘할 것 같다며 내게 부탁했고 나는 모두의 기대를 저버리지 않고 잘 해냈다. 대원들에게 내가 쓸모 없는 사람이 아님을 멋지게 증명한 것이다.

자원봉사 활동을 하는 동안 봉사대 대원들이 나를 대하는 태도가 계속 바뀌었다. 처음 재해 지역으로 들어갔을 때 봉사대장은 내게 예의를 갖추어 대하기는 했지만 때때로 옆에 있으면 오히려 방해가 된다는 뉘앙스로 말하기도 했다. 그럴 때마다 기분이 상했지만 내가 결코 쓸모없는 사람이 아니란 걸 보여주고 싶었다. 그래서 내게 맡겨진 일이라면 아무리 작은 일이라도 불평하지 않고 최선을 다해서 완수했다. 그런 일이 반복되면서 대원들은 내게 점점 많은 일을 시키고 나의 의견을 존중하기 시작했다. 나중에는 대원 모두가 나를 봉사대의 떳떳한 일원으로 인정하고 있음을 느낄 수 있었다. 나에 대한 그들의 시선, 그들의 생각이 처음과는 완전히 달랐다.

두 번째 날 오후 봉사대장이 처음으로 내게 천막 치는 일을 맡겼다. 대장의 말에 나는 깜짝 놀랐다. 내게 천막 치는 일을 맡기다니? 나는 시험에서 100점을 맞아 엄마에게 칭찬받는 아이처럼 뛸 듯이 기뻤다. 옆에 있던 마을 사람들이 그런 나를 보고 웃었다. 다른 여자들은 힘쓰는 일, 지저분한 일에 나서지 않으려고 하는데 오히려 천막 치는 일을 좋아하는 나를 보며 신기하다고 했다. 어떻게 기쁘지 않을 수 있을까? 나는 천막을 치는 내내 감사하는 마음으로 즐겁게 일을 했다.

대장에게 신뢰를 얻었다는 생각에 대장이 하던 방식을 따라했다. 우선 사람들을 모아 각자 할 일을 나누고 필요한 도구를 가져오게 했다. 옆에서 일하고 있던 대장도 내게 다가와 자잘한 일들을 어떻게 해결해야 하는지 알려주었다. 주민들과 함께 천막을 세우는 동안 내 얼굴에서 미소가 떠나지 않았다.

마음에 들지 않는 일을 맡게 되어도 불평해서는 안 된다. 남들이 자신을 무시한다고 해서 똑같이 상대를 무시하고 반감을 드러내서도 안 된다. 말로 반박해서는 상대로부터 존중을 얻을 수 없다. 먼저 주어진 일에 최선을 다해야 한다. 진심으로 최선을 다해 일하면 점점 자신감을 얻게 된다. 모든 노력에는 결실이 따른다. 노력이 허사가 되는 일은 없다. 설령 남들이 겉으로 드러내놓고 칭찬하지 않더라도 마음속으로는 다 알고 있다. 자신에게 주어진 일을 훌륭하게

해내면 남들이 나를 바라보는 눈이 바뀌게 된다. 이런 과정을 통해 성장하는 사람은 바로 자기 자신이다.

나는 열심히 배워가면서 일했다. 남에게 지시를 하기보다 남의 지시를 받으며 일해왔기 때문에 내가 사람들을 지휘하는 입장이 되어도 대원들의 마음을 알고 그들과 어떻게 소통해야 하는지 알 수 있었다. 모두가 나처럼 리더의 말에 순종하지 않는다는 것도 알고 있었다. 지금까지 만난 적도 없던 사람들을 모아서 같이 일한다는 것은 쉬운 일이 아니었다. 각자 생각이 다르기 때문에 적절하게 조율하면서 이끌어주지 않으면 혼란에 빠질 수 있다. 나는 우선 마을 주민들과 차분하게 이야기를 나누었다. 주민들이 하는 질문에 망설임 없이 적절하게 대답해주었다. 모두들 내게 만족스러운 대답을 얻고 의구심이 풀리자 내 지휘에 전적으로 따르며 일했다.

또 한 가지 문제가 있었다. 우리가 준비한 구호물자가 부족했다. 마을마다 돌아다니며 구호물자를 나누어주었는데 어떤 마을에서는 처음에는 두 가구뿐이었는데 필요한 것들을 나누어주기 시작하면 어디서 나타났는지 사람들이 빽빽하게 모여들었다. 구호활동 셋째 날에도 그랬다. 나는 천막을 세우기 위해 50미터짜리 천 열 장을 준비했다. 천막을 20~30개쯤 세운 후 사람들에게 천을 나누어주기 위해 줄을 서게 했다. 그런데 줄을 서자마자 여기저기에서 사람들이 나오기 시작하더니 열 명 남짓했던 사람들이 순식간에 백 명 넘게 늘어나는 것이 아닌가. 우리가 가져간 것들로는 그 중 3분의 1밖에 나누어줄 수 없었다. 수요에 비해 준비한 물자가 턱없이 부족했다.

우리 대원 중에 판첸첸이라는 여가수가 있었다. 나이는 나보다 한두 살 어린데 내가 구호활동을 시작할 때부터 내 웨이보를 수시로 확인하면서 내게 몸조심하라고 당부했다. 그런데 셋째날 판첸첸이 베이징에서 비행기를 타고 와서 우리 봉사대에 합류한 것이다. 판첸첸은 나를 만나자마자 와락 울음을 터뜨렸다. 새로운 봉사대원이 등장하자 주민들은 그녀의 커다란 짐 가방을 기대에 가득 찬 눈빛으로 쳐다보았다. 하지만 그녀가 나누어주기 위해 가져온 물건들도 눈 깜짝할 사이에 동이 났다. 판첸첸은 안타까움에 눈물이 그렁그렁 맺혔다.

나와 엄마가 판첸첸을 위로했다. 우리처럼 지진을 겪어본 사람들은 이런 상황을 충분히 이해할 수 있었다. 우리도 그랬으니까 말이다. 우리의 봉사활동이 모든 사람을 만족시킬 수는 없지만 그래도 하는 데까지 최선을 다하면 그걸로 충분했다.

뜻하지 않게 '가장 아름다운 자원봉사자'가 되다

22일 우리는 바이자거우(白家溝)에서 자원봉사에 참여했다. 마을에 있는 집들 중 3분의 2가 무너져 폐허로 변해 있었다. 휴식 시간에 내가 반쯤 무너진 집 앞에 앉아 쉬려는데 한 대원이 위험하다며 손짓을 했다. 여진이 일어나면 집이 무너질 수 있다며 자리를 옮기라고 했다. 하지만 나는 그때 너무 지쳐서 일어날 기운이 없었다.

"여진? 날 테면 나보라지." 내 말이 떨어지기가 무섭게 정말로 여진이 찾아왔다. 룽먼향에서 여진이 발생했을 때는 두 번이나 펄쩍 뛰어오를 만큼 놀랐었다. 이번에도 대원들이 일제히 나를 향해 고개를 돌렸다. 그런데 나는 꼼짝도 않고 그 자리에 그대로 앉아 있었다. 사람들의 놀란 표정을 보며 나는 짐짓 태연한 척 말했다.

"고작 두 번 흔들린 게 전부잖아. 이젠 익숙해." 엄마가 카메라를 들고 일어나더니 내 모습을 사진으로 찍었다. 찍을 테면 찍으라지. 나는 무표정하게 앉아 사진을 한 장 더 찍어달라고 한 다음 웨이보에 올렸다. 길게 설명할 기력도 없어서 짧게 한 줄 덧붙였다.

'지진이다. 지진도 이젠 익숙해. 아, 피곤해! 지진아, 날 테면 나 봐!' 그런데 무심코 웨이보에 올린 이 사진과 글이 나도 모르는 사이 수많은 사람들에게 리트윗될 줄은 꿈에도 상상하지 못했다. 그때 나는 할 일이 너무 많아서 제대로 쉴 수도 없었다. 이 집 도와주고 나면 또 저 집이 나를 기다리고 있었다. 천막 세우는 일을 끝내고 잠시 쉬었다가 밤 10시가 넘어서야 겨우 산을 내려왔다.

그제야 겨우 휴대폰을 확인했는데 그 사이에 놀라운 일이 벌어져 있었다. 내가 올린 글의 리트윗 수가 수 천 번이나 되었던 것이다. 그걸 처음 보았을 때는 휴대폰이 고장 났다고 생각했다. 재해 지역으로 들어온 후 휴대폰에 문제가 생긴 대원들이 많았기 때문이다. 그런데 자세히 보니 휴대폰 고장이 아니었다. 내 사진 한 장이 수많은 사람들의 웨이보로 리트윗되고 나의 팔로우 수가 몇 배로 늘어나 있었다. 도무지 이해할 수 없었다. 사람들이 내 사진을 보고 남긴 글이 셀 수 없이 많았다. 어떤 사람들은 나더러 장백지를 닮았다고 했고 어떤 사람들은 나를 '가장 아름다운 자원봉사자'라고 불렀다.

평소 같으면 예쁘다는 칭찬에 기분이 좋았겠지만 그때는 조금도 기쁘지 않았다. 지진 지역에 관한 소식들을 실시간으로 올릴 때는 리트윗 수가 그렇게 많지 않았는데 아무 정보도 없는 쓸데없는 글이 열광적인 인기를 얻었다니. 온종일 목이 쉴 만큼 힘들게 일한 대원들은 말도 안 되는 리트윗 수를 보고 세상 사람들이 지진에는 관심이 없고 미녀에게만 관심이 있다며 한 마디씩 불평을 했다. 알 수 없는 부끄러움에 웨이보에 다시 글을 올렸다.

'가장 아름다운 자원봉사자라고 불리고 싶지 않아요. 내가 아니라 더 중요하고 절박한 소식에 관심을 가져주길 바랍니다.' 하지만 소용이 없었다. 이튿날 내 휴대폰이 미친 듯이 울려댔다. 나를 취재하고 싶다는 각 방송사로부터 걸려온 전화였다. 처음부터 우리와 함께 재해 지역으로 들어온 카메라맨은 촬영한 것들을 빠르게 방송하기 위해 21일 오전에 돌아갔다. 우리가 본격적으로 구호활동을 시작하려고 할 때 돌아간 것이다. 그들이 떠나고 나니 오히려 홀가분했다. 카메라맨이 줄곧 따라다니니까 마치 쇼를 보여주고 있는 것 같아서 불편하고 어색했기 때문이다.

'가장 아름다운 자원봉사자'라고 소문이 퍼지자 각 방송사들이 각종 경로를 통해 나를 찾아와 성가시게 했다. 엄마가 인터뷰 요청 전화를 처음 받았을 때는 완곡하게 인터뷰를 거절했다. 그런데 전화가 쉬지 않고 계속 걸려오자 나중에는 엄마도 화가 난 나머지 전화를 받자마자 성을 내며 외쳤다.

"이런 쓸데없는 거 취재하지 말고 이재민들에게 도움이 될 수 있는 기사를 내보내라고요!" 나는 전화를 끊은 뒤 흥분을 가라앉히지 못하는 엄마를 위로했다.

"그게 그 사람들이 하는 일이잖아. 엄마가 이해해요." 어떤 기자들은 한두 번 거절하면 다시 전화를 걸지 않았지만 포기하지 않고 계속 전화를 걸어 통사정을 하는 기자들도 있었다. 그들은 스무 통

넘게 전화를 걸어 갖가지 이유를 대며 우리를 설득했다. 구호 현장까지 찾아온 몇몇 기자들에게는 단독 인터뷰는 거절하고 구호활동에 방해가 되지 않도록 멀리서 사진을 찍는 것만 허락했다. 그들이 무거운 카메라를 메고 있기 때문에 부딪혀서 사고가 날 수 있었기 때문이다. 남에게 위압감을 주는 봉사대장의 외모 때문인지 기자들도 더 이상 조르지 않고 우리가 일하는 모습을 멀리서 촬영했다.

하루는 아침부터 무섭게 비가 쏟아졌다. 우리는 일을 하며 '샤워'를 했다. 처음에는 우비를 입고 일했지만 나중에는 비닐봉지만 머리에 쓰고 일했고 나중에는 이것도 저것도 다 불편해 다 벗어던졌다. 어차피 다 젖었으니 비를 맞아도 상관없었다. 신발 안에 물이 차서 걸을 때마다 첨벙첨벙 소리가 났다. 오전에는 그나마 견딜 만했지만 오후가 되자 신발이 무거워서 걷기조차 힘들었다. 대원들은 지쳐서 꼼짝도 하지 못했다. 내 신발에도 물이 찼지만 의족이기 때문에 아무런 감각도 없었다. 그래서 오후와 저녁에는 내가 리더가 되어 이리저리 뛰어다니며 주민들에게 필요한 것을 빌리고 중요한 일을 상의했다.

저녁에 모두 모여 식사를 하는데 신발을 벗은 대원들의 발에 물집이 잔뜩 잡혀 있었다. 첸첸은 신발이 신을 수 없게 망가져서 버려야 했다. 멀쩡한 사람은 발이 없는 나뿐이었다. 그날 밤 내내 비는 멎을 줄 모르고 내렸다. 그런데 우리에게는 비보다 더 중요한 문제가 있었다. 봉사대가 해산해야 할 때가 된 것이다.

우리가 가지고 간 구호물자들을 다 나누어주고도 모자라 그 후에 두 번이나 필요한 물품들을 사다가 나누어주었다. 우리가 할 수 있는 일은 다 한 셈이었다. 처음에는 길이 끊겨 차가 들어올 수 없었지만 이제는 산길이 뚫려 차들이 오고갈 수 있었다. 아직은 막혀 있는 구간들이 있기는 하지만 어쨌든 밖에서 필요한 물품을 실어올 수 있었다. 다른 자원봉사자들도 점점 많아지고 있었다. 게다가 모두들 생업이 있었다. 회사에 다니는 봉사대장도 구호활동 때문에 사흘이나 출근하지 못해 회사에서 재촉 전화가 빗발쳤다. 이런 현실적인 일들 때문에 부득이하게 봉사대가 해산할 수밖에 없었다.

대장은 우리에게 같이 돌아가자고 했지만 나와 판첸첸은 좀 더 있기로 했다. 며칠 동안 천막을 치면서 이제 노하우가 생겨 속도가 빨라졌는데 이대로 가버리기는 아까웠다. 남아서 다른 봉사자들의 일을 돕고 싶었다. 봉사대가 해산해야 한다는 사실에 모두 공감했다. 힘든 일을 함께 하면서 정이 많이 쌓였기에 봉사대와 이별하면서 서로 끌어안고 울었다. 봉사대가 떠나고 이제 남은 건 나와 엄마, 판첸첸과 남동생 네 명뿐이었다. 여자 세 명과 남자 한 명, 우리가 무엇을 할 수 있을까?

대장이 되어 어려움과 기꺼이 맞서다

그날 밤 우리 넷은 둘러앉아서 회의를 했다. 모두의 표정이 엄숙했다. 우리가 무엇을 할 수 있을까? 대장이 떠났고 우리에게는 차도 없고 사람도 적었다. 그때 생각난 것이 웨이보였다. 나는 웨이보에 글을 올렸다. '재해 지역에서 함께 구호활동을 할 자원봉사자를 찾습니다. 차를 가지고 계신 분이면 더 좋습니다.'

웨이보에 글을 올린 후 광둥(廣東), 상하이, 베이징 등등 전국에서 많은 사람들이 연락을 했다. 대부분 성금이나 물건을 기증하겠다고 했지만 그런 것은 받지 않았다. 돈을 받아도 필요한 물품을 살 수 있는 곳이 없었고, 물품을 기증받아도 재해 지역으로 가지고 올 방법이 없었다. 우리에게 필요한 것은 차와 사람이었다. 그래야 구호물품을 이재민들에게 나누어줄 수 있으니 말이다. 그날 밤 내 휴대폰이 쉬지 않고 울렸고 나는 일일이 우리의 상황을 설명했다. 새벽 네 시가 넘어서야 회의가 끝나고 겨우 눈을 붙였다. 뚱보오빠가 나타난 것이 바로 그때였다.

내 웨이보에 올라온 수많은 댓글 가운데 눈에 띄는 것이 있었다. 차가 있고 지형이 험한 곳에서 운전해 본 경험이 많다며 우리를 도울 수 있다는 글이었다. 그런 사람이라면 틀림없이 우리를 도울 수 있을 거라고 생각해 그에게 전화를 걸었다. 그가 바로 뚱보오빠다. 뚱보오빠는 내 전화를 받고 몹시 놀란 기색이었다. 내가 정말로 전화를 걸 줄 몰랐다고 했다. 뚱보오빠는 잠시 망설이다가 가족들이 동의할지 모르겠다고 했다. 조금 실망하기는 했지만 마음만으로도 고맙다고 인사한 후 전화를 끊었다. 나는 그것으로 끝이라고 생각했다. 그런데 다음날 아침 낯선 전화번호로 걸려온 전화에 잠이 깼다. 아직 7시도 안 된 이른 아침이었다. 뚱보오빠였다. 벌써 야안에 도착했다는 것이었다.

이번에는 내가 놀랄 차례였다. 나중에 안 사실이지만 뚱보오빠가 내 전화를 끊은 뒤 가족들에게 야안으로 가겠다고 말하자 가족들이 강하게 반대했다고 한다. 뚱보오빠가 오십을 바라보는 나이인데다가 아들도 곧 대학에 들어갈 텐데 혼자 지진 지역으로 간다는 것이 마음이 놓이지 않았던 것이다. 뚱보오빠는 가족들을 설득했다. 다른 사람이면 모르지만 두 다리가 없는 랴오즈가 구호활동을 하고 있는데 사지가 멀쩡한 내가 어떻게 가만히 있을 수 있느냐고 말했다. 끈질긴 설득에도 가족들이 반대하자 뚱보오빠는 가족들이 잠든 새벽 2시에 몰래 나와 무작정 야안으로 출발했고 점심때가 다 되어서야 집으로 전화를 걸어 야안에 도착했으니 걱정하지 말라고 말했다.

뚱보오빠는 나를 처음 보고 깜짝 놀랐다. 야안으로 오는 내내 체격 좋은 아주머니가 땀을 흘리며 일하고 있는 모습을 상상했다고 했다. 소녀처럼 키도 작고 왜소한 나는 뚱보오빠가 상상했던 것과 거리가 멀어도 너무 멀었다. 딴판이었다. 우리가 이야기를 나눈 20분 동안 뚱보오빠는 내게서 눈을 떼지 못했다. 그의 눈에는 놀라움과 호기심이 가득 걸려 있었다. 내가 랴오즈라는 사실을 도저히 믿을 수 없다는 표정이었다. 뚱보오빠의 합류로 우리에게도 차가 생기고 일손도 많아졌다. 나는 얼떨결에 대장이 되었다.

뚱보오빠, 첸첸, 첸첸의 남동생, 엄마 이렇게 네 명이 대원이 되어 무슨 일을 하든 어디를 가든 모두 내 지휘에 따랐다. 모든 결정은 내가 했다. 문득 좋은 대장이 되는 것이 쉽지 않은 일임을 깨달았다. 대원들이 내게 모든 희망을 걸고 있었다. 봉사대장 밑에서 일할 때는 정말로 소녀처럼 시키는 일만 열심히 하면 그만이었다. 하지만 이제 나부터 강해져야 했다. 저절로 목소리에도 힘이 들어갔다. 이유는 모르겠지만 처음 사흘 동안 부드럽고 조용했던 내 말투가 대장이 된 24일부터는 속도가 빨라지고 목소리도 두 배는 커졌다.

24일 우리는 사바촌(沙壩村)에 도착했다. 주민들이 모두 모인 가운데 앞에서 우리 봉사대를 소개하려니 긴장감으로 온몸이 뻣뻣하게 굳었다. 수백 개의 눈동자가 나를 바라보고 있었고 대부분 노인이었다. 마을 젊은이들은 거의 모두 타지로 나가고 남은 것은 노인과 아이들뿐이었다. 반백의, 또는 백발의 노인들이 웅성웅성하는 소리에 내 목소리가 묻혀버렸다. 내가 엄숙한 표정으로 큰 숨을 들이쉬고 목청을 높인 후에야 웅성거리는 소리가 차츰 잦아들었다. 현장에 도착하면서부터 목이 쉬도록 외쳤다.

"조용히들 하시고 제 말 좀 들어보세요!"

"자꾸만 얘기하시면 저는 아무 말도 하지 않을 거예요!" 그제야

겨우 이야기를 시작할 수 있었고 내 말이 이어질수록 점점 조용해졌다. 주민들은 재료를 나누어주면 자기들이 직접 천막을 치겠다고 했다. 하지만 내 생각은 달랐다.

“그렇게 하면 직접 천막을 칠 수 없는 노인이나 아이들은 어떻게 하죠? 그러지 말고 다 같이 모여서 도와가며 천막을 쳐야 해요. 천막을 칠 만한 공터를 찾아서 어른과 아이를 섞어 몇 조로 나눈 다음 서로 도우며 천막을 칠 거예요. 모두 몇 명이죠? 대원들이 돌아다니며 각 조마다 재료를 나누어 주겠어요.” 그때 누가 외쳤다.

“1인당 천 한 장씩 주쇼!”

“그건 안 되요. 천 한 장이 50미터예요. 1인당 50미터씩 쓰는 건 낭비예요. 다른 마을에도 천막이 필요하니까 이곳에 다 드릴 수가 없어요. 천막 하나면 서너 가구가 쓸 수 있어요. 물품이 많지 않으니까 서로 배려해야죠.” 내 말이 끝나자 모두 고개를 끄덕이며 아무 말도 하지 않았다. 회의가 끝난 후 구순 노인 한 분이 다가와 내 등을 툭 치며 말씀하셨다.

“훌륭하구먼! 아주 훌륭한 청년이야!”

“전 여자예요.” 내가 웃으며 말하자 노인은 고개를 끄덕였다.

“음, 아주 훌륭한 아가씨로군!”

사실 나는 대장이 되고 싶지 않았다. 부담감이 너무 크기 때문이다. 사바촌을 떠날 때 첸첸과 뚱보오빠가 내게 이제 어디로 갈 건지 물었다. 나는 잠시 고민하다가 톈취안현(天全縣)으로 가자고 했다. 내가 대원들의 신뢰를 얻을 수 있도록 더 강해져야 한다고 생각했다. 사바촌에서의 구호활동이 효율적으로 이루어진 것은 자원봉사 대원들이 점점 많아지고 현지 주민들이 적극적으로 협조한 덕분이었다.

톈취안현에 도착하자 현지의 한 부부가 나를 찾아와 오토바이를 타고 우리 봉사대를 따라다니며 구호활동을 하고 싶다고 했다. 톈취안현에 있는 모든 마을을 하루 안에 다 돌 계획이기 때문에 힘들 거라고 말했지만 부부는 우리 봉사대가 일을 워낙 효율적으로 하니까 충분히 가능할 것이라고 말했다. 우리 봉사대가 현지에서 인정받고 있다는 사실이 뿌듯했다. 계획대로 24일 하루 동안 톈취안현에 있는 모든 마을을 다 돌아다니며 구호활동을 했다. 마을로 들어가다가 길가에 구호물품이 쌓여 있으면 웨이보에 글을 올려 그곳은 구호물품이 충분하니까 다른 마을에 먼저 가자고 대원들에게 전달했다.

톈취안현을 한 바퀴 다 돌고난 후 야안으로 돌아갈 시간이 되었다. 1일 자원봉사를 하러 달려와 준 사람들과 일일이 작별인사를 나누었다. 우리는 서로 끌어안고 눈물을 흘리며 헤어짐을 아쉬워했다. 단 하루지만 함께 구호활동을 하면서 애틋한 정이 들었기 때문이다. 야안에 도착했을 때는 나, 엄마, 첸첸, 첸첸의 남동생 그리고 뚱보오빠 다섯 명만 남았다. 그날 구호활동 중간쯤에서 합류했던 한 여대

생이 내게 문자메시지를 보냈다.

"랴오즈 언니, 저희 집이 야안이에요. 지금은 청두에서 학교를 다니고 있어요. 얼마 전에 참가했던 자원봉사대는 하루 종일 빈둥대고 뭘 해야 할지 몰라서 우왕좌왕했었어요. 내가 참 쓸모없는 사람이라고 자책했죠. 그런데 오늘은 의미 있는 일을 많이 해서 뿌듯해요. 자원봉사에 참여하길 잘한 것 같아요. 고마워요." 메시지를 읽으며 내가 한 일이 인정받았다는 생각에 뿌듯하고 고마웠다.

그날 밤 회사 사장님이 전화를 걸어 언제 출근할 건지 물었다. 그제야 내가 회사에 휴가도 내지 않았다는 것을 깨달았다. 며칠 동안 시간이 가는 줄도 모르고 있었던 것이다. 내가 죄송하다고 연신 사과하자 사장님은 괜찮다며 건강하게 돌아오기만 하라고 했다.

"이왕 이렇게 됐으니 구호물품을 두 트럭만 더 나누어주고 돌아갈게요." 이렇게 말하고는 나도 웃음을 터트렸다. 사장님한테 용서를 빌자마자 조금 더 있다가 가겠다니 이렇게 염치없는 직원이 어디에 있을까? 뜻밖에도 다음날 회사에서 보낸 구호물품 두 트럭이 도착했다. 모두 5톤에 가까운 천막용 천, 생수, 라면, 쌀, 과자 등이 트럭에 가득 실려 있었다. 그걸 보고 누가 감동하지 않을 수 있을까!

야안과 작별하다

텐취안현으로 가는 길에 뚱보오빠가 말했다. “랴오즈, 그렇게 작은 체구에서 어떻게 그런 대담함이 나오는지 신기해!” 그날 밤은 차를 운전하기가 유난히 힘들었다. 길 곳곳에서 푹 파인 구덩이들이 나타났기 때문이다. 뚱보오빠는 긴장을 풀기 위해 새벽 네 시까지 나와 이런 저런 이야기를 나누었다. 우리는 두려움, 신앙 같은 것들에 대해 이야기했다.

“무서워 할 필요 없어요. 우리가 하는 일이 나쁜 일만 아니면 하늘에서 천사를 보내 지켜줄 거예요. 그러니까 우리는 아무 일도 없을 거예요. 안심하세요.” 다음날 우리는 가장 위험한 곳인 솽스진(雙石)으로 향했다. 사실 솽스진으로 출발하기 전까지는 그곳이 그렇게 위험한 곳인 줄 몰랐다. 솽스진 주민들이 물품 부족으로 어려움을 겪고 있다는 말을 듣고 구호물품을 싣고 가기로 한 것이었다. 솽스진 주민에게 길 안내를 부탁했다.

차 세 대가 출발했다. 우리 차가 앞장서고 길 안내를 맡은 주민이 우리 차에 탔다. 나와 엄마가 조수석에 끼어 앉고 뒷자리에 다섯 명이 겨우 탔다. 회사에서 보낸 트럭 두 대가 우리 뒤를 따랐다. 그런데 출발한 지 10분 정도 되었을 때 뭔가 잘못되었다는 느낌이 들었다. 우리를 태운 차가 야츠야(牙齒崖)라는 산 위를 달리고 있었다. 옆으로는 깎아지를 듯한 절벽이 이어지고 머리 위도 산, 발밑도 산이었다. 산의 이름처럼 곧추 선 이빨이 언제든 우리를 삼켜버릴 것 같았다.

갈수록 길이 좁아졌다. 조금만 더 가면 길이 사라져버릴 것만 같았다. 식은땀이 흘렀다. 뒤에서 따라오는 차 두 대를 계속 돌아보며 후회했다. 이렇게 위험한 곳인 줄 알았다면 그들을 데리고 오지 않았을 것이었다. 회사에서 보낸 사람이 사고를 당한다면 회사에 뭐라고 말해야 할까? 그의 가족들은 또 무슨 면목으로 본 단 말인가?

그런데 절반쯤 갔을 때 제일 위험한 고비가 닥쳤다. 앞에서 차 한 대가 마주오고 있었다. 차에 탄 사람들이 일제히 숨을 들이마셨다. 길이 이렇게 좁고 험한데 어떻게 하지? 길 중간이 푹 꺼져 차 한 대도 통과하기 힘든 곳이었다. 일단 차를 세우고 차에서 내렸다. 머리 위를 보니 바위가 당장이라도 굴러 떨어질 것처럼 절벽에 위태롭게 걸려 있었다.

나도 모르게 기도를 했다. '하나님, 제발 지켜주세요.' 그때 엄마가 뚱보오빠에게 묻는 소리가 들렸다.

"웬일로 그렇게 태연해요? 어제는 이것보다 덜 위험한 곳에서도 계속 무섭다고 했잖아요." 뚱보오빠가 대답했다.

"별 거 아닙니다. 어제 밤에 랴오즈가 그랬어요. 신이 우리를 보호해주고 있대요. 랴오즈가 내 차에 타고 있기만 하면 아무 일 없을 거예요. 그러니까 무섭지 않습니다."

뚱보오빠의 말 한 마디에 감동해 저절로 자신감이 솟았다. 그리

먼 길은 아니었지만 험한 산길이었기 때문에 한참만에야 쐉스진에 도착할 수 있었다. 그제야 사람들의 얼굴에 안도의 빛이 어렸다. 그런데 한참이 되도록 구호물품을 실은 트럭이 도착하지 않는 것이었다. 나는 마을 어귀에서 트럭을 기다리며 속으로 수없이 기도했다. 10여 분쯤 기다렸을까 트럭 한 대가 멀리서 모습을 드러내고 나서야 겨우 가슴을 쓸어내렸다.

쐉스진에 들어가 보니 촌장이 집집마다 식구 수에 맞추어 국수를 나누어주고 있었다. 다른 곳에서는 라면, 과자, 생수 같은 것들을 충분히 나누어주고 있는데 그곳에는 구호물품이 제대로 전달되지 않았던 것이다. 산길이 험해서 구조대가 들어오기 힘든 탓이었다. 다행히도 5톤의 구호물품이 큰 역할을 했다.

우리는 도착하자마자 트럭에 실린 물품들을 주민들에게 나누어주었다. 먹고 쓰고 입을 것 외에 천막용 천도 충분히 제공했다. 구호물품을 모두 나누어주고 돌아오는 길에는 익숙해져서 긴장이 훨씬 덜했다. 쐉스진에서 충칭으로 돌아왔을 때는 이미 새벽 4시가 넘은 시각이었다.

야안에서 구호활동을 한 닷새 동안 하루도 편히 잘 수 없었다. 첫날은 다리 밑에서 30분쯤 눈을 붙였고, 둘째 날은 야안의 모텔에서 5시간쯤 잤다. 셋째 날은 판첸첸이 오기를 기다리느라 2~3시간밖에 자지 못했고 넷째 날에도 뚱보오빠가 밤길 운전을 무서워해서 말동무를 해주느라 새벽 4시까지 깨어 있다가 2~3시간밖에 자지 못했다. 비록 고되고 힘들었지만 내가 봉사대의 대장이었기 때문에 강해야 한다는 생각에 정신력으로 버텼다. 셋째 날 합류한 판첸첸은 닷새째 되던 날 체력이 고갈되어 차에 누워 꼼짝도 하지 못했다.

24일 우리가 톈취안현을 떠날 무렵 장대비가 쏟아지자 차 안 분위기가 무겁게 가라앉았다. 몸도 피곤한데 비까지 내리니 그럴 수밖에 없었다. 나는 분위기를 풀기 위해 즉석에서 노래자랑을 제안했다. 번갈아 가며 노래를 부르고 서로 점수를 매겨주기로 했다. 노래를 부르고 웃고 떠드는 동안에는 몸의 피로와 정신적인 긴장감, 그리고 우리가 지진 지역에 있다는 사실을 잊을 수 있었다. 우리는 정말 봄나들이를 가는 사람들처럼 즐겁게 웃고 노래했다. 나중에 첸첸은 그때 일을 떠올리며 이렇게 말했다.

"랴오즈의 몸 속에는 작은 우주가 들어 있는 것 같아. 어떻게 항상 활기가 넘치지?" 나의 가장 큰 장점은 잘 웃는 것이다. 웃음은 전염성이 있어서 사람들의 우울한 감정을 떨쳐내고 잠시나마 고된 현실을 잊을 수 있게 만드는 힘이 있다. 나와 함께 힘든 구호활동을 했던 사람들은 집에 돌아간 후에도 랴오즈와 함께 있으면 두려움도 좌절도 우울함도 다 사라진다고 말하곤 한다. 내가 그들의 불안과 긴장, 두려움을 웃음으로 바꾸어 훨훨 날려 보냈기 때문이라고 나는 굳게 믿고 있다.

25일 구호활동을 마치고 차에 오른 순간부터 나는 바람 빠진 풍선처럼 축 늘어져버렸다. 충칭까지 차를 타고 오는 동안 나는 한 번도 몸을 일으키지 않았다. 남들은 중간에 몇 번씩 화장실에 다녀오고 휴게소에서 주전부리를 했지만 나는 손가락 하나 움직일 기력도 없었다. 내 몸에 있는 모든 체력을 다 소진했다는 것을 그제야 알았다.

원래는 야안에서의 구호활동 상황과 그때그때 느낀 점들을 기록하려고 했지만 여러 가지 일들로 인해 여의치 않았다. 충칭으로 돌아온 새벽 4시에 나는 컴퓨터 앞에 앉았다. 그런데 두 시간이 흐르고 6시가 될 때까지 내가 쓴 것은 '야안기행' 네 글자뿐이었다. 너무 많은 것들이 머릿속을 꽉 채우고 있어서 한 글자도 쓸 수가 없었다. 기억상실증 환자가 된 것처럼 아무 것도 기억나지 않았다. 대장에게 문자메시지를 보내 나와 같은 경험을 했는지 물었다. 대장에게 답장이 왔다.

"다시 출근한 지 사흘이 되었는데 아직도 업무 속도를 따라갈 수가 없어요. 기력을 너무 소진해서 그런가 봐요."

그 후 일주일 동안 나는 계속 멍한 상태로 지냈다. 전화도 받을 수 없어서 엄마가 대신 받았고 치매에 걸린 노인처럼 엄마가 내게 열 마디를 하면 그 중 한두 마디만 알아들었다. 뇌가 외부의 자극에 빠르게 반응할 수 없다고나 할까. 그 일주일 동안 기자들이 찾아와 수없이 취재를 하고 인터뷰를 했지만 내가 무엇을 하고 있는지 알 수도 없었다. 판단능력을 상실한 사람처럼 어떤 자극이 와도 그저 멍하기만 했다. 기자와 인터뷰를 할 때에도 기자가 했던 말을 자꾸 반복하며 되물었는데 그것도 듣지 못해서가 아니라 갑자기 머릿속이 하얗게 비어버렸기 때문이다. 나는 일주일을 그렇게 보낸 후에야 겨우 원래의 생활로 돌아와 《내 인생을 춤추다》 제작에 참여하기 시작했다.

인생은 변화무쌍하다. 지금은 남의 이야기에 울고 웃지만 어느 날 남들에게 빙 둘러 싸여 구경거리가 될 수도 있다. 산다는 것은 죽음과 가까워짐을 의미한다. 누구도 죽음을 피할 수 없다. 우리가 할 수 있는 것은 가장 아름다운 일을 하며 시간을 허비하지 않는 것이다. 바로 오늘, 온 마음과 온 힘을 다해 내가 만나는 모든 사람들을 사랑하자.

— 랴오즈

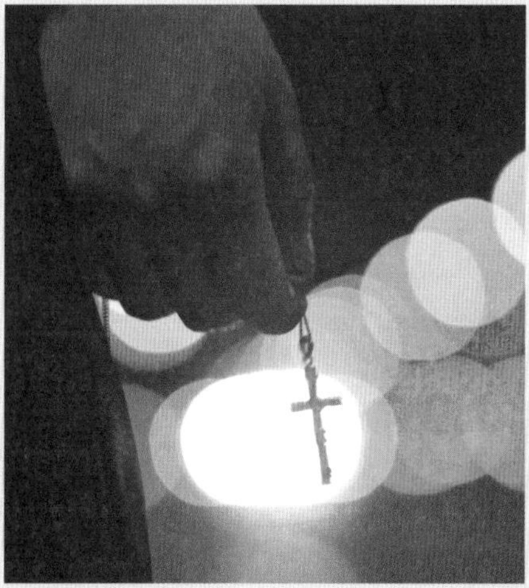

Chapter 9

날 떠나줘서 고마워

돌아갈 수 없는 아름다운 시절

어릴 적부터 나의 상상 속 결혼은 남자는 가정의 든든한 보호자가 되고 여자는 남자의 울타리 안에서 순종하는 것이었다. 그것이 안정된 부부 관계이고 행복한 결혼이라고 생각했다. 현실 속의 결혼생활이 내 상상과 완전히 다르다는 사실은 결혼을 하고 난 후에야 알았다.

현실에서는 부부가 대등한 관계를 맺고 서로를 위해 많은 것을 분담하고 해결해주어야 했다. 하지만 그때 나는 너무 어렸다. 나와 전 남편 사이의 문제는 결혼 자체가 아니라 우리의 인식에서 시작된 것 같다. 나는 내게 어떤 남자가 필요한지 확실히 알지 못한 채 결혼을 했다. 그 때문에 결혼 후 나와 남편은 사소한 일로도 심하게 다투었고 서로 조금도 양보하려 들지 않았다.

그를 처음 만났을 때 나는 웨딩사진 스튜디오를 직접 운영했고 고객도 제법 많은 편이었다. 하지만 일이 워낙 바빠 젊은 나이인데도 내 시간과 생활을 즐길 수 없었다. 매일 바쁘지만 무료한 생활을 하고 있던 그때 바로 그가 내 앞에 나타났다.

어느 날 친구들과 노래방에 가서 놀았는데 그가 그 자리에 함께 있었다. 그는 내 친구의 친구였다. 나는 그에게 별 관심이 없었지만 다음날 친구를 통해 내 휴대폰 번호를 알아낸 그가 날마다 내게 문자메시지를 보냈다. 그때는 내가 그를 좋아하게 되는 일은 절대로 일어나지 않을 거라고 생각했다.

하지만 그는 끈질기게 매달렸다. 날마다 내게 문자메시지를 보내는 것도 모자라 전화를 걸어 귀찮게 했다. 그때 나는 너무 어렸기 때문에 '이런 남자가 내게 어울리기나 해? 이 남자는 날 따라다닐 자격도 없어!'라며 그에게 항상 냉랭하게 대했다. 내가 먼저 그에게 연락하는 일도 거의 없었다. 그를 진심으로 받아들이게 된 것은 그로부터 1년 넘게 지난 후였다.

이상하게 일이 꼬여 기분이 우울했던 날, 왜 그랬는지 모르지만 불쑥 그에게 문자메시지를 보냈다. 기분이 우울한데 어딜 가면 좋을지 모르겠다는 내용이었다. 곧장 그에게 답장이 왔다. 곧 차를 몰고 올 테니 아무 데도 가지 말고 기다리라는 것이었다. 그날 그는 어느 절로 나를 데리고 갔다. 그런 곳에 갈 줄은 예상도 못하고 있었기 때문에 속으로 깜짝 놀랐다. 우리는 향을 피우지도 불상에 절을 하지도 않고 그 대신 절에 모셔져 있는 어느 시신을 보았다. 그는 내게 말했다.

"인생은 아주 짧아요. 우리가 지금은 살아 있지만 어느 날 죽어서 여기에 누워 있게 될지 모르죠."

그 순간 내 마음이 흔들렸다. 시신이 모셔진 절에서 데이트를 하는 것도 평범한 일이 아닌데 그런 이야기까지 하다니. 나는 그가 아주 특별한 남자라고 생각했다. 그날 이후 그에게서 전화가 걸려오거나 문자메시지가 오면 나도 예전보다 정중하게 대하고 답장도 보냈다. 그런데 그해 어느 겨울날 아침 우리 관계에 변화가 생겼다.

마침 길일이라 신부 두세 명이 스튜디오에서 신부화장을 받기로 예약이 되어 있었다. 나는 새벽 3시에 일어나 서둘러 스튜디오로 갔다. 날씨가 유난히 추웠다. 그런데 집을 나서는데 길모퉁이 쓰레기통 옆에 머리가 긴 한 남자가 웅크리고 앉아 있는 것이었다. 겨울이라 아직 여명도 비추지 않아 남자의 모습이 자세히 보이지 않았다. 나는 노숙자나 거지일 것이라고 생각하고 잰걸음으로 쓰레기통 옆을 지나갔다.

그때 갑자기 뒤에서 누군가 날 불렀다. 속으

로 흠칫 놀라 걸음을 멈추지 못하고 앞만 보고 계속 걸었다. 뒤에서 내 이름을 부르는 소리가 들렸다. 고개를 휙 돌려보니 쓰레기통 옆에 웅크리고 있던 남자가 바로 그였다. 그는 몸을 일으켜 나를 향해 걸어오더니 차갑게 식어버린 샤오룽바오(小籠包, 대나무 찜통에 쪄낸 중국식 만두. ―옮긴이) 한 봉지를 내게 건넸다.

"오늘 일이 바쁘다고 친구에게 들었어요. 일찍 집을 나설 것 같아서 어젯밤에 친구와 마작을 두면서 밤을 새우고 두 시 반부터 여기서 기다렸어요."

누가 감동받지 않을 수 있을까? 살이 에이도록 추운 겨울날 바깥에서 한 시간 동안 나를 기다린 것이 내게 만두를 주기 위해서라니. 바로 그날부터 우리는 연인이 되었고 얼마 후 결혼했다. 그러나 그와 내가 맞지 않는다는 것을 깨닫기까지 그리 오랜 시간이 걸리지 않았다. 나는 스튜디오와 집만 오가는 단조로운 생활을 했지만 그에게는 각종 모임과 접대가 너무 많았다. 처음에는 모임에 나를 데리고 다녔지만 내가 그런 자리를 좋아하지 않아 둘 사이에 갈등이 생기기 시작했다. 그는 내가 그의 아내이므로 접대자리에 동석해 분위기를 맞추는 것은 당연하다고 생각했지만 나는 내 능력으로 떳떳하게 돈을 벌고 있는데 어째서 하기 싫은 일까지 해야 하는지 이해할 수 없었다.

가치관의 차이가 표면화되면서 우리의 신혼 생활이 삐거덕거리기 시작했다. 하지만 우리는 여전히 서로를 사랑했고 갈등을 해결할 수 있는 방법을 찾기 위해 고민했다. 내가 그에게 적응하려고 마음먹었던 바로 그때 나는 임신 사실을 알게 되었다.

의지할 수 없는 사람

결혼한 지 6개월만이었다. 임신 후 나는 감정의 기복이 더 심해졌다. 임신은 내게도 갑작스러운 일이었기에 어떻게 해야 할지 당황스러웠다. 성격 차이로 인한 남편과의 잦은 다툼이 나를 극도로 불안하게 했다. 게다가 임신 전에 나는 무용교사 자격증을 따기 위해 준비하고 있었다. 갑작스런 임신으로 내 계획이 완전히 틀어져 버린 것이다.

나의 임신에 그는 몹시 기뻐했다. 그때 그의 나이는 이미 서른이었고 아이를 간절히 원했다. 하지만 나는 너무 젊어 마음의 준비가 되어 있지 않았다. 결국 임신은 부부싸움의 또 다른 원인이 되었다. 아이가 생겼으니 낳아야 한다는 사실은 알고 있었지만 우울한 감정을 떨칠 수가 없었다. 나의 심한 감정 기복을 그가 많이 참고 받아주었음은 부인하지 않는다.

임신 3개월 후 우울함 때문에 건강도 나빠졌다. 심각한 저혈당증으로 툭하면 현기증이 나서 걷다가 갑자기 쓰러지기 일쑤였다. 어떤 날은 두세 번씩 쓰러지기도 했다. 나의 심리 상태와 건강 상태가 불안해지자 남편은 나와 함께 있는 것을 두려워하기 시작했다. 자기 부하직원이나 친구를 불러다 나와 함께 있어주라고 하더니 나중에는 시어머니를 모셔와 나를 돌봐달라고 부탁했다. 이런 일들을 겪으며 나는 그의 성격이 나약하다는 사실을 알았다. 해결하거나 고치기 힘든 일이 생기면 무의식중에 도피하려고 했다.

남편은 습관적으로 외출을 했고 나와 단둘이 있는 시간이 거의 없었다. 내게 그가 가장 필요했을 때 내 곁에는 언제나 그가 아닌 그의 동료나 친구가 있었다. 처음에는 내게 필요한 건 당신이지 다른 사람이 아니라며 화를 내기도 했다. 그럴 때마다 그는 아기가 태어나면 돈이 필요할 테니 열심히 돈을 벌어야지 어떻게 내 옆에만 붙어 있느냐고 항변했다. 여자가 아기를 가졌을 때 가장 필요한 것이 남편의 사랑과 관심이라는 걸 그는 정말 몰랐을까?

임신 6개월부터 그의 귀가시간이 점점 늦어졌다. 처음에는 그가 어디에서 무얼 하고 있는지 애를 태우며 집에서 그를 기다렸다. 그런데 어느 날 밤새도록 그를 기다리며 수없이 전화를 걸었지만 전화를 받지 않았다. 다음날 아침 7시 날이 환하게 밝을 무렵 나는 공황 상태에 빠졌다. 결혼 후 그의 첫 번째 외박이었다. 나는 화를 주체하지 못해 집안 물건들을 손에 잡히는 대로 집어던졌다.

나와 그를 둘 다 아는 친구들이 내게 이상한 이야기를 할 때마다 찜찜한 기분이 들긴 했다. 친구들은 종종 내게 지나가는 말처럼 남자를 너무 믿지 말라거나 남편을 너무 믿지 말라고 말했다. 내가 더

캐물으려고 하면 친구들은 얼버무리며 급하게 화제를 돌렸다. 그럴 때마다 나는 찬물을 뒤집어쓴 것처럼 소름이 돋았다. 뭔가 잘못되고 있음을 여자의 직감으로 알 수 있었다. 임신 말기로 접어들었을 때 그에게 다른 여자가 있다는 것을 알았다. 두 사람은 이미 아주 깊은 사이였다. 하지만 그에 대한 의심이 들 때마다 나와 가장 가까운 사람인 그를 함부로 의심해서는 안 된다고 혼자 마음속으로 수없이 되뇌었다.

그의 잦은 외박은 아기가 태어나기 바로 전날까지도 계속되었다. 이미 예정일을 넘겼지만 분만이 임박한 징후가 나타나지 않았다. 의사는 태반 노화를 막기 위해 7월 19일에 제왕절개수술을 하자고 했다. 7월 18일 출근하는 남편에게 내가 물었다.

"오늘 밤엔 나랑 같이 있어줄 거지?" 하지만 그는 고개를 저었다.

"내일 아기가 태어나잖아. 오늘 저녁에 친구들과 만나서 축하파티를 할 거야. 나도 아기를 만날 마음의 준비를 해야지." 일찍 들어와서 나와 함께 있어달라고 했지만 그는 내 부탁을 들어주지 않았다.

"처음 아빠가 되는 거라 나도 당신처럼 긴장되는 건 마찬가지야. 오늘 꼭 친구들을 만나야 하는 건 아니야. 하지만 그렇게 되면 우리 둘 다 긴장감 때문에 마음이 편치 않을 거야. 친구들을 만나고 오면 내일 기쁜 마음으로 아기를 만날 수 있을 거라고. 내일 아침 일곱 시까지 들어올게. 같이 병원에 가자."

그때는 그의 말도 일리가 있다고 생각했다. 우리 둘 다 부모가 된다는 사실을 기쁘게 받아들이기를 바랐기 때문에 그의 말에 동의했다. 임신 6개월부터 분만 직전까지 나는 그가 바쁜 일을 핑계로 임신한 내게 관심을 갖지 않는 것에 점점 적응해갔다. 현실을 바꿀 수도 없고 날마다 그의 뒤를 졸졸 따라다닐 수 없다면 모든 것을 받아들일 수밖에 없다고 생각했다. 그러지 않으면 우울함을 견딜 수 없을 것 같았다. 그래서 임신 말기에는 내 생각을 바꾸어 스스로 감정을 조절하는 법을 터득했다.

그런데 다음날 아침 7시가 되어도 그의 전화는 전원이 계속 꺼져 있었다. 그가 들어오지 않고 통화도 되지 않자 나는 하는 수 없이 그의 부하직원과 친구들에게 전화를 걸었다. 그런데 그가 어디에 있는 줄 아느냐는 나의 물음에 그들의 대답이 제각각 달랐다. 뭔가 이상하다는 것을 알았다. 7시 40분까지 내가 알고 있는 그의 지인들에게 모두 전화를 걸었다. 한두 사람이라도 그가 어디에 있는지 안다면 내가 그를 찾고 있다는 걸 전해줄 수 있을 것 같았다. 하지만 8시가 되도록 남편에게 연락이 오지 않았다.

예정된 수술 시간이 8시였기 때문에 하는 수 없이 도우미와 함께 병원으로 출발했다. 그때의 기분은 말로 형용할 수 없을 만큼 아프고 처절했다. 병원 입구에서 나는 주먹으로 힘껏 유리문을 쳤다. 손에서 붉은 피가 주르르 흘렀지만 가슴 아픈 것에 비하면 손의 통증 따위는 아무 것도 아니었다. 세상 모든 부부에게 그날은 가장 특별한 날일 것이다. 그런데 그는 외박에 거짓말까지 했다. 내가 자신을 기다리고 애타게 찾고 있다는 걸 알면서도 전화 한 통 없이 나 혼자 모든 것을 감당하도록 내버려두었다.

딸의 탄생이 나를 바꾸어 놓다

수술보증금을 내야 할 때가 되어서야 나는 내게 현금이 부족하다는 것을 알았다. 평소 내가 가진 돈은 현금 1, 2천 위안이 전부이고 은행카드는 모두 남편이 보관하고 있었다. 그런데 그는 어디에 있는지도 알 수 없었다. 그 순간 눌러왔던 분노와 막막함이 한꺼번에 울컥 솟구쳐 올라 그 자리에 선 채 엉엉 울음을 터뜨리고 말았다.

"돈이 없어요."

의사가 물었다. "남편은 같이 안 왔나요?"

"어디 있는지 몰라요."

의사는 일단 돈을 빌려서 보증금을 내라고 했다. 나는 남편의 친구에게 전화를 걸었고 남편 친구는 내 전화를 받고 곧장 달려와 보증금을 내고 수술동의서에 서명을 한 뒤 나를 수술실로 들여보냈다. 의사는 제왕절개수술과 찢어진 내 손을 봉합하는 수술을 함께 진행했다. 수술 내내 눈물을 멈출 수 없었다. 수만 갈래 생각이 머릿속을 가득 채웠다.

의사가 아플까 봐 무서워서 우는 거냐고 물었지만 나는 고개만 저

을 뿐 아무 말도 하지 못했다. 마음속 고통에 비하면 몸의 고통 따위는 아무 것도 아니었다. 나 혼자 차디찬 수술대 위에 누워 중요한 생명의 탄생을 맞이해야 했다.

그런데 아기를 뱃속에서 꺼내는 순간 갑자기 모든 것이 달라졌다. 내가 가장 좌절하고 있던 그 순간 딸이 이 세상에 왔다. 임신 사실을 안 순간에는 아기 때문에 내 인생의 계획이 틀어졌다는 생각에 짜증스럽기만 했다. 하지만 임신 6개월부터 나는 점점 뱃속 아기에게 의지하기 시작했다. 남편이 들어오지 않는 수많은 밤들을 나는 뱃속 아기와 이야기를 하며 보냈다. 이제 아기는 세상에서 나를 가장 잘 아는 존재였다. 딸을 처음 본 순간 나는 문득 깨달았다. 이제 더 이상 남편에게 아무런 기대도 하지 말아야 한다는 것을. 그 순간 모든 것이 달라졌다.

수술이 끝나고 병상에 누운 채 수술실에서 나오는 순간 문밖에 서 있는 그를 보았다. 한 시간 전까지만 해도 나는 그를 보자마자 따귀 두 대를 후려칠 생각까지 했었다. 그런데 그 순간 나는 이상하리만치 평온했다. 나는 그를 향해 짧은 한 마디만 건넸다.

"낳았어. 딸이야."

그는 내 손을 잡고 눈물을 흘렸다. 평소였다면 눈물을 흘리는 그가 측은해 감격했겠지만 그때는 아무런 감정도 느낄 수 없었다. 아기가 태어난 순간 그에 대한 모든 사랑, 신뢰, 의지, 심지어 분노까지도 모두 사라졌다. 아니, 모든 감정이 죽어버렸다고 하는 편이 나을 것이다. 그때부터 나의 모든 관심은 어떻게 하면 아기를 잘 키울 것인가에 집중되었다. 내가 할 수 있는 최고의 방법으로 딸을 보살피고 젖을 먹였다. 내가 입원해 있는 동안 남편은 가끔씩 병원에 와서 잠깐 앉아 있다가 가곤 했다. 병문안 왔던 친구들이 나보다 더 화를 냈다.

"사람이 어떻게 저럴 수가 있지?"

하지만 나는 아무렇지 않았다.

“괜찮아. 너희들이 있잖아. 나랑 아기가 둘 다 건강하니까 그걸로 됐어.”

친구들도 내가 갑자기 딴 사람이 된 것 같다며 놀랐다. 나도 딸이 태어난 후 내가 강해졌음을 느꼈다. 그 남자가 나를 어떻게 대하는지는 별로 관심도 없었다. 병원에 오든 말든 그의 자유라고 생각했다. 그런데 마음속으로는 그에 대한 기대를 버리고 독립적으로 사고했지만 겉으로는 자꾸만 그를 훈계하듯이 대했다.

“당신도 아빠가 됐으니까 아빠처럼 행동해야지. 내게는 신경 쓰지 않아도 되지만 아기에게는 잘해주었으면 해.”

내가 이런 말을 할 때면 그는 가끔 울컥 눈물을 흘리기도 했다. 나중에 그는 내게 말했다. 여러 여자들과 잠자리를 하고 외도를 했지만 그녀들을 진심으로 사랑한 것이 아니라 그녀들 틈에 있으면 그저 행복했을 뿐이라며 그것 때문에 나와 이혼하기를 원치 않는다고 했다. 나는 딸이 태어난지 석 달쯤 되었을 때 남편에게 이혼을 요구했다.

“당신에게는 당신의 행복이 있고 내게도 내 생활이 있어야 해. 우린 이미 따로 생활하고 있잖아. 차라리 이혼하자. 이혼해도 아이를 공동으로 부양할 수 있어.” 하지만 그는 동의하지 않았다.

내게 외도를 솔직하게 털어놓은 후 그의 외도는 더 대담해졌다. 공공연하게 여러 여자들과 놀러 다니는 바람에 주변에서 우리 이야기를 모르는 사람이 없었다. 그가 밖에서 뭘 하고 다니는지 누구와 사귀는지 나도 더 이상 개의치 않았지만 그렇다고 공개적으로 나를 무시하고 내 자존심을 짓밟도록 내버려둘 수는 없었다.

나는 그에게 밖에서 어떻게 놀든 상관하지 않지만 내 체면은 좀 생각해달라고 말했다. 결국 우리 관계는 황당한 지경에 다다랐다. 남편은 오늘은 어떤 여자랑 놀기로 했으며 어떤 여자가 자신을 유혹했다고 내게 당당하게 말했고 나도 그의 애인들 중 누가 제일 예쁜지 품평을 해주었다. 우리는 더 이상 부부가 아니라 친한 이성 친구 같았다.

그는 자신이 만난 여자들 중 내가 제일 특별하다고 말했다. 내가 모든 사실을 안 후 다른 여자들처럼 울고불고 소란을 피우고 차라리 죽어버리겠다고 위협하지 않기 때문이라고 했다. 사실 나도 처음에는 다른 여자들과 똑같이 행동했다. 나중에야 그래도 아무 소용없다는 걸 알고 그저 묵인했을 뿐이다. 적어도 내 아이에게 온전한 가정이 있어야 한다고 생각했다. 그래서 나는 그가 행복할 수만 있다면 마음껏 놀게 내버려두었다.

나는 신혼 때보다 확실히 이성적으로 변해 있었다. 신혼 때는 날마다 남편을 원망하며 고민하고 힘들어 했다. 그러나 이제는 누구보다 이성적이고, 그를 논리적으로 훈계하는 경지에 다다라 있었다. 그도 내 이야기를 귀찮아하지는 않았지만 다 듣고 나서는 이제 나가야 할 시간이라고 말했다. 마치 아들이 외출하면서 엄마에게 인사를 하는 것처럼 말이다. 나는 그를 순순히 내보내줄 수밖에 없었다. 그를 붙잡지 않았다. 나가지 못하게 막는다면 그가 온갖 핑계를 끌어다가 나를 속이고 나갈 것임을 알았기 때문이다. 그러는 것보다는 차라리 자유롭게 풀어주는 것이 나았다. 내가 정말로 강해지기 시작한 것이 아마 그때부터일 것이다.

친구들이 내 눈치를 살피며 조심스럽게 남편에 대한 소문들을 이야기하면 나는 아무렇지도 않게 다 알고 있다고 말했다. 누구한테 들었느냐는 물음에 남편한테 직접 들었다고 대답하면 모두들 나를 이상하게 쳐다보았다. 어떻게 그럴 수 있었을까? 사실 내겐 달리 방법이 없었다. 그를 바꿀 수 없었기에 내가 바뀌었다는 것을 남들은 알지 못했다.

더 이상 기다릴 수 없어

우리 관계가 회복되든 말든 나는 별로 개의치 않았다. 하지만 아이가 태어났으니 그에게 아빠로서의 책임을 지우고 싶었다. 그렇게 하면 그도 점점 아이를 위해 시간을 보낼 것 같았다. 그는 입버릇처럼 내게 말했다.

"나는 방랑자야. 하지만 곧 돌아갈 거야. 내가 돌아갈 때까지 기다려."

그러면 나는 이렇게 대답했다.

"알았어. 기다릴 수 있으면 기다릴게."

우리는 이상한 관계로 변해 버렸다. 그런데 더 이상한 것은 그의 애인들이 나중에는 내 친구가 되었다는 점이다. 그 중 한 명은 지금도 나와 친구 사이로 지내고 있다. 그녀가 내 전 남편과 헤어진 이유도 나 때문이었다. 그들의 관계를 알게 된 후에도 나는 그녀에게 친절하게 대해주었고 그녀도 내가 그들의 관계를 알고 있다는 사실을 알고 있었다. 나는 그녀에게 진심으로 충고했다.

"그 남자와 결혼까지 갈 수 없을 거예요. 그는 다른 여자 때문에 나와 이혼할 사람이 아니에요. 그가 지금은 밖에서 자유롭게 여자들과 즐기지만 결국에는 내게 돌아올 거예요. 아직 젊은 나이인데 정상적인 남자와 정상적으로 사귀고 결혼해서 가정을 꾸려야 하지 않겠어요?"

그녀는 부끄러워하며 내게 진심으로 사과했고 나의 친구가 되었다. 6개월 후 그녀는 그와의 관계를 정리했다. 그녀는 그와 완전히 결별했으며 다시는 그와 어떤 연락도 하지 않을 거라고 내게 말했다. 그녀의 솔직함에 감동해 나도 모르게 눈물이 났고 우리는 끌어안고 함께 울었다. 전 남편의 애인이 수없이 많았지만 그의 애인과 친구가 된 것은 그녀가 처음이었다. 지금 그녀는 결혼해서 아이를 낳고 행복하게 살고 있다.

그런 일을 겪는 동안 나는 사람은 누구나 나약하고 잘못을 저지를 수 있다는 사실을 깨달았다. 내 남편이든 친구든 아니면 그저 지나가는 사람이든 완벽한 사람은 하나도 없다. 사람과 사람이 서로 관계를 맺을 때는 더 많이 참고 포용해야 한다. 때로는 가슴이 찢어질 만큼 아플 수도 있지만 그래도 참아야 한다. 정말로 어떤 사람을 아낀다면 무조건 참는 것 외에 다른 방법은 없다.

한참 후에 내 블로그에 남편에 대한 글을 올렸더니 그가 읽고 글을 남겼다. 내게 미안해서 할 말이 없다고 했다. 그때 내가 어떻게 시간을 보냈는지, 내가 얼마만큼 인내하고 포용했는지 그도 알고 있었다. 어떤 여자도 나처럼 할 수는 없었다는 것을 그도 분명히 인정했다. 그러나 그는 돌아오지 않았고 결국 우리는 헤어짐을 선택할 수밖에 없었다.

지진이 일어났을 때 그는 타지에 있었고 두 시간 후 집에 도착했다. 힘든 문제가 생기면 언제나 회피하려는 그의 성격을 나는 잘 알고 있었다. 아이를 잃었다는 사실에 그는 견딜 수 없었을 것이다. 그가 우리와 많은 시간을 보내지는 않았지만 그가 아이를 매우 사랑하고 자랑스러워한다는 것을 알고 있었다.

내 딸 충충은 정말로 귀여웠다. 핏줄이 비칠 만큼 피부가 하얗고 예뻐서 아기를 싫어하는 이웃들도 충충을 보면 달려와 한 번씩 안아보곤 했다. 남편과 내가 충충을 안고 외출할 때면 사람들이 남편에게 예쁜 아내와 귀여운 딸을 두었다며 부러워했고 그럴 때마다 그는 뿌듯한 미소를 지었다.

그래서 그가 충충을 잃었다는 사실을 받아들이지 못한 것도 충분히 이해할 수 있다. 특히 어머니까지 돌아가셨으니 그에게는 하늘이 무너지는 충격이었을 것이다. 그는 홀어머니 밑에서 서로를 의지하며 살았기 때문에 어머니에 대한 정이 누구보다 각별했다. 가장 사랑하는 두 사람이 세상에 없다는 사실을 그는 받아들이기가 힘들었을 것이다.

병원에 있는 동안 그가 내 곁에서 날 위로해주길 간절히 바랐다. 하지만 그는 나를 보러 오지 못했다. 그의 얼굴을 보기만 해도 내가 눈물을 터뜨렸기 때문이다. 충칭병원으로 옮겨갈 때 그는 나와 동행하지 않았다. 병원을 옮기던 날 그는 내 손을 붙잡고 계속 울기만 했다. 부끄럽지만 그도 달리 방법이 없었던 것 같다. 내가 병원을 옮긴 후 그가 나를 보러 충칭에 두 번 왔었지만 그때마다 잠깐 앉아 있다가 돌아갔다.

부모님은 우리의 이런 관계를 모르고 있었고 나도 부모님 앞에서 남편을 원망하지 않았다. 나와 그가 갈등을 겪고 있을 때 엄마는 타지에서 공부를 하고 있었고 아버지는 우리 둘 사이가 좋은 줄로만 알고 있었다. 내가 퇴원을 앞두고 있던 2008년 9월 부모님이 다른 사람을 통해 우리 부부의 일과 그가 내게 상처를 준 일을 알게 되었다. 엄마는 내게 이혼을 권했다.

"넌 아직 젊고 곁에서 계속 돌봐주어야 할 사람이 필요하잖니. 엄마랑 아빠가 평생 네 곁에 있어줄 수는 없어. 이혼하는 게 좋겠다.

나중에 더 좋은 남자를 만날 수 있을 거야."

그때는 내가 지금처럼 혼자서 모든 일을 할 수 없었다. 어딜 가든 휠체어를 타고 다녀야 했고 늘 곁에서 도와주는 사람이 있어야 했다. 부모님에게는 나의 미래가 커다란 근심이었다. 나는 깊은 고민에 빠졌다. 그와 헤어진다면 그가 큰 충격을 받을 것 같았다. 이혼이라는 현실을 그가 어떻게 받아들일 수 있을까?

2008년 음력설 전날 그가 충칭으로 나를 찾아왔다. 그에 대한 나의 마음은 완전히 식은 후였고 우리 관계가 회복될 가능성은 단 1퍼센트도 없었다.

불완전함을 인정하는 법을 배우다

오랜만에 그를 만났지만 그것이 새로운 시작이 아니라 끝을 의미한다는 사실을 나는 알고 있었다. 그날 저녁 우리는 진지하게 이혼에 대해 이야기를 나누었다.

사고가 있기 전 남편의 외도 사실을 알고도 두렵지 않았던 것은 적어도 나에 대해 자신이 있었기 때문이다. 나는 젊고 예뻤고 주위에 나를 좋아하는 남자들도 많았다. 그래서 내 남자가 다른 여자와 바람을 피운다고 해도 두렵지 않았다. 그녀들이 내게 위협적이지 않았기 때문이다. 내 남자가 놀기를 좋아하지만 놀다가 싫증이 나면 언젠가는 내 곁으로 돌아올 것이라고 생각했다. 하지만 사고 이후 나는 누가 봐도 약자가 되었다. 그의 애인들과는 비교도 할 수 없었다. 그녀들의 눈에는 내가 동정과 비웃음의 대상이었을 수도 있다.

다리절단수술을 하고 입원해 있을 때 남편의 애인이 보낸 문자메시지를 받았다. 메시지의 한 글자 한 글자가 비수가 되어 내 가슴에 꽂혔다. 그 여자는 내게 이런 날이 올 줄 몰랐다고 비웃더니 이 꼴이 되고도 그 남자를 놓아주지 않는다고 나를 비난했다. 내게 그건 참을 수 없는 치욕이었다.

자신이 사랑하는 남자의 애인으로부터 수모를 당하고도 참을 수 있는 여자가 있을까. 그런데 그때 문득 이런 생각이 들었다. 이렇게 노골적인 문자메시지를 보내는 여자라면 틀림없이 그를 몹시 사랑하고 있을 것이다. 그 순간 나는 그와 헤어지기로 결심했다. 그를 자유롭게 놓아주기로 했다. 그의 앞에 더 좋은 선택의 길이 놓여 있다면 더 이상 그를 붙들 수 있는 카드가 내게는 없었다. 차라리 그가 더 나은 인생을 살 수 있도록 놓아주는 것이 낫다고 생각했다. 그러면 우리 둘 다 해탈하는 셈이니까.

뜻밖에도 전 남편은 내 생각을 다 들은 후 내 곁을 떠나지 않겠다며 이혼에도 동의하지 않았다. 자신에게는 나 말고 다른 여자는 없다고 했다. 자신을 행복하게 해줄 수 있는 여자는 많지만 나처럼 강한 여자는 없다고 했다. 맙소사! 그가 내 곁을 떠나지 않겠다는 이유가 내가 강해서라니! 나는 참지 못하고 소리를 질렀다.

“날 칭찬하는 거야, 비웃는 거야? 날 떠나지 않겠다는 이유가 내가 강해서라고?”

그의 말에 나는 뒤통수를 얻어맞은 듯 멍해졌다. 사랑하는 남자가 내 곁에 있겠다는 이유가 내가 강해서라니! 세상에 그걸 좋아하는 여자가 어디에 있을까? 두 다리를 잃고 반년 동안 나는 남들이 나를 ‘강하다’는 형용사로 표현하는 것을 참을 수 없었다. ‘강인함’이라는 단어를 듣는 것만으로도 나는 무력해지고 가슴이 쓰렸다. 모든 것을 잃은 내가 강한 것 외에 또 무엇을 할 수 있을까? 하지만 나도 여자라는 사실을 그는 몰랐다.

내가 가장 고통스러울 때 그가 나의 안식처가 되어주길 얼마나 바라는지, 그의 앞에서 아무 것도 두렵지 않은 듯 강하고 용감하게 보이는 것을 내가 얼마나 싫어하는지 그는 알지 못했다. 우리는 언성을 높이며 심하게 다투었고 결국 둘 다 지쳐 싸움을 그만두었다. 우리의 사랑이 어느새 끝날 때가 되었다는 것을 알았다. 내가 말했다.

“당신 그거 알아? 내게 가장 도움이 필요할 때 당신은 내게 와주지 않았어. 우리가 부부라면 우리 사이에 적어도 친구로서의 우정이라도 있어야 해. 그렇게 많은 일들을 겪으며 함께 살았는데 최소한 친구 정도는 되어야 하는 거잖아. 하지만 당신은 친구로서의 의리조차 없어. 내가 당신을 필요로 할 때 당신은 어디에 있었지? 당신은 당신 고통만 생각하고 나의 고통 따위는 조금도 생각하지 않아. 하지만 나는 내가 가장 고통스러웠을 때도 당신을 계속 위로했어. 설령 우리가 부부가 아니라 그저 친구라 해도 나는 당신의 친구로서의 역할을 했지만 당신은 그렇지 않아."

내가 긴 이야기를 쏟아놓는 동안 전 남편은 처음부터 끝까지 침묵을 지켰다. 한참이 흐른 후 그가 입을 열었다.

"내가 그렇게 한 건 당신을 더 강하게 만들기 위해서였어. 언젠가는 내게 고마워하게 될 거야!"

맙소사! 나를 강하게 만들기 위한 거라니! 그의 말에 완전히 이성을 잃었다. 나는 왜 그렇게 강해져야 할까? 이 말을 듣자마자 나는 그와 반드시 헤어지기로 결심했다. 나는 차분한 말투로 말했다.

"고마워. 당신 덕분에 내가 이렇게 강해졌어."

세상 사람들이 가족들과 모여 즐거운 시간을 보내고 있는 음력설 전날 우리는 이혼서류에 서명했다. 남편은 다음날인 설날 떠났다.

예전에는 결혼이란 서로 사랑하는 두 사람이 손을 잡고 함께 나이를 먹어가는 것인 줄만 알았다. 내가 어쩔 수 없이 그런 선택을 하게 되리라고는 생각조차 해보지 않았다. 그가 떠난 것은 우리 관계가 철저히 끝났음을 의미한다는 것을 나는 알고 있었다. 원래는 내가 그와의 이혼을 받아들일 수 있을 것이라고 생각했다. 내가 정말로 강해서 이혼 앞에서도 담담할 수 있을 줄 알았다.

하지만 나는 너무도 나약했다. 이혼은 나에게도 너무 고통스러운 일이었다. 이혼신청을 하러 민정국(民政局, 민원행정 업무 등을 처리하는 행정기관. 혼인신고, 이혼신고 등을 이 기관에서 함. — 옮긴이)에 갈 용기가 나지 않았다.

갈등하는 나를 보며 부모님도 가슴 아파했다. 하지만 이혼을 더 이상 미룰 수 없다는 사실을 부모님도 잘 알고 있었다. 이대로 시간을 더 끌다가는 끝없는 고통에 시달릴 뿐이었다. 그래서 부모님이 나를 대신해 법원에 이혼소송을 제기해주셨다. 이혼에 필요한 서류는 고향에 있는 친구들에게 부탁했다.

남편은 이혼을 원치 않았다. 나와 함께 살지는 않지만 그의 아내라는 나의 신분은 변하지 않는다고 생각했던 것 같다. 그에게도 갑작스러운 일들을 받아들일 시간이 필요하다고 생각해 그 후 2년 동안 우리는 계속 별거 상태로 지냈다. 나만의 생활을 하면서 그가 어떻게 사는지 알려고 하지 않았다. 내 마음속에서 우리는 이미 헤어진 사람들이었다. 2010년 8월 우리가 별거한 지 2년 만에 이혼 판결이 나왔다. 우리는 마침내 이혼했다.

이것이 나와 전 남편이 사랑했던 날들에 대한 이야기의 전부이다. 모든 것이 끝난 지금 다시 생각해 보면 그가 나를 더 활달하게 만들어준 것은 확실하다. 떨어져 지내는 2년 동안 나는 항상 우울했다. 그의 말이 틀리지 않았다. 나는 정말로 그에게 고마워해야 한다. 그가 아니었다면 그 우울함을 견딜 수 없었을 것이고 사랑의 불완전함을 인정할 수 없었을 것이다.

전 남편과의 일을 겪기 전까지는 내가 한 사람을 얼마만큼 용인할 수 있고 얼마나 많은 불완전함을 받아들일 수 있는지 시험해 보지 않았다. 생각해 본 적도 없었다. 그런데 그와의 일을 겪으면서 참을 수 없는 일은 없다는 것을 알았다. 그를 사귀기 전까지 나는 남의 작은 단점도 용인하지 못했다. 그때는 나와 결혼한 사람이 나를 조금이라도 배신하고 내게 상처를 주고 나를 속인다면 당장 이혼하겠다고 생각했다.

사실 예전에도 이혼 위기가 있었다. 그것은 내가 아는 첫 번째 배신이자 내 눈으로 직접 본 일 때문이었다. 그때 나는 만삭의 몸으로 아기를 위한 육아용품을 잔뜩 사들고 서둘러 택시에 몸을 실었다. 그의 친구로부터 그가 어떤 여자를 만나러 갔다는 이야기를 듣자마자 택시를 잡아타고 남편을 찾아갔다. 남편의 친구가 알려준 곳에 가보니 정말로 남편이 어떤 여자와 함께 있었다. 그날 나는 단호하게 그에게 이혼을 요구했다. 나는 도저히 참을 수 없었고 헤어지는 것이 최선의 방법이라고 생각했다. 그에게 변명의 여지를 조금도 주지 않았다. 아이가 곧 태어날 예정이었지만 내가 그와 헤어져야 한다는 확신이 들었다.

집으로 돌아오자마자 결혼증과 호구본(戶口本, 가족관계, 본적, 생년월일 등의 내용이 담긴 수첩. — 옮긴이)을 찾았다. 다음날 곧장 이혼수속을 밟을 생각이었다. 만삭이었지만 하나도 두렵지 않았다. 그런데 잠시 후 그의 아버지가 나를 찾아와 내 앞에서 엎드려 울면서 그와 헤어지지 말아달라고 했다. 전 남편은 부모의 이혼으로 정서적으로 불안한 성장기를 보냈다면서 이혼하면 곧 태어날 아이도 그런 환경에서 자랄

수밖에 없다며 제발 이혼만은 하지 말아달라고 애원했다. 전 남편의 부모님은 나를 매우 예뻐해 주셨기 때문에 차마 그분의 마음을 아프게 할 수가 없었다. 그렇게 해서 겨우 이혼 위기를 넘겼지만 그 후 결혼생활에 금이 가기 시작했다.

그 일이 있은 후 나와 그의 입장을 곰곰이 생각하며 마음을 가라앉혔다. 이혼이 최선의 선택인지 나도 확신할 수 없었기 때문이다. 그때부터 나는 점점 차분해지고 마음이 넓어졌다. 어차피 가족이 된 이상 더 많이 소통하며 문제를 해결해야지 성급하게 이혼하는 것은 현명한 일이 아니라고 생각했다. 적어도 아직은 그런 선택을 할 때가 아닌 것 같았다. 이혼은 이성적으로 결정해야 할 일이기 때문에 우선 그와 좀 더 많이 소통하고 서로가 시간을 갖기로 했다.

우리의 결혼 생활은 그렇게 억지로 유지되었다. 만일 내 친구가 남편에게 툭하면 헤어지자며 이혼을 요구한다면 나는 이렇게 물을 것이다.

"이혼하면 정말 행복할 자신 있어? 다른 남자를 만나면 행복할 수 있을 거라고 확신해?"

남편이 근본적인 잘못을 저지른 것이 아니라 그저 남편과의 사소한 마찰 때문에 헤어지고 다른 사람을 만나겠다는 생각으로 이혼을 한다면 설령 다른 사람을 만나 다시 결혼한다 해도 행복해질 수 없다. 사람과 사람 사이에는 포용심이 필요하다. 두 사람이 다른 가정, 다른 환경에서 다른 성격을 가지고 살아 왔으므로 둘이 함께 가정을 만드는 것은 결코 쉬운 일이 아니다. 그러니까 근본적인 잘못을 저지른 것이 아니라면 결혼은 계속 유지해야 한다. 내가 친구들에게 이런 이야기를 하면 친구들은 의아해 한다. 다른 여자들은 대부분 날마다 싸우기만 하는데 같이 살아서 무엇 하느냐면서 세상에 남자는 얼마든지 있으니 헤어지고 더 좋은 남자를 만나라고 조언한다는 것이다.

대부분의 여자들이 친구에게 이렇게 조언한다. 친구에게 힘든 일이 생기면 여자들은 대부분 남편이 하는 대로 똑같이 하라고 말한다. 남편이 놀면 똑같이 놀라고 아니 그보다 더 신나게 놀라고 말이다. 남편을 위해 타협하거나 관용을 베풀 필요는 없다고 충고한다. 물론 나도 그렇게 조언해줄 수는 있다. 하지만 그것은 무책임한 행동이다. 친구가 내 조언대로 한다면 친구 부부는 아마 이혼하게 될 것이다. 그렇다면 그 고통은 고스란히 친구와 그 남편이 감당해야 한다. 방관자인 나는 아무런 책임을 지지 않아도 된다. 그래서 나는 친구들에게 이렇게 말한다.

"네 편에 서서 생각하더라도 나는 부부가 아직 사랑하고 있다면 서로를 아끼고 사랑하라고 얘기해 줄 거야. 사랑은 쉽게 깨어지니까 절대로 너의 사랑을 함부로 대해서는 안 돼."

전 남편과의 결혼 생활을 겪으며 나의 애정관이 완전히 바뀌었다. 나는 예전보다 훨씬 신중해졌고 내게 어떤 사람이 필요한지 진지하게 생각하기 시작했다. 내가 내린 결론은 이성적이고 나처럼 솔직한 성격의 남자가 내게 어울린다는 것이다.

사랑은 언제나 새롭게 태어난다

나는 솔직한 편이다. 나의 가장 형편없는 모습이라도 숨기지 않는다. 그래서 나는 내 앞에서 자신을 완전히 드러내 보여줄 수 있는 솔직한 남자를 만나고 싶다. 연인 사이에도 신비감이 필요하다고 생각하는 남자들이 많다. 하지만 나는 그 말에 동의하지 않는다. 자신을 온전하게 보여주지 않으면 틈이 생기게 되고 그 틈이 점점 벌어지면 사랑이 위태로워진다.

사랑은 진정한 자신을 감추지 않고 보여주는 것이라고 생각한다. 설령 자신의 단점이나 부끄러운 부분이라도 말이다. 나도 전 남편에게 나 자신을 완전히 다 보여주었다. 사랑은 이렇게 보잘 것 없고 부끄러운 모습까지도 감추지 않는 것이다.

나의 전 남편은 정서적인 안정감이 부족한 사람이었다. 그는 편히 쉴 수 있는 안식처를 찾기 위해 끊임없이 여자를 만났다. 그러지 않으면 그는 항상 불안해했다. 그런데 그런 방법이 오히려 그를 더 불안하게 했다. 그는 과도하게 자신을 보호하고 자기 모습을 있는 그대로 드러내지 않았다. 곁에 있는 사람을 믿지 않았으며 아내인 내 앞에서도 너무 많은 것을 감추었다. 그것은 결국 감정의 악순환을 불러 왔다.

나중에 내 친구는 궁금해 했다. 전 남편이 왜 나와 떨어져 지내면서도 이혼을 원치 않았을까? 그는 어째서 주위 사람들에게, 심지어 애인에게조차 자신이 사랑하는 여자는 오직 랴오즈뿐이며 세상에서 랴오즈를 가장 사랑한다고 말했을까? 그것은 그가 나처럼 그의 모든 것을 포용해주는 사람을 만나지 못했기 때문일 것이다.

비록 헤어졌지만 적어도 함께 사는 동안에는 내가 그에게 상처보다는 감동을 더 많이 주었다고 믿는다. 그에게는 그때의 생활이 따뜻한 기억일 것이다. 끝까지 해로하지는 못했지만 우리는 아직도 서로에 대한 미움보다 사랑이 더 크기 때문에 헤어졌다고 해서 원수지간이 된 것은 아니다. 이 점은 나도 그도 모두 알고 있다.

나는 솔직한 남자를 만나고 싶다. 누군가를 사랑함에 있어서 솔직함은 아주 중요한 조건이다. 물론 자신감도 있어야 하고 사랑이라는 감정을 믿을 줄도 알아야 한다. 다시는 안정감 없는 남자와 함께 살고 싶지 않다.

사고가 있기 전, 나는 사랑에 대한 대단한 동경을 품고 있었다. 그저 외롭고 심심해서 내게도 아름다운 사랑이 찾아와 주길 바랐을 뿐 내게 어떤 사랑이 필요한지 알지 못했다. 하지만 몇 년 동안 우울한 일들을 겪으면서 나와 잘 맞는 사람이 어떤 사람인지 알게 되었다. 그런 사람을 만날 수만 있다면 언제까지든 기다릴 것이다. 외로움이 싫어서 나와 맞지 않는 사람을 만나고 싶지는 않다. 행복한 사랑은 준비된 사람에게 찾아오는 것이다. 스스로 준비가 되어 있지 않다면 아무리 좋은 사람이 나타나도 결국에는 두 사람 모두 불행해질 것이다.

외로울 때 여자들은 백마 탄 왕자가 나타나 자신을 불행에서 구해주기를 갈망한다. 백마 탄 왕자와 결혼해 동화처럼 행복하게 사는 미래를 꿈꾼다. 나도 그랬다. 전 남편과 헤어진 뒤에 찾아온 공허함과 무료함 때문에 내가 다른 남자를 만난다면 내 삶이 아름답고 행복해질 것이라고 생각했다. 그러나 세상에 그런 낭만적인 일은 없다. 결혼에 실패한 경험은 내게 결혼이란 아주 현실적인 것임을 가르쳐주었다.

지금은 나의 애정관이 완전히 달라졌다. 남자든 여자든 한 사람을 사랑할 준비도 되어 있지 않으면서 그저 자신을 사랑해주는 사람을 만나 그가 자신을 행복하게 해주기만을 기다린다면 결코 행복해질 수 없다. 지난 몇 년 동안의 성장통은 내가 한 사람을 진정으로 사랑하기 위한 준비였다. 이제는 준비가 끝났다. 내 마음은 지금 사랑으로 충만하다. 이제는 사랑하는 사람을 선택하고 그를 진정으로 사랑할 수 있을 것 같다. 나의 이런 감정을 받아들일 준비가 되어 있는 남자를 찾을 것이다. 자기 상황이 힘들어 운명을 바꾸어 줄 여자를 찾는 남자는 절대로 행복해질 수 없다.

몇 년 동안 많은 남자들이 내게 좋아한다고 고백했다. 어떤 사람은 나의 강인함에 감탄했다고 했고 어떤 사람은 나를 보자마자 내가 자기 인생을 바꾸어 줄 사람임을 직감했다고 말했다. 나는 그들의 고백을 모두 거절했다. 나는 감탄과 동경의 대상이 되고 싶지도 않고 한 남자의 험난한 운명을 역전시켜 주는 여신이 되기를 원하지도 않는다. 그들은 출발점부터 잘못되었다. 행복한 사랑을 원한다면 사랑하는 사람을 위해 헌신할 준비가 되어 있어야 한다. 준비를 마쳤다면 조용히 자신의 반쪽이 나타나기를 기다리면 된다. 두 사람이 서로에게 끌려 사랑하게 되고 서로를 위해 헌신해야만 행복한 결혼생활을 유지할 수 있다.

천당과 지옥의 숟가락은 모두 길다고 한다. 풍성하게 차려진 식탁 앞에서 지옥에 있는 사람들은 자기 혼자 먹으려고 안간힘을 쓰지만 숟가락이 너무 길어 음식을 입에 넣을 수가 없고, 천국에 있는 사람들은 식탁에 마주 앉아 서로에게 음식을 먹여주기 때문에 누구나 배불리 먹을 수 있다. 사랑도 똑같다. 상대에게 아낌없이 주려고 하면 사랑은 천당이 되고 상대에게 계속 받기만 하려고 하면 사랑은 곧 지옥이 된다. 구약성서 중 룻기편에 모압의 여인에 대한 이야기가 나온다.

나오미라는 여인에게 아들이 둘 있었다. 불행하게도 나오미의 남편과 두 아들이 차례로 세상을 떠나고 그녀와 며느리 둘까지 과부 셋만 남게 되었다. 나오미는 며느리들에게 각자 친정으로 돌아가라고 일렀다. 그런데 둘째 며느리 룻은 시어머니와 함께 살겠다며 떠나지 않았다. 나오미와 룻 두 사람은 고향인 베들레헴으로 돌아갔다. 룻은 밀밭에서 이삭을 주워 끼니를 해결하며 시어머니를 봉양하며 살았다. 그런데 공교롭게도 밀밭의 주인이 나오미의 친척인 보아스였다. 보아스는 착한 룻에게 감동받아 그녀를 아내로 맞이했고 얼마 후 룻은 아들 오벳을 낳았다. 오벳이 바로 다윗의 할아버지다.

룻이 숱한 고난을 겪으면서도 묵묵히 참아내고 시어머니를 봉양하는 것을 보고 하나님이 기뻐하시며 그녀에게 새로운 사랑을 선물로 내린 것이다. 내가 꿈꾸는 사랑이 바로 이런 것이다.

서로 존중하고 신뢰하고 사랑하는 사람의 꿈을 열심히 돕는 것, 서로 바라보며 웃기만 해도 어둠 속에서 햇빛이 비추고, 남들 앞에서 달콤한 밀어를 속삭이지 않아도 온 세상이 그들의 사랑을 알고 인정하는 것, 서로 손을 놓고 있어도 상대가 길을 잃어 자신에게 돌아오지 못할 것을 걱정하지 않고, 두려울 것 없는 자유 속에서 기쁨에 겨운 조물주의 목소리를 함께 듣는 것, 이것이 바로 진정한 사랑이다.

— 랴오즈

Chapter 10

사랑은 오래 참는 것

聖經
NEW INTERNATIONAL VERSION

사랑은 평등과 존중이다

지진 이후 나는 착한 사람들을 아주 많이 만났다. 그들은 각자의 방식으로 나와 함께 어려운 시간들을 보냈고 나를 감동시켰다. 그 중에서도 내게 가장 큰 영향을 미친 사람들이 있다. 그들 자신의 생명으로 내 삶에 불꽃을 피워주었다고 해도 과언이 아니다. 그들로 인해 세상을 바라보는 나의 시각과 사람들을 대하는 마음가짐이 완전히 바뀌었다. 그들은 바로 더양의 거리에서 처음 만났던 그 기독교 신도들이다.

더양의 거리에서 우연히 그들을 만난 후 나는 가이드를 자처해 그들에게 한왕진을 구경시켜주었다. 점심 무렵이 거의 다 되어 그들과 국수로 점심을 먹으려 했지만 한참을 헤맨 뒤에야 국수집을 찾을 수 있었다. 길을 몰라 한참동안 헤맸기 때문에 그들에게 몹시 미안했다. 하지만 그들은 내게 "고향인데도 길을 잘 모르시네요."라고 농담을 건네며 환하게 웃었다.

지진 복구 작업을 하면서 길이 많이 변한 탓에 길을 잘못 들어선 탓이었다. 나는 변명을 하면서도 겸연쩍은 마음에 얼굴이 벌겋게 달아올랐다. 그들이 나 때문에 너무 지쳐서 속으로 내게 짜증을 내고 있을 것 같았다. 그런데 뜻밖에도 식당에서 국수가 나오기를 기다리고 있는데 그들 중 한 부부가 내게 다가왔다. 그때 나는 휠체어에 앉아 있었는데 두 사람은 무릎을 굽히고 앉아서 웃는 얼굴로 계속 나를 쳐다보았다. 내가 "무슨 일이세요?"라고 묻자 그들은 이렇게 말했다.

"정말 아름다워요. 여기 와서 만난 사람들 중에 제일 아름다운 사람이에요."

그들은 정말로 따뜻했다. 그들이 나를 칭찬해주었기 때문이 아니라 그들의 마음 때문이었다. 나 때문에 길을 헤맸음에도 조금의 불쾌함이나 나에 대한 무시는 느낄 수 없었다. 반대로 내가 어떤 잘못을 저질러도 다 포용해줄 것 같았다. 그들이 정말로 나를 좋아하고 내가 자책감을 떨쳐버리기를 바라고 있음을 느낄 수 있었다.

지진을 겪은 후 많은 사람들이 나를 위로하고 강해지라고 했지만 그들은 달랐다. 그들은 내게 한 번도 강해지라고 말하지 않았고 어떻게 하라고 가르치지도 않았다. 그저 나를 칭찬하고 격려했을 뿐이다. 예를 들면 대화를 나누다가 내 의견을 이야기하면 그들은 내게 똑똑하고 책임감 있다며 칭찬해주었다. 그때 나는 약자의 입장에서 모두의 도움을 받고 있었으므로 할 수 있는 일이 많지 않았지만 그들의 칭찬 덕분에 나 자신이 가치 있는 사람이라는 생각이 들었다. 설령 내가 외모가 예쁘다는 것 외에는 다른 장점이 없다 해도 그 역시 가치 있는 셈이라고 생각했다. 나는 끊임없이 강해지라고 격려받아야 하는 약자가 아니라 쓸모 있고 가치도 있고 또 남들과 똑같이 감정을 가진 사람이다. 그들이 내게 준 가장 큰 격려는 나를 평등하게 존중해준 것이었다.

그 전에 나를 도와주러 온 자원봉사자들은 대부분 자신이 겪었던 힘든 일들을 이야기하면서 어려움을 잘 견뎌내라고 나를 격려했다. 그런데 그런 말은 상처받은 이들에게 별로 도움이 되지 않는다. 고마운 마음이 들기는 하겠지만 따뜻한 정을 느낄 수는 없다. 오히려 자신은 슬퍼할 자격도 없고 힘들어 해서도 안 되는 사람이라고 생각할 것이다. 그런데 그 기독교 신도들과 같이 있을 때는 내가 힘든 일을 겪은 장애인이라는 사실을 잠시 잊곤 했다. 그들과 함께 있으면 언제나 즐거웠다. 그들 모두 나보다 나이가 훨씬 많은 5, 60대였지만 나이나 학벌, 지위의 차이 때문에 나를 내려다보듯이 대하지 않았다.

예를 들어 같이 식사를 할 때 내가 "국수에 고추를 넣었어요. 괜찮으세요?"라고 물으면 그들은 매운 것을 잘 먹지 못해서 국수를 먹으며 눈물을 흘리고 물을 들이켜면서도 "왜 이런 걸 먹으라는 거예요?"라고 핀잔을 주지 않고 웃으면서 "오! 이렇게 매운 걸 먹는 군요. 중국에서는 아기들이 우유를 먹을 때도 고추를 넣어 먹나요?"라며 농담을 했다. 그 말에 모두들 웃음을 터뜨리며 화기애애한 분위기에서 식사를 했다. 그들의 말 한 마디 행동 하나에서도 친구로서의 온정을 느낄 수 있었다. 비록 내가 그들의 도움을 받고 있었지만 나는 한 번도 그것 때문에 자괴감이나 열등감을 느끼지 않았다. 작은 일에서도 그들은 내게 언제나 감동을 주었다. 예전에 수많은 기자들이 찾아와 나를 취재하고 인터뷰했을 때 나를 도와주는 자원봉사자들은 내게 항상 이렇게 말했다.

"랴오즈, 항상 감사하는 마음을 가져요. 매스컴에 출연했다고 해서 자만하지 말고 겸손하게 행동해야 해요."

나를 도와주는 사람에게서 이런 말을 듣는다는 것은 내게 적잖은 스트레스였을 뿐 아니라 그 말을 이해할 수도 없었다. 나는 이미 아무 것도 가진 것이 없는데 무얼 믿고 자만할 수 있을까? 그런데 그 기독교 신도들은 달랐다. 그들은 언제나 내게 이렇게 말했다.

"기자들이 랴오즈를 예쁘게 찍어줬으면 좋겠어요. 당신이 말하고 싶은 것을 기자들 앞에서 솔직하게 얘기해요."

그들은 언제나 내게 따뜻하고 친절했다. 그들과 함께 있을 때는 우리가 평등한 친구 관계임을 느낄 수 있었다. 내가 존중받고 있고 사랑받고 있다는 것을 말이다. 이것은 매우 중요하다. 나뿐만이 아닌 세상의 모든 약자들에게 필요한 것이 바로 존중받고 있고 평등하다는 느낌이다.

사실 때로는 돈이나 물질적인 도움이 아닌 다른 도움이 필요할 때가 있다. 내게는 누군가 곁에 있는 것이 가장 큰 도움이었다. 그들이 내게 의족을 선물해주지 않았더라도 마찬가지다. 정말 중요한 것은 그들이 내 곁에서 든든하게 나를 지탱해주었다는 점이다. 누구든 무력하고 나약할 때 가장 필요한 것은 남들의 존중과 인정이다. 진정한 인간으로서 존재할 수 있다는 사실이 가장 큰 위로가 된다.

많은 일을 겪는 동안 사람들은 내게 자신감 있는 모습이 보기 좋다고 말했다. 사실 아무 것도 없는 상황에서 자신감을 갖는 것은 아주 어렵다. 혼자서 마음을 다잡고 마음을 강하게 먹는 것도 중요하지만 남들의 끊임없는 격려도 필요하다. 사람들이 나를 볼 때마다 불쌍하다고 말한다면 어떻게 자신감을 가질 수 있을까? 좋은 마음으로 한 말이라고 해도 그런 동정의 말은 약자를 더욱 비참하게 만들 뿐이다. 반대로 따뜻하게 위로하고 평등한 존재로서 인정해준다면 내면의 커다란 잠재력을 자극해 자신감을 북돋워줄 수 있다. 나는 그 기독교 신도들에게 많은 것을 배웠고 그 후에는 내가 그들에게 배운 대로 남들을 위로하고 격려할 수 있게 되었다.

사랑은 겸허와 인내다

그들은 내게 아주 많은 것을 가르쳐주었다. 그 중 한 가지가 바로 신용이다. 그들은 말한 것은 반드시 지켰다. 그들은 내게 어떤 것을 약속하면 아무리 작은 일이라도 반드시 지켰다. 6개월 동안 연락이 끊겼을 때도 약속을 잊지 않았고 나를 위해 그 약속을 지켜주었다. 또 그들은 나를 도울 때마다 내가 어떻게 생각하는지 묻고 진심으로 관심을 가졌다. 내 휠체어를 밀어줄 때에도 먼저 내 의견을 물어보았을 뿐 아니라 "랴오즈, 우리가 처음 와서 할 줄 아는 게 별로 없어요. 좀 도와줘요."라며 내게 도움을 청하기도 했다.

그들이 내게 도와달라고 했을 때 나는 아직도 휠체어에 앉아 누군가의 도움이 필요한 상태였다. 그런데도 도와달라는 그들의 말에 내가 쓸모 있는 사람이 된 것 같은 기분이 들어 그들을 돕기 위해 진지하게 고민하고 의견을 내놓았다. 누군가를 진정으로 돕고 싶다면 그들을 존중하고 인정해주어야 한다. 일방적으로 도움을 주기만 하는 것이 아니라 그들을 동참시켜 스스로 의견을 내놓게 하는 것도 훌륭한 방법이다. 그들이 앉아서 손을 내민 채 도움을 받기만 하는 것이 아니라 함께 상의하고 의견을 내놓게 하면 된다. 그러면 언젠가는 도움을 받던 입장에 있던 사람이 도움이 필요한 또 다른 사람들을 존중하고 도와주게 될 것이다.

야안 지진이 일어났을 때 각지에서 수많은 자원봉사자들이 재해지역으로 달려갔다. 그들이 가장 쉽게 저지르는 실수가 구호물품을 잔뜩 싣고 가서 나누어 주자마자 돌아와 버리는 것이다. 돌아오는 길에는 여러 번 와서 두세 개씩 가져간 사람들도 많았다며 투덜댄다.

그것이 재해민들만의 잘못일까? 어떤 이들은 재해 지역을 휙 둘러보고 필요할 것 같은 물품들을 가져다가 나누어준다. 그런데 문제는 그것이 재해민들에게 진정으로 필요한 것이 아니라는데 있다.

야안 지진 당시 루산에 갔을 때 우리는 도착하자마자 현지 주민들에게 그들이 필요한 것이 무엇인지 물어보면서 먼저 그들과 친해졌다. 우리에게 라면, 생수, 천막용 천이 있는데 그 중 어떤 것이 필요한지 물어보았고 주민들은 라면과 생수는 필요 없고 천막용 천이 필요하다고 말했다. 그래서 우리는 천막용 천이 얼마나 필요한지 또 어떻게 나누어줄 것인지 등을 그들과 함께 의논했다. 이것도 역시 나를 도와주었던 사람들에게서 배운 것이다. 약자에게 가장 필요한 것은 바로 타인의 존중이다. 물품을 나누어줄 때 어떻게 나누어줄 것인지 직접 결정에 참여하도록 하면 주인의식을 갖게 되므로 일이 훨씬 합리적이고 이성적으로 이루어진다.

사랑하는 마음도 없이 무언가를 하겠다는 생각만으로는 진정한 자원봉사자가 될 수 없다. 사랑에서 우러나온 관심도 없이 임무 완수에만 급급하기 때문에 자원봉사의 뜻이 변질되고 오해가 생기고 갈등이 불거지게 된다. 2008년 쓰촨 지진 이후 현지 사람들이 고마움을 모른다는 등 수많은 소문들이 나돌았던 것도 바로 이 때문이다. 사실 이런 오해의 대부분은 잘못된 소통과 방법상의 실수에서 나온다. 사전에 소통하고 조사하는 것이 번거롭고 시간을 허비한다고 반대하는 사람들도 있다. 하지만 인내심을 가지고 타인을 배려하지 못하는 사람은 진심으로 타인을 사랑하지 않는 것이다.

그 기독교 신도들의 따뜻함과 겸손함은 나를 감동시켰다. 의족을 맞추기 위해 그들과 함께 미국으로 떠날 때 공항에서 작은 문제가 있었다. 나와 동행하는 리 선생님이 공항에서 작은 실수를 저지르는 바람에 탑승수속을 할 수 없게 된 것이다. 리 선생님은 캐나다 밴쿠버에서 건설 회사를 운영하고 있는 기업가였지만 옷차림이 워낙 소박하고 털털해서 친근감이 들었다. 심지어 가끔은 그가 재해민인지 재해민을 도우러 온 사람인지 분간할 수 없을 정도였다.

공항 직원은 리 선생님에게 냉담하고 짜증스럽게 대했다. 옆에 있던 우리들은 모두 화가 났다. 분명히 자기 잘못인데도 직원은 되레 화를 내며 탑승수속을 해주지 않았다. 그런데 누구라도 불쾌할 이런 상황에서 리 선생님은 화를 내지 않고 직원에게 차분하게 설명하고 논리적으로 이야기했다. 결국 뒤에서 줄을 서서 기다리고 있던 사람들이 보다 못해 중재에 나서주어 일이 원만하게 해결되었다. 그 일을 보면서 나는 리 선생님의 인내심에 감탄했다. 그것은 넓은 아량과 인내심이 없다면 결코 불가능한 일이었다.

성경에서 사랑의 진정한 본질을 정의한 말들을 찾아보면 유일하게 두 번 등장하는 단어가 바로 '인내'다. "사랑은 오래 참는 것이다." "범사에 인내하라." 이 두 구절만으로도 사랑에서 인내가 얼마나 중요한지 알 수 있다. 이것도 역시 기독교 신도들이 내게 가르쳐 준 것이다.

사랑은 차분함과 끈기다

내게 가장 고마운 사람은 아버지다. 비록 사랑을 겉으로 표현하는 데는 서툴지만 많은 일을 겪는 동안 아버지가 보여준 흔들림 없는 모습이 내게 말할 수 없이 큰 위로가 되었다. 기나긴 다리절단수술을 막 끝내고 수술실에서 나올 때 밖에서 기다리고 있던 아버지를 보았다. 나는 지치고 긴장된 와중에도 아버지가 현실을 받아들이지 못할까 봐 걱정스러웠다. 병상의 절반이 휑뎅그렁해진 것을 보고 아버지가 이성을 잃고 통곡할까 봐 두려웠다. 그러나 묵묵히 기다리고 있던 아버지는 나를 보고도 평온을 잃지 않았다. 원래 다리가 있어야 하지만 텅 비어버린 곳을 보고도 나를 위로했다.

"무릎을 남길 수 있어서 다행이구나. 상처가 회복될 때까지 조심해야 해."

아버지의 위로는 담담했지만 그 순간 아버지의 깊은 슬픔을 느낄 수 있었다. 딸이 이토록 고통 받는 것을 보면서도 아무 것도 해줄 수 없고 고통을 대신 짊어질 수도 없는 무력감에 아버지는 견딜 수 없었을 것이다. 하지만 아버지는 내게 들키지 않기 위해 애써 차분한 표정을 지었다. 나를 더 고통스럽게 하고 싶지 않았던 것 같다.

그 후 천막 병실에 있는 며칠 사이 친구들이 쉴 틈 없이 나를 찾아왔다. 어릴 적 소꿉친구부터 학교 동창까지 병문안 온 친구들은 거의 모두 나를 보자마자 울음을 터뜨렸다. 나중에는 보다 못한 아버지가 나 몰래 천막 병실 밖에 서서 나를 찾아오는 친구들마다 붙잡고 내 앞에서 울지 말라고 간절히 부탁했다.

"랴오즈는 아주 강한 아이란다. 이런 일을 겪고서도 울지 않아. 그러니까 랴오즈 앞에서 울지 말아줘. 울음을 참지 못할 것 같으면 밖에서 실컷 울고 나서 랴오즈를 만나렴."

이것은 모두 나중에 친구들에게 들은 이야기다. 이런 이야기를 들으면 가슴이 바스라질 것처럼 저릿저릿했다. 그 모든 것을 곁에서 지켜보면서 딸의 고통을 되새기는 것은 아버지에게 너무도 잔인한 일이었을 것이다. 가장 울고 싶은 사람은 아마 아버지였을 것이다. 하지만 친구들이 찾아왔을 때 아버지는 병실 밖에서 울음을 터뜨리는 친구들을 일일이 위로하고 다독여 울음을 그치게 한 후에 병실로 들여보냈다. '감사'라는 두 글자로는 아버지에 대한 나의 마음을 다 표현할 수 없다.

지진 이후 다른 재해민 가족들과 마찬가지로 우리 집도 완전히 달라졌다. 집이 무너지고 가게도 폐허가 되어 생계를 이어갈 수 있는 기반이 송두리째 사라졌다. 타지에 있는 엄마와는 연락도 되지 않았고 나는 다리를 절단하고 딸을 잃었으며 결혼 생활도 끝이 났다. 그때 아버지가 얼마나 큰 부담을 짊어졌을지 상상할 수 있다. 하지만 아버지는 내 앞에서 단 한 번도 힘든 기색을 내비친 적이 없다. 오히려 가끔씩 신이 난 표정으로 내게 그날 있었던 일들을 이야기하곤 했다. 누군가 잃어버린 지갑을 찾아주었다거나 누구를 만났다거나 하는 일들 말이다. 그렇게 해서라도 내가 잠시 슬픔을 잊을 수 있게 해주고 싶었을 것이다.

아버지는 전 남편을 찾아가 내 앞에서 울지 말라고 부탁하기도 했다. 여자 앞에서 우는 것은 남자가 할 일이 아니라며 나를 사랑한다면 내 앞에서 웃으라면서 그래도 눈물을 참을 수 없다면 친구들처럼 밖에서 실컷 울고 병실에 들어가라고 말했다. 아버지의 이런 이성적이고 강한 모습이 내게 아주 큰 힘과 위로가 되었다. 아버지는 무슨 일이든 내 앞에서는 대수롭지 않은 듯 말했다. 나의 장애로 인해 우리 가족이 달라진 것은 전혀 없으니까 아버지는 아무렇지도 않다고 했다.

충칭으로 병원을 옮길 때 아버지는 전 남편이 나와 같이 가는 게 좋겠다면서 내 의견을 물었다. 하지만 내가 친구와 가겠다고 말하자 아버지는 내 뜻대로 하게 해주었다. 아버지는 언제나 그렇게 차분했다. 야안 지진이 발생하고 엄마와 내가 구호활동을 가겠다고 했을 때에도 아버지는 "네가 가는 게 옳은 일인 것 같구나."라고 말했다. 아버지의 그 말 한 마디가 내게 얼마나 큰 위로가 되었는지 모른다. 이것이 아버지가 나를 사랑하는 방식이다. 말을 많이 하지는 않지만 아버지가 언제나 내 곁에 있어주는 것만으로도 내게는 가장 큰 힘이었다.

사랑은 감추고 포용하는 것이다

지진이 일어났을 때 엄마는 내 곁에 없었다. 일부러 내 곁을 떠난 것은 아니었다. 그때 청두에 있던 엄마는 발을 동동 구르며 애를 태웠다. 집으로 전화를 걸고 아빠와 내 휴대폰으로 전화를 걸었지만 통신이 두절되어 연락이 되지 않았다. 엄마는 뉴스를 보고 신문을 뒤지며 초조하게 우리 소식을 찾았다. 시시각각 갈마드는 공포와 절망을 애써 억누르며 일분일초를 보냈다. 어쩌면 아버지와 나를 다 잃었을지도 모른다는 무시무시한 예감도 들었을 것이다. 엄마는 여러 단체를 돌아다니며 우리 소식을 수소문했고 마침내 적십자회를 통해 내가 입원해 있는 병원에 연락이 닿았다. 적십자회 직원이 아버지에게 전화를 걸어 우리 소식을 확인한 후 다음날 엄마와 전화 통화를 할 수 있게 해주겠다고 했다.

엄마와 통화를 하기 전날 밤 나와 아버지는 엄마에게 이 일을 어떻게 알릴 것인지 상의했다. 나는 엄마에게 아직은 사실대로 이야기하지 말자고 했다. 타지에 혼자 있는 엄마가 내가 다리를 절단했다는 사실을 알면 더 큰 충격을 받을 것 같았기 때문이다. 우리는 일단 엄마에게 사실대로 말하지 않기로 결정했다. 다음날 엄마에게 전화가 걸려왔다. 아버지가 먼저 받았다. 엄마의 목소리를 듣자 아버지도 며칠 동안 억눌러 왔던 눈물이 와락 쏟아졌지만 계속 엄마를 안심시켰다.

"괜찮아. 우린 다 무사해요. 내가 살짝 다쳐서 병원에서 검사를 받고 있는 거예요. 랴오즈도 나 때문에 병원에 와 있어요."

엄마가 나를 바꾸어 달라고 했지만 아버지는 내가 격한 감정을 참지 못할까 봐 내가 지금 전화를 받을 수가 없다고 했다.

"랴오즈 바꾸라고요!"

엄마의 다급한 목소리가 옆에 있는 내 귀에까지 들렸다. 나는 얼른 수화기를 넘겨받았다.

"우리 다 무사해요, 엄마. 집은 무너졌지만 집보다는 목숨이 더 중요하잖아요." 수화기 저편에서 엄마가 목 놓아 울었다.

"아빠가 전화를 안 바꿔줘서 가슴이 철렁했어. 네가 죽었는지 알았잖아."

내가 웃으며 말했다. "내가 누군데 그렇게 쉽게 죽겠어요?"

"그래. 이제 안심이야. 엄마가 빨리 갈게."

"괜찮아요. 천천히 와요. 안전이 제일 중요하니까 서두르지 말고 와요. 엄마가 올 때까지 더양에서 기다릴 테니까."

하지만 엄마가 오기 전날 나는 갑작스럽게 충칭으로 옮겨가게 되었다. 어쩔 수 없이 엄마에게 전화를 걸었다. 더 이상은 엄마를 속일 수 없었다.

"엄마, 사실은 내가 좀 다쳐서 병원을 옮기게 되었어요. 크게 다친 건 아니니까 걱정 말아요. 내 목소리만 들어도 별 거 아니란 걸 알겠죠? 난 아주 멀쩡해요."

엄마가 다그쳐 물었다. "어딜 다친 거야?"

"와서 보면 알아요. 너무 걱정하지 말고 천천히 와요."

여전히 엄마에게 사실대로 말하지 못한 것은 엄마는 아버지와 전혀 다른 성격이기 때문이었다. 엄마는 감성적인 성격이어서 쉽게 흥분하는 편이다. 내가 다리를 절단했다는 것을 알면 엄마가 급하게 오다가 혹시 사고라도 날까 봐 걱정이 되었다. 지진 이후 곳곳에 길이 끊기고 그나마 다닐 수 있는 길이 많지 않아서 차가 다닐 수 있는 길은 모두 차들로 꽉 막혀 있었다. 그래서 사람들이 차에서 내려 걸어서 이동하다가 교통사고가 나는 일이 많았다. 엄마에게 서두르지 말고 천천히 오라고 한 것도 바로 그 때문이다. 그렇게 해서 엄마는 더양으로 가지 않고 곧바로 충칭으로 왔다.

공교롭게도 엄마가 병원에 도착했을 때 나는 드레싱을 하고 있었다. 드레싱은 내가 가장 무서워하는 시간이었다. 평소에는 드레싱을 할 때마다 친구가 나를 감싸 안고 나는 드레싱 하는 광경을 차마 보지 못하고 친구의 가슴에 얼굴을 파묻었다. 그런데 그날은 엄마를 마중하러 병원 로비로 내려간 친구가 30분이 되도록 돌아오지 않는 것이었다. 그때 한 간호사가 병실로 들어오면서 엘리베이터 앞에서 어떤 여자 둘이 끌어안고 엉엉 울고 있다고 말했다. 간호사의 말을 듣자마자 나는 엄마임을 직감했다. 코끝이 찡하게 저려 왔다. 바로 그때 드레싱 수레가 병실로 들어왔다. 어떻게 이렇게 공교로울 수가 있을까!

하지만 드레싱을 받지 않을 수는 없었다. 드레싱을 시작한 지 얼마 되지 않았을 때 엄마가 들어왔다. 나는 별일 아닌 척 하기 위해 최대한 가벼운 표정으로 드레싱을 하고 있는 환부를 쳐다보았다. 처음으로 드레싱 하는 과정을 직접 지켜본 것이었다. 아프지 않은 척 하려고 했지만 극심한 통증이 전신을 압도했다. 애써 미소를 지었지만 아프고 겁이 나서 입가가 파르르 떨렸다. 바들바들 떨면서도 웃고 있는 나를 보며 엄마의 얼굴에도 어색한 미소가 걸렸다. 하지만 엄마는 이내 코가 빨개지고 눈시울이 붉어져 더 이상 나를 쳐다보지 못하고 밖으로 뛰쳐나갔다.

엄마가 울고 있다는 것을 알았다. 나도 눈물이 터져 나왔지만 감정을 다스리기 위해 안간힘을 썼다. 엄마는 한참이 지난 후에야 병실로 돌아왔다. 바로 그때 조금 전 그 간호사가 다시 병실로 들어오다가 엄마를 보고 놀라며 물었다.

“아까 엘리베이터 앞에서 우신 분이 랴오즈의 어머니셨어요?”

간호사는 엘리베이터 앞을 네다섯 번이나 지나치도록 엄마와 친구가 끌어안은 채 하염없이 울고 있었다고 했다. 내 친구는 아버지가 그랬던 것처럼 랴오즈는 아주 강하게 이겨내고 있으니까 랴오즈 앞에서 울지 말라고 엄마에게 부탁을 하다가 엄마를 부둥켜안고 같이 울음을 터뜨렸던 것이다. 두 사람은 그렇게 한참을 울고 난 뒤에야 나를 보러 들어왔다.

사랑은 지키고 의지하는 것이다

엄마를 만나고 나자 차츰 마음이 편해졌다. 감정의 기복이 심해서 웃다가 금세 눈물을 흘리며 괴로워하는 일도 거의 사라졌다. 내가 먼저 사람들에게 말을 건네고 우스운 이야기를 들려주고 다른 병실 환자들과 친하게 지내자 주변 사람들까지 마음이 한결 가벼워졌다. 엄마도 그 중 한 사람이었다. 나는 일부러 엄마에게 농담을 건넸다. 1년 동안 안 본 사이에 방방와(棒棒娃, 고향에서 파는 육포 포장지에 그려져 있는 뚱뚱한 캐릭터의 이름이다)처럼 살이 쪘다고 놀리면 엄마는 일부러 화난 척 험상궂은 표정을 짓다가 같이 웃음을 터뜨렸다.

그런데 내가 퇴원할 때까지 엄마는 살이 5킬로그램이나 빠졌다. 병간호를 하느라 힘들었던 탓이다. 엄마는 하루에도 몇 번씩 나를 침대에 눕혔다 일으키고 목욕을 시키고 화장실에 데리고 다녀야 했다. 나는 갓난아기로 다시 돌아간 것처럼 혼자서 할 수 있는 것이 아무 것도 없었다. 엄마는 퇴원 후에도 계속 나와 함께 살고 싶어 했지만 내가 혼자서 살겠다고 고집을 부렸다. 나의 독립 문제로 엄마와 나는 번번이 말다툼을 벌였다.

지진이 일어난 이듬해에 나는 예술단 단장이 되었다. 나는 엄마의 만류를 뿌리치고 혼자 집을 나와 예술단에서 생활했고 그 일 때문에 엄마는 꼬박 두 달 동안 나와 한 마디도 하지 않았다. 일이 어떻게 진행되고 있는지 궁금해 하면서도 엄마는 꾹 참고 내게 묻지 않았다.

대신 엄마는 몰래 예술단으로 전화를 걸어 일의 진행 상황을 물어보고 엄마가 전화했었다는 것을 내게 말하지 말라고 신신당부했다.

한 번은 내가 친구 두 명을 데리고 집에 갔다. 나는 아버지에게는 휴대폰을, 엄마에게는 옷을 선물했다. 그런데 엄마는 내게는 눈길 한 번 주지 않고 내 친구에게 말했다.

"저녁에 뭘 먹고 싶은지 랴오즈에게 물어봐 주렴. 아버지더러 사 오시라고 할게."

내가 바로 옆에 앉아 있었기 때문에 친구는 어리둥절한 표정으로 내게 물었다.

"어머니가 하시는 말씀 다 들었지?"

나는 대답했다.

"그래. 아무 거나 괜찮다고 말씀드려."

엄마와 나는 어린애들처럼 누구도 양보하거나 사과하지 않으려 했다. 나는 독립을 원했지만 엄마는 한시라도 내 곁을 떠나지 않으려고 했다. 하루는 계속 내 뒤만 졸졸 따라다니는 엄마를 도저히 참을 수가 없어서 내가 짜증스럽게 물었다.

"엄마는 다른 일 없어요? 왜 하루 종일 나만 따라다녀요?"

엄마는 내 말에 충격을 받은 듯 했다.

"널 사랑하니까 그러지. 네가 또 다치는 건 싫어. 내가 모를 줄 알아? 예술단 사람들이 그러더라. 네가 거의 매일 넘어진다고. 그저께 기차역에서도 넘어진 것도 나는 다 알아……."

엄마가 울먹이다가 이내 울음을 터뜨렸다. 엄마는 나의 일거수일투족이 걱정되었던 것이다. 엄마가 울음 섞인 말투로 말을 이었다.

"네 관심은 언제나 다른 사람들에게 쏠려 있잖아. 남들을 돕는 일만 생각하잖니. 그럼 너는? 연애는 언제 할 거야? 네 곁에서 너를 보살펴 줄 사람은 언제 만날 거야? 앞으로 어떻게 살아갈지 생각이나 해 봤어?"

내가 말했다.

"나도 노력하고 있어요."

엄마의 울음소리가 더 커지고 얼굴은 이미 눈물범벅이 되어 있었다. 내가 엄마를 달랬다.

"노력하고 있다니까요. 더 노력할게요. 응?"

엄마는 감성적이기 때문에 어린아이를 달래듯 내가 위로해주어야 했다. 나와 엄마의 관계는 조금 특별하다. 내가 엄마에게 의지하는 것보다 엄마가 내게 더 의지한다. 지금도 나는 혼자서 어디든 갈 수 있지만 엄마는 내가 옆에 있어주어야 한다. 엄마는 내가 옆에 있어야만 마음이 놓인다고 했다. 내가 보이지 않으면 온갖 무서운 상상이 다 든다는 것이다. 지금 나는 새벽 5~6시에 집을 나서서 밤 10시 가까이 되어서야 집에 돌아온다. 그런데 평소보다 조금이라도 늦으면 문을 열자마자 어김없이 눈물이 크렁크렁한 엄마의 두 눈을 마주해야 한다. 엄마는 나를 보자마자 이미 벌겋게 충혈된 눈으로 원망을 쏟아낸다.

"왜 이렇게 늦게 와? 무슨 회사가 일을 이렇게 많이 시켜?"

나는 저녁마다 경전철과 버스를 갈아타고 퇴근하는데 엄마는 가끔 경전철 정류장까지 나와서 나를 기다리기도 한다. 둘이 길이 엇갈려서 아무도 없는 빈집 문 앞에서 엄마를 기다린 것도 여러 번이나 된다. 이것이 엄마가 나를 사랑하는 방식이다. 가끔씩 내가 어린애가 된 것 같은 착각이 들기도 한다. 단장의 자격으로 예술단을 이끌었던 2년 동안 나는 집에서 나와서 지냈다. 부모님을 안심시키기 위해 사고를 당하기 전에 저축해놓았던 돈을 털어 더양에 아주 작은 사진관을 열어드리고 웨딩드레스를 몇 벌 사놓았다. 그 정도면 웨딩사진을 찍어주면서 생계를 꾸려갈 수 있었다. 나는 또 직접 웨딩드레스를 입고 모델이 되어 사진을 찍어놓았다.

가끔씩 엄마가 연락도 없이 청두로 나를 보러 찾아오기도 했다. 그때 나는 단장이었기 때문에 단원들 사이에서 카리스마를 가져야 할 필요가 있었다. 어느 날 단원들이 모두 참석한 회의가 끝날 무렵 내가 상기된 표정으로 모두를 향해 외쳤다.

"우리의 미래는 아름답다!"

그런데 바로 그때 엄마가 벌컥 문을 열고 들어왔다. 엄마의 받쳐든 두 손에는 미나리고기볶음이 다소곳이 올려져 있었다.

"랴오즈, 이리 와서 먹어 봐. 너 먹으라고 볶아 왔어. 점심 때 꼭 먹어야 돼."

그 순간 나의 카리스마는 흔적도 없이 사라지고 나는 어느새 어린애가 되어 있었다. 단원들이 킥킥 웃으며 나를 쳐다보았지만 도저히 엄마를 말릴 수가 없었다. 내가 카리스마를 발산하고 있을 때마다 엄마가 나타나 바늘로 풍선을 찔러 터뜨리듯 카리스마가 순식간에 사라졌다. 내 주변 사람들은 모두 그런 나를 부러워했고 엄마는 사람들에게 엄마에 대한 환상을 심어주었다.

나의 특별한 상황 때문에 부모님은 언제나 내가 아주 큰 보살핌을 받아야 한다고 생각했다. 내가 충분히 독립할 능력이 있다는 것을 아무리 증명해 보여도 부모님은 언제나 나를 곁에서 보호하려고 했다. 부모님은 다시는 무언가를 잃는 고통을 겪고 싶지 않았던 것이다. 지진이 일어났을 때 내 곁에 있어주지 못했다는 자책감이 엄마의 머릿속을 떠나지 않았다. 엄마는 그때 내 곁에 있기만 했어도 내가 이렇게 되지는 않을 것이라고 생각했다. 나는 엄마의 마음을 충분히 이해할 수 있었다. 내 친구는 말했다.

"지진이 일어나기 전날 내가 널 데리고 하이난(海南)으로 놀러갔었더라면 아무 일도 없었을 텐데."

하지만 나는 친구에게 이렇게 말했다.

"넌 엄마의 마음을 몰라. 정말로 내가 하이난에 여행간 사이에 내 딸이 지진으로 세상을 떠났다면 나는 틀림없이 미쳐버렸을 거야. 차라리 두 다리를 잃더라도 딸과 함께 있는 편을 택하겠어."

신이 시간을 되돌려 내게 다리를 지킬 수 있는 기회를 준다 해도 만약 딸을 잃어야 한다면 나는 조금도 망설이지 않고 딸과 함께 그 고통을 겪는 편을 택할 것이다. 내가 딸을 살릴 수 없다 해도 적어도 그 순간 딸의 곁에 있어줄 수 있으니 말이다. 이것이 바로 엄마의 마음이다. 그래서 나는 엄마가 나를 사랑하는 방식을 온전히 이해할 수 있다.

한번은 내가 심리 관련 프로그램에 출연했는데 그 자리에서 출연자들 사이에 논쟁이 벌어졌다. 어떤 사람은 우리 엄마의 행동이 딸에게 스트레스를 주기 때문에 잘못된 것이라고 했다. 사실 처음에는 나도 엄마의 행동에 화가 났었다. 엄마가 나를 어린애 취급하는 것이 나를 믿지 못하기 때문이라고 생각했기 때문이다. 그런데 나중에는 내가 스트레스를 받을 필요가 없다는 생각이 들었다. 엄마가 즐거울 수 있다면 그보다 더 좋은 일이 있을까? 중요한 것은 부모님이 마음을 놓고 즐거울 수 있다는 것이다.

가끔은 부모님이 집 밖에 나와서 서성이며 나를 기다리기도 했다. 그럴 때마다 부모님이 힘들 것이라는 생각에 그러지 말라고 짜증도 냈다. 하지만 엄마가 밖에 나와서 나를 기다려야 마음을 놓을 수 있다면 그보다 좋은 일은 없지 않을까? 이런 깨달음을 얻은 것은 시간이 한참이나 흐른 뒤였다. 그 뒤에는 엄마가 그렇게 해서 안심하고 기쁠 수 있다면 그것이 설령 힘든 일일지라도 말리지 않았다. 나 역시 두 다리를 잃더라도 딸이 가장 무서운 순간에 곁에 있어줄 수 있기를 바라기 때문이다. 이것이 바로 세상 모든 부모의 마음일 것이다.

사랑은 내면의 상처를 똑바로 바라보는 것이다

아이의 일은 1년이 넘도록 나를 고통 속에 옭아매었다. 다른 일은 서서히 받아들이고 치유할 수 있었지만 딸은 언제나 내 마음속의 블랙홀과 같았다. 누가 아이에 대해 물어볼까 봐 항상 두려웠다. 내 다리에 대해서는 얼마든지 이야기할 수 있었다. 의족을 한 후 생활이 점점 편하고 익숙해졌다. 내 결혼에 대해서도 이야기할 수 있었다. 어쨌든 이미 끝난 일이고 새로운 사람과의 인연을 기대할 수도 있었다. 하지만 딸의 이야기만큼은 하고 싶지도 듣고 싶지도 않았다. 딸의 일은 결코 떨쳐낼 수 없는 고통이었다.

2009년 여름 한 텔레비전 방송국에서 지진재해지역의 학교를 찾아가는 프로그램에 출연했다. 학교에 찾아가 아이들을 만났는데 진행자가 갑자기 내게 아이들 앞에서 몇 마디 이야기를 하라고 시켰다. 나는 더럭 겁이 나서 망설였다. 병원에서 열린 어린이날 행사에서 나도 모르게 돌발적인 행동을 한 경험이 있었기 때문이다. 하지만 진행자가 계속 나를 부추겼다. 아이들에게는 나의 격려가 절실할 것이라며 끈질기게 설득했다. 나는 마지못해 즉석에서 아이들에게 보여줄 간단한 마술을 연습한 다음 교단 위에 섰다. 처음에는 그런대로 괜찮았다. 그런데 절반쯤 되자 손이 떨리고 감정이 격앙되기 시작했다. 교단 아래에 있는 아이들은 아무 것도 모른 채 나의 서툰 마술을 보며 까르르 웃었다. 나도 아이들을 따라 웃었다. 하지만 나의 웃음은 점점 흐느낌으로 바뀌어갔다.

또다시 내 감정을 주체할 수 없을 것 같아 두려웠다. 나는 아이들에게 들킬까 봐 몸을 돌려 칠판을 쳐다보며 속으로 말했다. '울면 안 돼. 아이들 앞에서 울면 안 돼.' 하지만 너무 많은 생각이 한꺼번에 밀려 와 더 이상 감정을 추스를 수가 없었다. 나의 흐느낌은 점점 더 격렬해졌다. 아이들은 나를 보고 놀라 웃음을 뚝 그쳤다. 교실 안이 쥐 죽은 듯 조용했다. 나는 숨을 한 번 크게 들이쉬고는 몸을 돌려 아이들을 향해 말했다.

"괜찮아. 아무 일도 아니야. 나도 내가 왜 우는지 모르겠어."

나는 애써 웃음 지었지만 눈물은 여전히 걷잡을 수 없이 쏟아졌다. 그때 한 여자아이가 조용히 일어나 교단 위로 올라오더니 나를 꼭 끌어안았다.

"랴오즈 선생님, 우린 선생님을 좋아해요. 울지 마세요."

다른 아이들도 하나둘씩 교단으로 올라와 나를 안아주었다. 그날 나는 교단 위에 선 채로 아이들 품에 안겨 한참을 울었다. 그때까지 감히 입 밖에 꺼낼 수도 없었던 고통과 아물지 않은 상처가 눈물을 통해 밖으로 나가는 것 같았다. 나는 말없이 울기만 했다. 지진 이후 그렇게 마음 놓고 운 것도 처음이었다.

그 일이 있은 후 나는 되도록 아이들을 만나지 않기로 했다. 아이들만큼은 어른들의 고통과 상처의 그늘에서 벗어나 행복하기를 바랐기 때문이다. 2009년 말 지진으로 장애를 입은 아이들을 만나달라는 요청을 받았을 때에도 나는 완곡하게 거절했다. 하지만 아이들이 고통에서 많이 회복되었고 특히 춤을 배우고 싶어 하는데 선생님이 없어서 배우지 못하고 있다며 학교 측에서 나를 설득했다. 일단 아이들을 만나본 후에 가르칠지 말지를 결정해도 좋다고 했다.

나는 더 이상 거절하지 못하고 다른 자원봉사자들과 함께 아이들을 만나러 갔다. 우리가 도착했을 때 아이들은 운동장에 모여 놀고 있었다. 나처럼 의족을 하고 있는 아이도 있었지만 워낙 즐겁게 놀고 있어서 전혀 눈치 챌 수 없었다. 아이들의 밝은 모습을 보고 나도 용기를 내어 아이들에게 다가갔다.

그 후 일주일 동안 나는 아이들에게 춤과 노래를 가르쳐주며 날마다 아이들과 함께 시간을 보냈다. 그런데 이상하게도 우울해지거나 눈물이 나지 않았다. 아이들에게 춤과 노래를 가르쳐주는데 정신을 집중하다보니 나 자신의 감정에 젖을 여유가 없었던 것 같다. 그 중에는 의족을 하고 있는 아이들이 있었다. 특히 여학생들은 의족을 남에게 보이기 싫어서 항상 긴 바지를 입고 휠체어도 타지 않았다. 그 아이들은 스스로 할 수 있는 작은 일들을 부모님이나 선생님, 친구들의 도움을 받고 있었다. 아이들의 의타심을 고쳐주고 싶었다. 의타심을 버려야만 아이들이 더 밝고 행복해질 수 있다는 것을 알고 있었기 때문이다.

그래서 아이들을 가르친 지 일주일쯤 되었을 때 교장선생님이 내게 아이들을 계속 가르치겠느냐고 물었을 때 나는 조금의 망설임도 없이 그러겠다고 했다. 나는 열심히 연습해서 아이들을 무대에 올려 무용공연을 하기로 했다. 나는 직장에 다니고 있었기 때문에 주말에만 찾아가 하루 종일 아이들을 가르치며 시간을 함께 보냈다. 나는 아이들에게 무조건적인 사랑을 베풀지 않았다. 처음 내게 무용을 가르쳐준 선생님들처럼 나도 아이들에게 엄격하게 대했다. 처음 배우는 무용동작이 나올 때마다 아이들은 못하겠다는 반응을 보였다. 아이가 의족의 발꿈치를 움직이기가 힘들다고 하면 나는 이렇게 말했다.

"너는 한쪽 다리만 의족이지만 나는 두 다리가 모두 의족이야. 내가 할 수 있는 건 너도 할 수 있을 거야. 안 그래?"

그러면 아이들은 아무 말도 하지 못했다. 내가 시범을 보이면 처음에는 잘 따라하지 않았지만 내가 아무 말 없이 계속 반복해서 시범을 보이면 누군가 따라 하기 시작했다. 한 명이라도 동작을 따라하기 시작하면 그 다음에는 다른 아이들도 천천히 동작을 따라 했고 나중에는 다 같이 동작을 연습했다.

사랑은 시도하고 물러서지 않는 것이다

사실 무용이 목적은 아니었다. 무용을 통해 아이들이 조금씩 자기 자신을 받아들이고 자신감과 아름다움을 찾을 수 있기를 바랐다. 나는 아이들이 마음의 문을 열고 스스로를 다시 인식하기를 바랐고 그러기 위해 몇 가지 계획을 세웠다. 지진으로 장애를 입은 아이들은 처음에는 몹시 예민해서 휠체어도 타지도 않고 남들에게 의족을 보여주는 것을 극도로 싫어했다. 그래서 나는 일부러 휠체어를 사용하는 안무를 짰다. 연습실로 휠체어를 밀고 들어가자 아이들의 표정이 얼어붙었다. 어떤 아이는 나를 보자마자 "저는 휠체어를 타지 않을 거예요."라고 퉁명스럽게 말했다. 나는 아무렇지 않게 말했다.

"휠체어를 타고 무용을 하려는 게 아니야. 내가 오늘 몸이 좋지 않아서 휠체어를 가지고 왔어. 선생님이 여기 앉아서 수업을 해도 되겠니?" 아이들이 대답했다.

"괜찮아요!"

"고마워. 착하구나."

나는 의족을 벗고 휠체어에 앉아서 평소와 다름없이 아이들에게 무용을 가르쳤다. 수업이 끝난 후 나는 의족을 집어 들며 말했다.

"너희들 그거 알아? 내 다리에는 각각 이름이 있어. 왼쪽 다리는 코끼리, 오른쪽 다리는 쭝쯔(粽子, 찹쌀을 대나무 잎사귀에 싸서 삼각형으로 묶어 찐 음식. —옮긴이)야. 닮은 거 같지 않아? 너희 다리도 이름이 있니?"

아이들이 처음에는 이상한 눈으로 나를 쳐다보더니 이내 까르르 웃음을 터뜨렸다. 내가 먼저 내 의족을 보여주며 농담을 하자 아이들도 신이 나서 자기 몸의 각 부위에 이름을 붙이기 시작했다. 아이들은 상기된 얼굴로 서로의 다리에 어떤 이름을 지어줄 것인지를 놓

고 열띤 토론을 벌였다. 그러는 사이 의족에 대한 아이들의 강한 거부감도 서서히 사라졌다.

다음날 나는 한 시간 동안 쉬지 않고 수업을 했다. 평소에는 중간에 잠시 휴식 시간을 주었지만 그날은 일부러 아이들을 쉬지 못하게 했다. 물론 나도 한 시간 내내 서 있었다. 한 시간이 지나자 아이들 모두 지친 기색이 역력했다. 나는 함께 간 내 친구에게 휠체어들을 가져와달라고 부탁한 다음 아이들에게 말했다.

"오늘은 앉을 곳이 없어. 교실의 걸상들도 모두 치워버려서 말이야. 힘들면 휠체어에 앉아서 쉬렴. 힘들지 않은 사람은 계속 서 있어도 좋아."

비교적 말을 잘 듣는 여학생들은 큰 거부감 없이 휠체어에 앉았지만 남학생들은 대부분 서로 눈치만 보며 계속 선 채로 버텼다.

"서 있고 싶으면 서 있어도 괜찮아. 그럼 휠체어에 앉은 친구들은 놀이를 해볼까?"

나는 휠체어를 탄 아이들과 기차놀이, 꼬리잡기, 빙글빙글 돌기 등 여러 가지 놀이를 했다. 휠체어에 앉지 않은 남학생들은 옆에 우두커니 선 채로 우리가 신나게 노는 것을 부러운 눈길로 쳐다보았다. 휠체어를 타고 놀면서 아이들은 휠체어를 타는 것이 부끄러운 일이 아니라 아주 정상적인 일임을 문득 깨달았다. 휠체어를 타고서도 즐거울 수 있다는 사실을 알았기 때문이다. 그러자 남학생들도 하나둘씩 휠체어를 타고 함께 놀기 시작했다. 얼마 지나지 않아 아이들은 휠체어를 타고서도 환하게 웃을 수 있게 되었다.

다음에는 짧은 공연 프로그램을 만들었다. 한 여자아이가 휠체어에서 넘어졌다가 사람들의 격려 속에서 다시 자신감을 얻고 행복해진다는 줄거리였다. 무용 수업을 시작한 후 아이들이 점점 늘어나더니 어느새 아이들이 제법 많아져 있었다. 처음에는 장애를 가진 아이들이 3분의 2 정도 되었지만 장애가 없는 아이들이 점점 많아져 절반 정도를 차지했다. 아이들은 내가 당연히 장애를 가진 아이를 이 무용의 주인공으로 고를 것이라고 예상했다. 그런데 나는 모두의 예상을 깨고 장애가 없는 여학생을 주인공으로 선택했다. 게다가 그 아이는 반에서 가장 예쁘고 공부도 잘하는 학생이었다. 아이들이 어리둥절한 표정으로 나를 쳐다보았다.

그런데 그것이 바로 내 계획이었다. 장애가 있든 없는 모든 아이들이 이 무용을 통해 서로를 이해하고 도울 수 있도록 하려는 의도였다. 주인공으로 지목된 여학생은 많은 사람들 앞에서 장애를 가진 주인공 역할을 한다는 것에 용기를 내지 못했다. 그런데 나보다도 아이들이 먼저 그 아이를 격려했다.

"괜찮아. 넌 잘 해낼 수 있어."

"휠체어에 앉아 있다가 넘어지기만 하면 돼. 어렵지 않아."

아이들은 누가 시키지 않아도 넘어지는 시범을 보여주며 친구를 격려했지만 주인공 아이는 계속 수줍어했다. 친구들의 격려에도 불구하고 못하겠다고 하더니 결국 울음을 터뜨렸다.

"난 못해. 못하겠어요."

학교에서 봉사를 하고 있는 자원봉사자들이 내게 말했다.

"아이한테 강요하지 말아요. 못하겠다면 다른 아이로 바꾸면 되잖아요."

자원봉사자들은 언제나 아이들의 의견을 존중하고 따뜻하게 다독여야 한다고 생각했다. 하지만 내 생각은 달랐다.

"아이들을 아끼는 마음은 잘 알아요. 물론 아이들의 자존심도 중요하죠. 하지만 자존심이 너무 강하고 예민하면 자기 자신을 정확하게 인식할 수 없어요. 작은 충격에도 깨져버리는 도자기인형이 될 거예요. 항상 격려하고 칭찬하기만 하고 따끔하게 충고하지 않는 것은 장기적으로 볼 때 아이들에게 오히려 해가 될 거예요. 그럴수록 아이들은 더 약해질 뿐이에요. 저는 장애를 가진 사람들을 많이 만나보았어요. 어른이지만 굉장히 예민해서 지나가는 사람이 살짝 미소를 짓기만 해도 자신을 비웃는다고 생각하더군요. 그건 아주 무서운 일이에요."

교육 방식의 차이 때문에 충돌이 생기자 우리는 먼저 의견을 통일하기로 했다. 우리는 아이들에게 무용 연습을 시켜놓고 연습실 한쪽에 모여 상의했다. 내가 말했다.

"아이들의 자존심도 중요하지만 건전한 인격이 그보다 더 중요하다고 생각해요. 아이들을 과잉보호해서는 안 돼요."

"그럼 어디 한 번 해봐요."

나의 주장이 너무 단호했기 때문인지 다른 자원봉사자들도 마지못해 내 의견에 동의했지만 여전히 의심어린 표정을 거두지 못하고 아이들이 연습하는 것을 옆에서 지켜보았다. 나는 주인공 아이에게 다가가 물었다.

"준비 됐니? 다시 연습할 거야. 울어도 되고 반항해도 돼. 하지만 이건 꼭 해야 돼. 네가 주인공이 된 이상 훌륭하게 해내야 해. 친구들이 모두 너를 응원하고 너를 믿고 있잖아."

아이는 내 이야기를 들으며 계속 훌쩍이더니 이내 손등으로 눈물을 훔쳐냈다.

"알았어요. 해볼게요."

두 번째 연습을 시작되고 그 아이의 차례가 되었지만 아이는 너무 긴장한 나머지 몸이 뻣뻣하게 굳어 휠체어에서 넘어지는 연기를 하지 못했다. 연습실 안에 정적이 감돌았다. 나는 아이를 쳐다보며 아무렇지 않게 말했다.

"처음부터 다시 하자. 긴장할 거 없어. 아무도 널 비웃지 않아. 우리 모두 널 응원하고 있어."

처음에는 그 아이의 동작이 어색한 것을 보고 몇몇 아이들이 키득거리며 웃기도 했지만 이제는 웃는 아이 하나 없이 모두 진지하게 연습에 몰두하고 있었다. 처음에 키득거리던 남학생들도 "떨지 마. 우리가 있잖아."라며 주인공을 격려했다. 다시 연습을 시작했다. 이번에는 주인공이 휠체어에서 넘어지는 연기를 멋지게 잘 해냈다. 진

지한 연기에 모두들 주인공을 격려하자 뒷부분은 훨씬 더 훌륭하게 해냈다. 무용 연습이 끝난 후 내가 다가가 아주 멋졌다고 칭찬을 해 주자 주인공 아이가 나를 와락 끌어안더니 엉엉 울음을 터뜨렸다. 나는 당황한 자원봉사자들을 향해 말했다.

"기뻐서 우는 거예요. 어려운 걸 잘 해냈으니까요."

아이는 내 품에서 울며 연방 고개를 끄덕이더니 잠시 후 울음을 멈추고 환하게 웃었다. 그날 연습이 끝난 후 나는 장애를 가진 아이들만 따로 불러 이야기를 했다.

"너희들만 자신 없는 게 아니란 걸 알았지? 예쁘고 똑똑한 여학생도 자신감이 없어 움츠러들 때는 너희가 격려해주어야 해. 장애가 없는 아이들도 너희들과 마찬가지로 도움이 필요해. 사람은 누구나 평등해. 그러니까 너희들도 남의 도움이 필요할 때는 기분 좋게 도움을 받고 또 너희들이 도와줄 수 있는 일이라면 용감하게 도와주는 거야. 알았지?"

내 이야기가 아이들의 마음을 어떻게 움직였는지는 모르겠지만 2010년 봄에 열린 첫 번째 공연에서 공연장을 가득 채운 전교생의 부모님들이 아이들의 공연을 보며 감동의 눈물을 흘렸다. 지진이 일어난 후 부모들은 아이들의 웃음을 볼 수 없었다. 아이들은 처참한 현실 뒤에 가려져 아름다울 자격조차 잃어버린 듯 했다. 하지만 그날만큼은 모든 아이들이 예쁜 옷을 입고 화장을 하고 멋지게 공연을 했다. 관객들 모두 아이들의 얼굴에서 피어나는 자신 있고 행복한 미소를 볼 수 있었다. 끝나지 않는 박수소리가 공연장을 가득 메웠다. 그날 공연을 관람한 사람들 중에 홍콩에서 온 자원봉사자들이 있었다. 공연을 보고 깊은 감명을 받은 그들이 홍콩으로 돌아가 우리에게 초청장을 보냈다. 홍콩에서 아이들의 순회공연을 열고 싶다는 것이었다.

드디어 홍콩 퀸엘리자베스 스타디움에서 공연이 열렸다. 관객석을 가득 채운 홍콩 학생들을 보고 우리 아이들도 흥분된 표정이었다. 나는 무대 뒤에서 아이들에게 말했다.

"다들 봤지? 몸의 한 부분을 잃어버렸다고 해서 너희들의 인생까지 비참해지는 건 아니야. 너희들이 받은 상처와 그 상처를 마주하는 용기가 다른 사람들에게 큰 힘이 될 수 있어. 이게 바로 너희들 인생의 의의야. 혼자 슬퍼하거나 자신이 불쌍하다고 생각하지 말고 대담하게 너희 자신을 보여줘!"

마지막 날 공연의 커튼콜에서 아이들은 무대 위에서 홍콩 학생들과 요요를 가지고 놀다가 다함께 손을 잡고 활짝 웃으며 관객들에게 인사를 했다. 옆에 서 있던 나는 눈물이 왈칵 쏟아졌다. 힘든 일을 해냈다는 안도감에 감정이 북받쳐 올랐다. 아이들과 함께 공연 연습을 한 6개월 동안 나는 아이들에게 최선을 다했다. 딸을 잃은 슬픔이 잠시도 머릿속을 떠나지 않았지만 그 아이들과 함께 지내면서 내가 다른 아이들을 내 아이처럼 사랑할 수 있음을 깨달았다. 마침내 나는 온몸이 무너져 내릴 듯 한 슬픔에서 벗어날 수 있었다.

사랑은 속죄와 치유다

자원봉사자들이 나의 교육 방식에 반기를 들었을 때 나는 깊은 좌절감에 휩싸였다. 나조차도 내 방식이 옳은지 확신할 수 없었다. 사랑,

자유, 아동심리 등에 대한 책을 사서 읽으며 내 의문의 답을 찾으려 했다. 나도 확신할 수는 없지만, 한 가지 분명한 사실은 그 아이들이 만약 내 딸이라면 나는 내 방식을 고수할 것이라는 점이었다. 그 아이들이 내 딸이라면 결코 과잉보호하지 않을 것이었다. 설령 아이들이 나를 이해하지 못하고 나를 싫어한다 해도 달라질 것은 없었다. 아이들의 장래를 생각하지 않을 수 없었기 때문이다.

이런 엄마의 마음이 없었다면 나는 끝까지 내 방식을 고수할 수 없었을 것이다. 1년 넘도록 내 방식을 지키는 것은 쉽지 않은 일이었다. 나까지 포함해 자원봉사자 일곱 명이 그 학교에서 아이들을 가르쳤지만 마지막까지 남은 것은 나 혼자뿐이었다. 나는 매주 금요일 오후에 갔다가 일요일 저녁에 돌아왔다. 차로 왕복 서너 시간이나 걸리는 거리였지만 한 주도 쉬지 않았다. 장대비가 쏟아지던 날에는 가지 말라고 말리는 엄마와 함께 학교로 갈 수밖에 없었다. 억수같이 내리는 비를 무릅쓰고 학교로 향한 것은 그 아이들이 내 딸이라면 중간에 포기하지 않을 것이라는 신념 때문이었다.

홍콩 공연의 마지막 날 나는 무대 옆에 서서 분명히 깨달았다. 하늘이 내 아이를 데려간 이유를 말이다. 그것은 내가 받은 상처로 다른 아이들을 축복하라는 하늘의 뜻이었다. 충충을 잃지 않았더라면 나는 절대로 그 일을 끝까지 해낼 수 없었을 것이다. 나는 남을 위해 내 모든 것을 쏟아 부을 만큼 이타적이고 헌신적인 사람이 아니다. 나는 그저 내 몸이 힘들면 짜증을 내고 어려운 일이 닥치면 두려움이 앞서는 평범한 사람일 뿐이다. 그런데도 내가 아이들을 끝까지 가르칠 수 있었던 유일한 이유는 내 아이를 잃어버렸기 때문이었다.

내가 아이들을 잘 가르칠 수 있었던 것은 어쩌면 하늘이 내게 준 보상일지도 모른다. 누군가를 가르치는 것은 결코 쉽지 않은 일이다. 아이들과 무용 연습을 하는 동안 나는 밤잠을 제대로 이루지 못하는 날이 많았다. 아이들이 난관에 봉착했을 때마다 어떻게 도와주어야 할지 몰라 고민했다. 열심히 자료를 찾고 책을 읽으며 그 속에서 해답을 찾으려고 애를 썼다. 내가 청소년 심리학을 공부하고 심리컨설턴트 자격시험에 도전한 것도 바로 그 때였다. 아이들을 잘 가르치기 위해서라면 무엇이든 할 수 있었다.

홍콩 공연이 끝난 후 나는 사람들 앞에서 결혼해서 아이를 낳고 싶다는 이야기를 하기 시작했다. 그것도 아들딸 쌍둥이로 말이다. 나는 그제야 그 말을 입에 올릴 용기가 생겼다. 그 전까지 나는 재혼 상대의 조건으로 아이를 원치 않아야 한다는 것을 1순위로 들었다. 내가 나쁜 엄마라고 생각했기 때문에 또다시 아이를 낳을 자신이 없었다.

충충을 잃은 후 몰려든 좌절감은 감히 내가 이겨낼 수 있는 것이 아니었다. 나는 내 아이를 지키지 못했다는 괴로움에 몸부림쳤다. 집이 무너지는 순간 충충을 보호하기 위해 시어머니 위로 엎드렸지만 충충을 잃고 말았다. 그 일은 내가 도저히 헤어날 수 없는 깊은 늪과 같았다. 말할 수 없이 부끄러웠다. 내 선택이 잘못되었다고 생각했고 나 자신을 믿을 수 없었다. 그때 나를 구한 것이 그 아이들이다. 그 아이들이 덕분에 나는 엄마의 마음으로 아이들을 가르치고 사랑할 수 있었고 내가 다른 아이들을 사랑할 수 있음을 깨달은 후에야 감히 다시 결혼해서 아이를 낳는 꿈을 꿀 수 있게 되었다. 내 잘못을 속죄하게 해준 그 아이들에게 고맙고 또 고맙다.

사랑은 아무리 주어도 없어지지 않는다. 오히려 베풀어야만 영원히 마르지 않는다.

— 랴오즈

Chapter 11

소리 내어 웃으라.
한 번도 상처 받지 않은 것처럼

지구 최후의 날이라고 해도 바보처럼 웃자

원촨 지진이 발생한 후 지금까지 나를 만난 많은 사람들이 너무도 낙천적인 내 모습을 의아해 했다. 그런데 내가 가장 힘들었을 때 절망을 떨쳐버릴 수 있는 유일한 방법은 바로 대책 없는 유머감각이었다.

처음 다리 절단 수술을 받은 것은 재해 지역의 허름한 천막 안에서였다. 장장 8시간에 걸친 대수술이 진행되는 동안 끔찍한 공포와 긴장감이 나를 휘감았다. 나는 마음을 진정시키기 위해 의사에게 계속 농담을 걸었다. 그런 분위기에서는 억지로라도 웃음을 짜내야 한다. 그렇게 해야 주의를 분산시켜 고통을 조금이라도 덜어낼 수 있다. 먼저 우스운 이야기로 분위기를 풀면 주위에 있던 사람들도 덩달아 기분이 좋아져 더 친근하게 대해주게 되고 그러면 긴장이 점점 사그라진다.

조금씩 경험이 쌓인 후에는 긴장되고 무서운 상황에서 유머로 분위기를 부드럽게 하는 방법을 터득하게 되었다. 처음 의족을 했을 때의 일이다. 화장실 변기 위로 넘어져 머리에 커다란 혹이 생겼다. 아파서 저절로 울음이 터질 정도였다. 실컷 울고 난 뒤 거울에 비친 내 얼굴을 보았다. 그런데 두 볼에 눈물자국이 어지럽게 나 있는 것을 보고 나도 모르게 피식 웃음이 터졌다. 나는 거울을 보며 혼잣말로 중얼거렸다.

"랴오즈, 네 모습을 좀 봐. 얼굴이 흉해졌잖아! 왜 이렇게 울었어! 사진으로 남겨둬야겠구나." 그러자 마음이 한결 가벼워졌다. 자조 섞인 원망에 아픔과 괴로움이 희석되었다.

내가 밖에서 넘어졌다는 것을 알고 엄마는 몹시 걱정했다. 그래서 나는 신이 난 표정으로 넘어질 때의 상황을 실감나게 재연해가며 엄마에게 들려주었다. 모르는 사람이 들으면 우스운 이야기를 하고 있는 줄 알았을 것이다.

"여행 가방을 끌고 가고 있는데 눈앞에 내리막길이 나타나지 뭐예요. 내가 가방을 끌고 가는 게 아니라 가방이 나를 밀고 내려가기 시작했어요. 가방에 밀려서 쿵쿵쿵 내려가는데 지나가는 사람들은 내가 왜 그러는 줄 모르니까 도와줘야 할지 말아야 할지 어리둥절해서……." 내가 배꼽을 쥐고 웃음을 터뜨리자 이야기를 듣고 있던 부모님도 따라서 웃었다. 한바탕 웃고 나자 넘어진 일도 대수롭지 않은 일이 되었다.

사실 이런 유머감각은 살아가는 데 반드시 필요하다. 끝나버린 나의 결혼도 그렇다. 부모님은 전 남편을 싫어한다. 그의 이름만 들어도 화를 내며 그가 내게 그렇게 해서는 안 되는 것이었다고 말한다. 하지만 나는 부모님이 남들 앞에서 전 남편의 험담을 하는 것은 싫다. 결과가 어떻게 되었든 우리는 서로 사랑했었다. 그를 형편없는 사람이라고 욕하는 것은 간접적으로 나를 부정하는 것이다. 나는 그가 나쁜 사람이라고 생각하지 않는다. 그에게도 좋은 점이 있었다. 그저 우리 두 사람이 서로 맞지 않았을 뿐이다. 나는 남들이 심각하게 생각하는 일들을 최대한 대수롭지 않게 웃어넘기며 주의를 다른 곳으로 돌렸다. 이토록 아름다운 인생을 고통 속에서 보내야 할 이유는 없으니까.

2009년 봄, 자선공연을 위해 사촌동생과 함께 고향으로 가고 있었다. 때마침 음력설이 끼어 교통체증이 심했기 때문에 더양에서 버스를 타고 멘주로 가기로 했다. 버스터미널에 버스를 기다리는 사람들이 포물선을 그리며 긴 줄을 서 있었다. 두세 시간은 기다려야 할 것 같았다. 세 시간 동안 서 있는 것은 그때의 내게 견디기 힘든 일이었다. 의족에 적응하고 있는 중이었기 때문에 길어야 한 시간 정도 서 있을 수 있었다. 사촌동생이 줄의 앞쪽에 서 있는 사람들에게 다가가 한 명 한 명 붙들고 내 상황을 설명하며 내가 먼저 탈 수 있도록 자리를 바꾸어줄 수 있는지 물었다. 하지만 모두들 기나긴 기다림에 지치고 짜증이 나 있었기 때문에 사촌동생과 싸움이 붙고 말았다.

나는 급하게 사촌동생을 불렀다. 사람들에게 둘러싸여서 구경거리가 되고 싶지 않았다. 사람들의 눈길이 일제히 내게로 쏠렸다. 무슨 심각한 일이라도 난 것 같은 그런 상황이 두려웠다. 나처럼 특수한 상황에 있는 사람들은 무엇을 얻어내려고 치열하게 싸울수록 오히려 사람들의 냉대를 받는다. 무례함을 좋아하는 사람은 없다. 아무리 자신의 권리를 지키기 위한 일이라도 조용하고 평화로운 방식으로 해야 한다. 억지로 타인에게 도움을 강요해서는 안 된다. 화가 난 사촌동생을 겨우 달래며 줄을 기다리기로 했다. 잠시 후 나는 사촌동생에게 카메라를 건넸다.

"우리 사진이나 찍자!"

내가 카메라 앞에서 우스꽝스러운 표정을 짓자 사촌동생이 웃음을 터뜨렸다. 우리 둘은 서로 사진을 찍어주고 깔깔 웃으며 지루함을 달랬다. 세 시간 동안 꼼짝없이 줄을 서서 기다려야 했지만 웃고 떠들며 보내는 시간은 그렇게 힘들지 않았다. 기다리기 싫어도 다른 방법이 없다면 원망하고 짜증내는 것보다는 재미있는 일을 하는 것이 좋다. 그러면 시간이 훨씬 빨리 지나갈 것이다. 우리의 웃음소리에 옆에 있던 사람들에게도 유쾌함이 전염되었다.

"포커 가진 사람 없어요? 심심한데 카드나 칩시다." 누군가 외치는 소리가 들리고 어떤 사람은 그 자리에서 선 채로 노래를 부르기 시작했다. 짜증보다 즐거움이 사람의 마음을 끄는 것은 분명한 사실이다. 똑같은 일이라도 해결방법은 여러 가지가 있다.

병원에 입원해 있을 때도 마찬가지였다. 나는 하루 종일 텔레비전을 보며 심심하게 시간을 보내지 않았다. 그 대신 다른 병실에 가서 사람들을 사귀며 병실 분위기를 화기애애하게 만들었다. 혼자 노는 것보다 여러 사람이 함께 노는 것이 몇 배는 더 즐겁다. 혼자서는 즐거울 수 있는 방법을 한 가지밖에 생각해낼 수 없지만 여러 사람이 있으면 기발한 방법들을 다양하게 생각해낼 수 있기 때문이다. 그래서 나는 여러 사람이 어울려 다함께 즐길 수 있는 놀이를 만드는 것을 좋아한다.

홍콩에서 공연을 할 때《춤》이라는 제목의 프로그램이 있었다. 내가 남자 대학생 네 명과 함께 북을 들고 춤을 추는 프로그램이었다. 공연시간은 오후 6, 7시였지만 우리는 새벽 6시에 공연장으로 출발했다. 중간에 열 시간 넘게 기다려야 했다. 그러나 나는 이미 기다리는 일에 익숙해져 있었다. 공연을 기다리는 동안 나는 쉬지 않고 사진을 찍는다. 매번 공연 때마다 공연 시간을 기다리면서 사진을 찍는 것이 내게는 커다란 낙이다. 인생을 일분일초도 헛되게 보내지 않고 행복하게 보내고 싶기 때문이다. 외롭고 우울하게 시간을 보내느니 신나는 음악을 듣거나 사진을 찍는 것이 훨씬 행복하게 살 수 있는 방법이다.

나와 대학생들은 대기실에서 하염없이 기다렸다. 처음 두 시간은 그런대로 괜찮았지만 우두커니 앉아서 기다리다보니 지치고 짜증이 나기 시작했다. 더구나 남자들은 지루함을 견디기가 더 힘든 법이

다. 어떻게 하면 분위기를 바꿀 수 있을까? 말없이 조용하게 있던 나는 갑자기 좋은 생각이 떠오른 듯 무릎을 치며 말했다.

"우리 놀자! 소꿉놀이 할까? 남자들이라 소꿉놀이는 안 해봤지?" 학생들의 반응은 시큰둥했다.

"안 해 봤어요. 재미도 없잖아요."

"소꿉놀이는 역할놀이야. 연극하듯이 각자 맡은 역할을 즐기는 거야." 학생들이 어리둥절한 표정을 지었다.

"무슨 역할을 해요?"

"검은 옷을 입었으니까 조직폭력배가 어때?"

그렇게 해서 우리는 대기실에 있는 물건들을 가지고 놀기 시작했다. 의자를 우리가 원하는 모양으로 배치해놓고 아무도 쓰지 않는 고장 난 전화기의 수화기를 휴대폰으로 삼아 여러 가지 포즈를 취하며 우리끼리 사진을 찍다가 나중에는 홍콩 공연 스태프에게도 사진을 찍어달라고 했다. 우리와 마찬가지로 기다림에 지루해 하고 있던 스태프는 사진을 찍어주다가 처음 보는 우리들과 금세 어울려 함께 놀기 시작했다. 우리는 여러 가지 포즈를 취하며 사진을 찍었다. 내가 여두목처럼 남학생들의 어깨 위로 올라가 도도한 표정을 짓기도 하고 우리 모두 도마뱀처럼 벽을 기어오르는 시늉을 하며 사진을 찍기도 했다.

우리는 또 죽은 듯이 바닥에 한참 동안 누워 있었다. 터져 나오려는 웃음을 참으며 다 같이 나란히 바닥에 누워 꼼짝도 하지 않았다. 때마침 다른 스태프가 "준비 다 됐나요?"라고 외치며 대기실 문을 열고 들어오다가 우리를 보고 당황해서 그 자리에서 얼어붙었다. 우리는 5분 동안 꼼짝도 하지 않고 눈을 감은 채 누워 있었다. 스태프가 다급한 목소리로 무슨 일이냐고 물었지만 우리는 눈을 감고 누운 채 아무런 반응도 하지 않았다. 5분 후 누군가 "시간 됐다!"라고 말하자 모두들 눈을 번쩍 뜨고 일어나 깔깔대고 웃었다. 적막했던 대기실에 웃음소리가 가득 찼다. 나는 이런 것을 좋아한다. 즐겁게 웃으며 놀 때는 행복하다고 느끼기 때문이다. 그날 우리는 하루 종일 대기해야 했음에도 시간이 그리 길게 느껴지지 않았고 함께 장난을 치면서 서로 더 가까워져 공연을 할 때에도 호흡이 잘 맞았다.

나는 요즘도 이런 놀이를 즐긴다. 불필요한 감정에 시간을 헛되이 보내고 싶지 않기 때문이다. 날마다 대단한 일을 하지 않아도 내 곁에 친구들이 함께 있을 수 있고, 함께 행복할 수 있다면 나는 그것으로 만족한다.

굴복하지 말고 자만하지 말라

지진 이후 내 생활에 커다란 변화가 생겼다. 그 중에는 좋은 것도 있지만 나를 난감하게 만든 것들도 있다. 무용 공연이나 텔레비전 프로그램에 초청받아 출연할 때마다 분장실에 워낙 유명한 사람들이 많아서 나는 제일 눈에 띄지 않는 출연자였다. 그래서 화장이나 의상을 담당한 스태프들이 내게는 별로 신경을 안 쓰고 대충 끝내기 일쑤였다. 심지어 스태프가 내게 화장을 해주던 도중에 진행자부터 먼저 화장을 해주고 오겠다며 가버리는 경우도 있었다. 그러면 나는 그 자리에 덩그러니 앉은 채 기다려야 했다. 처음에는 억울하기도 하고 자괴감도 들었지만 그런 일들을 수없이 겪으면서 오히려 마음이 편해졌다.

나의 가치가 겉으로 보이는 화려함에 있지 않다는 것을 알았기 때문이다. 스타들은 아름다움을 타고났으므로 외면의 아름다움을 보여주는 것이 당연하다. 하지만 나의 자신감은 외모나 남들의 평가가 아니라 나 자신에 대한 인식에서 나온다. 나는 내가 누구인지 알고 있기 때문에 화려한 의상과 공들인 화장으로 나를 드러낼 필요가 없다. 자신감이 있기 때문에 아무도 입지 않으려는 옷을 입어도 내게서 빛이 난다고 믿는다.

나는 차츰 대범하게 인생을 사는 법을 터득했다. 남들이 나를 어떻게 대하든 나는 언제나 예의를 갖추고 상대를 대한다. 가끔 강한 우월감을 풍기는 기자들을 만날 때가 있다. 그들은 나를 취재하고 나에 대한 기사를 실어주는 것이 마치 커다란 은혜라도 되는 양 나를 내려다본다. 그러면 나는 예의바른 말투로 이렇게 말한다.

"저를 불러주셔서 고맙습니다. 만약 제가 취재에 응한다면 기자님과 좋은 친구가 될 수 있을 거라고 생각하기 때문일 거예요. 저는 기자님을 존중하고 기자님의 일을 지지해요. 제가 기자님이 없이는 매스컴에 나갈 수 없는 사람이라고 생각하신다면 큰 오산이에요. 어쩌면 저는 기자님이 찾는 사람이 아닐 수도 있고요. 저를 존중하지 않으신다면 저는 굳이 취재에 응할 필요가 없어요. 매스컴에 출연하고 싶은 욕심이 없으니까요. 무욕즉강(無欲則剛)이라는 말을 아세요? 욕심이 없으면 강하다는 뜻이죠. 꼭 매스컴에 출연해야만 제게서 빛이 나고 계속 살아갈 수 있는 건 아니에요. 저는 기자님께 바라는 게

없답니다.” 보통은 내가 이렇게 말하면 상대가 태도를 누그러뜨리면서 미안하다고 사과한다. 그러면 나도 사과를 한다.

“너무 직설적으로 말해서 미안합니다. 하지만 이렇게 말하지 않으면 좋은 프로그램이 될 수 없어요. 기자님은 사실이 아니라 기자님 개인의 생각에 따라 프로그램을 만들 테니까요. 이렇게 터놓고 얘기를 하는 것이 서로에게 좋을 거예요.”

뜬구름 같은 명성이든 근사한 화장이든 나는 아무 관심도 없다. 대신 내가 추구하는 것은 다른 데 있다. 나는 무대를 존중한다. 내게 무대에서 진심이 아닌 이야기를 하라고 한다면 절대로 타협하지 않을 것이다. 예전에 여러 매체에서 나와 함께 도움이 필요한 사람들을 찾아가 취재하고 싶다고 했다. 하지만 그들은 사진만 몇 장 찍고 “힘내세요. 파이팅!” 같은 입에 발린 격려의 말만 몇 마디 던져놓고는 휙 떠날 것이 뻔했다. 나는 그런 일은 절대로 하지 않는다. 그것은 원칙상의 문제이고 또 한 사람의 인격이 달려 있기 때문이다. 의상, 화장 같은 것들은 모두 겉으로 보이는 것이므로 타협할 수 있지만 원칙적인 문제에 관한 한 절대로 타협할 수 없다. 만약 타협한다면 나는 더 이상 내가 아닌 것이다.

댄스 대결 프로그램인《내 인생을 춤추다》에 출연했을 때 나의 파트너는 유명한 영화배우 양즈강이었다. 파트너가 정해지자 주변 사람들이 그에게 잘 보이라고 내게 충고했다. 그에게 잘 보이지 않으면 대결에서 떨어져 더 이상 방송 출연을 할 수 없을 것이라고 했다.

하지만 나는 방송 출연을 할 수 없어도 상관없었다. 내가 왜 그에게 잘 보이려고 애써야 할까? 만약 내가 그와 우정을 쌓으려 한다면 어떤 목적을 가진 위선적인 행동이 아니라 진심에서 우러난 행동일 것이다. 방송에 출연하지 않아도 내 삶에는 아무런 변화가 없다. 그저 평소의 생활로 돌아가면 그만일 뿐이다.

한 번은 어떤 배우가 내게 물었다. “랴오즈, 왜 남들처럼 감독이나 스타들에게 잘 보이려고 하지 않나요?” 나는 이렇게 대답했다. “나도 사람들이 나를 좋아해주길 바래요. 하지만 허상이 아니라 나의 진정한 모습을 좋아해주길 바라죠. 진정한 랴오즈가 사람들에게 인정받지 못한다고 해도 억지로 나를 바꾸지는 않을 거예요.” 이것이 내 생각이다. 모든 사람이 나를 좋아해주길 바라지만 그들이 좋아하는 것이 진정한 나의 모습이었으면 좋겠다. 나를 좋아하는 사람들이 오랜 시간이 흐른 후 문득 속았다고 느끼지 않고 나를 좋아한 것을 자랑스러워 할 수 있기를 바란다. 친구를 사귈 때도 마찬가지다. 한 번 친구가 되었다면 평생토록 변치 않아야 한다. 이것은 모든 일을 대하는 나의 생각이기도 하다.

남들 눈에 내가 약자인 것은 신경 쓰지 않는다. 남들에게 무시당했다고 해서 내가 쓸모없는 사람이 되는 것은 아니다. 나는 이제 용감하게 남들 앞에 서서 당당하게 나를 바라보는 법을 터득했다. 나는 그저 랴오즈일 뿐이다. 남들이 나를 어떻게 바라보든 달라지지 않는다.

세상에 약한 모습을 보이는 것을 두려워하지 마라

약해지는 법도 지진을 통해 배운 것 중 하나다. 지진 후 나는 가진 것이 하나도 없었고 아기처럼 침대에 누운 채 아무 것도 할 수 없었다. 그 시간들은 나를 혹독하게 시험했다. 그 시간을 견뎌내지 못했다면 나는 정말로 무너져버렸을 것이다. 아무 것도 할 수 없으므로 초조해지고 폐인이 된 기분이었다. 자아를 의심하고 부정할 뻔 했다. 누구나 그런 감정의 슬럼프를 겪는지는 모르겠지만 그때가 바로 인간이 처할 수 있는 최악의 상태라고 해도 과언이 아니다. 자신이 아무 것도 할 수 없고 이 세상에서 그 어떤 가치도 가질 수 없음을 알게 되는 것은 끔찍한 경험이다. 그러나 그 시기는 내게 인내심을 기르는 기회가 되었다. 자신을 사랑하기 위해서는 더 많은 인내심이 필요하다는 것을 깨달았다. 병원에 있을 때 나는 세상 누구보다도 나약했다. 먹는 것, 입는 것, 기본적인 생리현상까지도 모두 누군가의 도움을 받아야 했다.

날마다 나 자신에게 말했다. "랴오즈, 조급해 하지 말고 회복하는데 집중해. 우선 몸을 추스르는 게 제일 중요해. 주변 사람들을 향해 미소를 지어. 너는 가치 없는 존재가 아니야. 남들에게 행복을 줄 수 있어. 너는 그런 능력을 가졌으니까 사람들을 즐겁게 해줄 수 있어." 그래서 날마다 즐겁게 지내려고 애썼다. 주변 사람들에게 항상 웃는 얼굴을 보여주고 친구들을 사귀었다. 내가 할 수 있는 일이 그것밖에 없었기 때문이다. 그것은 최악의 슬럼프에 빠져 있는 내가 유일하게 할 수 있는 일이자 다시 일어설 수 있는 기회였다.

역설적이지만 극도로 약해졌을 때는 힘을 가장 쉽게 비축할 수 있는 때이기도 하다. 가장 밑바닥까지 추락했기 때문에 더 이상 내려갈 곳이 없다. 그러므로 무슨 일을 하든 성장의 발판이 될 수 있다. 이 사실을 깨달은 후 나는 마음을 차분하게 가라앉힐 수 있었다. 두려울 게 없었다. 더 이상 나빠질 것도 없고 잃을 것도 없으니 두려울 것도 없었다. 내겐 정말로 아무 것도 없었으니까.

사람들에게 예쁘다고 칭찬을 받은 후 외모에 특별히 신경 쓰기 시작했다. 몸이 온전하지 못할 때는 억지로라도 꾸며야 할 것 같았다. 그래야 남들이 나를 더 좋아해줄 테니까 말이다. 나 자신을 비굴할 정도로 낮추었다. 내가 가진 모든 것을 이용해 나의 가치를 드러내고 싶었다. 나는 마치 두 사람이 된 듯 했다. 겉으로 보이는 나와 그 뒤에 숨겨진 또 다른 나는 완전히 달랐다. 나는 남몰래 힘을 비축했다. 내가 가진 장점을 이용해 할 수 있는 일을 찾고 내가 가진 단점은 보완하기 위해 노력했다. 나의 겉모습 뒤에 꽁꽁 숨어서 나 자신과 이 세상을 묵묵히 관찰했다.

나는 누가 봐도 약한 존재였다. 하지만 약함이 꼭 나쁜 일만은 아니다. 온 세상이 혼란스러워도 제일 약한 사람은 혼란스럽지 않을 수 있다. 예를 들어 불이 나서 온 가족이 놀라서 이리저리 뛰어다녀도 갓난아기는 아무 것도 모른 채 엄마 품에 안겨 있다. 아기는 제일 먼저 보호받아야 할 존재다. 약하기 때문에 제일 먼저 구조되어 안전한 곳으로 옮겨진다.

아주 많은 문제와 시련, 도전이 내게 찾아왔다. 사람들이 나를 찾아와 "랴오즈, 자선기금회를 설립하세요.", "우리 매니지먼트사와 계약합시다.", "연예계로 진출하세요.", "분홍리본을 달고 유방암 퇴치운동 홍보영상을 찍어요." 등등 수많은 선택지를 내밀었다. 또 다른 내가 뒤에 숨어서 나를 지켜보지 않았다면 혼란 속에서 흔들렸을 것이다.

하지만 나는 분명히 알고 있었다. 그들 모두 목적이 있었다. 그들이 왜 그런 일을 하려는 것인지 그들의 목적을 훤히 알 수 있었다. 나는 파격적인 조건을 내건 매니지먼트사와의 계약을 거절했다. 세상에 공짜는 없다는 것을 잘 알고 있었기 때문이다. 다른 사람이었다면 아마 수많은 유혹에 흔들렸을 것이다. 심지어 아버지도 그랬다. 아버지는 돈을 많이 준다는데 왜 계약을 거절하느냐며 나를 말리기도 했다. 그런데 사기를 당하는 사람들은 남의 것을 탐하는 마음이 있기 때문에 사기꾼의 감언이설에 넘어간다는 사실을 잊어서는 안 된다. 남의 것을 욕심내지 않는 사람들은 남에게 속지 않는다.

가장 나약할 때는 사람의 진정한 마음을 들여다볼 수도 있다. 사람의 재력, 능력 등은 겉으로 보이기 때문에 이성적으로 판단할 수 있지만 사람의 마음은 누구도 들여다볼 수 없다. 극도로 약해져야만 겉으로 보이는 모습을 넘어 상대의 본질과 진정한 동기를 볼 수 있

다. 한마디로 나약함은 자신을 지켜주는 방어막이다. 내가 나약함이 자신을 지키는 방패라고 입버릇처럼 말하는 것도 바로 이 때문이다. "내 몸 하나도 감당하지 못하는데 무슨 일을 할 수 있겠어요."라는 말 한 마디는 상대의 제안을 거절할 수 있는 효과적인 핑계거리다. 그렇게 나는 나약함을 무기로 이 세상의 모든 유혹과 위험을 막아내고 평정심을 유지했다.

야안 지진 때 구호활동을 끝내고 돌아온 뒤 수많은 매스컴에 나에 대한 기사가 실렸고 그 후《내 인생을 춤추다》에 출연하면서 나를 아는 사람들이 많아졌다. 주위 사람들이 나를 대하는 태도도 달라졌다. "랴오즈 선생님"이라고 부르던 사람들이 점점 "랴오즈"라고 편하게 부르며 친구처럼 자연스럽게 대했고, 나와 안 좋은 일이 있었던 사람들은 혹시 내가 예전 일을 마음에 담아두고 있는지 걱정했다. 하지만 나는 아무 것도 달라진 것이 없었다. 스태프들도 내게 화장을 해주면서 화장법에 대해 내 의견을 묻고 의상을 고를 때도 두 벌을 가져와 그 중에 마음에 드는 것을 고르게 했지만 그럴 때마다 나는 아무래도 상관없으니 예전 그대로 해달라고 했다.

이것이 나약함의 좋은 점이다. 거센 바람이 휘몰아치는 곳에서도 나는 언제나 가장 약한 위치로 물러서서 나를 지켰다. 사람들이 내게 아무런 위협을 느끼지 못하니까 가능한 일이었다. 지금도 나는 시골아가씨였던 예전 모습 그대로 사람들 앞에 선다. 사람들이 나를 어떻게 바라보든 개의치 않는다. 내가 얼마나 부자가 되고 얼마나 이름을 날리게 될지 생각해 본 적이 없다. 내게 가장 중요한 것은 흔들림 없이 차분한 마음을 유지하는 것이다. 자신의 주인은 언제나 자신이다. 명리에 너무 연연하다가는 진정한 자아를 잃게 된다. 남들이 강인한 모습에 찬사를 보내고 우상이자 본보기로 삼는다고 해서 정말로 자신이 남들의 우상이라고 생각한다면 그보다 더 위험한 일은 없다. 오래 가지 않아 실망하고 좌절할 것이다. 사람들의 칭찬은 순간적일 뿐 오래 지속되지 않기 때문이다.

나의 나약함은 스스로 나 자신을 다잡도록 만드는 경고이기도 하다. 나는 내 깜냥과 부족함을 누구보다 잘 알고 있다. 높은 건물을 지으려 해도 내가 가진 벽돌이 몇 개 되지 않기 때문에 내가 지을 수 있는 건물의 높이에는 한계가 있다. 더 높이 지으려 하면 건물이 와르르 무너진다. 앞으로 나의 경험과 마음가짐이 어느 정도에 쌓이고 나면 그때는 지금보다 더 높은 건물을 지을 수 있을 것이다. 쉽게 무너지지 않을 것이고 설사 무너진다 해도 나는 당황하거나 좌절하지 않을 것이다. 다시 지으면 된다는 것을 알고 있기 때문이다. 약한 모습을 남들에게 보여줄 수 있어야 강해질 수 있다. 약한 모습을 보여줄 수 없다면 강해질 수 없다. 약한 모습을 보여줄 수 없다면 내면이 텅 빈 위선과 허세일 뿐이다.

누군가는 내게 많은 것을 잃고 또 많은 것을 얻었는데 어떻게 지금의 자신감을 지킬 수 있느냐고 물었다. 나의 대답은 이렇다. 수많은 일을 겪었지만 나는 지금도 슬플 때는 눈물을 흘리고 즐거울 때는 어린아이처럼 입을 크게 벌리고 웃으며 화가 나면 소리를 지른다고. 아무리 강하고 대단해 보이는 사람도 어차피 한 인간일 뿐이다. 자신감은 바깥세상의 소리와 아무 관계도 없다. 솔직하고 진실한 마음을 가지고 남에게 정직하게 대하며 자신의 단점은 인정하고 자신의 장점을 돋보이게 하는 것, 그것이 바로 자신감이다.

사랑은 함께 있는 것이다

2012년 여름의 가장 더웠던 어느 날 한 친구가 나를 찾아왔다. 그 친구는 내게 폐암 말기로 투병하고 있는 친구가 있다며 그녀 곁에 있어줄 수 있는지 물었고 나는 망설임 없이 따라 나섰다.

뤄민을 처음 보았을 때 나는 깜짝 놀랐다. 한 아이의 엄마인 그녀가 내 예상보다 훨씬 예뻤기 때문이다. 뤄민은 중병을 앓고 있는 환자라고는 느낄 수 없을 만큼 예뻤다. 나와 뤄민은 처음 만나는 사이였고 뤄민의 가족들이 나를 모르기 때문에 내가 병문안을 갔을 때 분위기가 무척 어색했다. 나도 내가 어떤 자격으로 그곳에 있는지 알 수 없었다. 여러 번 병문안을 갔지만 그때마다 뤄민은 몸 상태가 좋지 않았다. 뤄민은 폐암 말기였으므로 기운이 하나도 없고 말소리도 아주 작았다. 나는 병문안을 그만둘까 생각하기도 했다. 뤄민에게 내가 별로 필요하지 않은 것 같았다. 내가 병실에 찾아가도 뤄민은 그다지 반기지 않았고 필요한 것이 있으면 모두 가족들에게 부탁했다. 그런데 왠지 알 수 없는 힘 같은 것이 나를 이끌어 나도 모르게 시간이 날 때마다 뤄민을 찾아가곤 했다.

나는 나와 같은 교회에 다니는 사람들에게 뤄민의 이야기를 해주며 그녀를 위해 기도해달라고 부탁했다. 뤄민이 하나님의 보살핌을 받을 수 있기를, 내가 뤄민을 행복하게 해줄 수 있기를 간절히 바랐다. 뤄민에게 필요한 것은 격려가 아니었다. 그녀는 아주 강하고 자기 운명을 원망하지 않았으며 통증이 찾아와도 신음소리 한 번 내지 않고 꿋꿋이 견뎌냈다. 뤄민은 하루 종일 덤덤한 표정으로 병상에 앉아 있기만 했다. 그녀가 무슨 생각을 하고 있는지 나는 전혀 짐작할 수 없었다. 어느 날 뤄민의 병상 옆에 앉아 있다가 내가 물었다.

"내가 다니는 교회 사람들에게 네 이야기를 했는데 그날 예배가 끝나고 모두들 너를 위해 기도했어."

뤄민이 대답했다.

"그래? 고마워. 나도 교회에 가보고 싶다."

뤄민의 말에 용기를 얻어 물었다.

"네가 괜찮다면 사람들을 이리로 데려올게. 너한테 방해가 되지만 않는다면."

"괜찮아. 나도 만나고 싶어."

일요일에 교회 사람들과 함께 뤄민을 찾아갔다. 사람들이 뤄민의 병상 앞에 서서 흥겨운 찬송가를 불러주자 뤄민의 얼굴에 화사한 미

소가 떠올랐다. 드디어 내게도 뤄민과 공유할 수 있는 것이 생겼다. 가끔 병문안 온 친구들이 뤄민에게 강해지라며 격려하기도 했는데 그런 말을 들을 때마다 뤄민의 기분이 별로 좋지 않다는 것을 느낄 수 있었다. 내가 뤄민의 친구들에게 말했다.

"뤄민은 이미 아주 강해요. 내가 보고 또 만나 본 사람들 중 제일 강인한 여자예요."

친구들도 고개를 끄덕거리며 동의했다.

"뤄민을 보러 와주셔서 고마워요."

뤄민의 친구들이 의아한 표정으로 내게 물었다.

"그런데 누구시죠?"

"뤄민의 친구예요. 알게 된 지 얼마 되지 않았지만 지금은 제일 가까운 친구죠. 뤄민의 오랜 친구들도 지금은 뤄민의 마음을 잘 모를 거예요. 친구들이 뤄민을 즐겁게 해주세요."

뤄민에게 병문안하러 온 사람들은 제대로 앉지도 않고 병상 앞에 서서 몇 마디 안부를 건네고는 더 이상 뭐라고 해야 할지 몰라 서성이다가 돌아가곤 했다. 하루 종일 뤄민의 곁을 지키며 화장실에 데려가고 밥 먹는 것을 도와주는 사람은 오직 나뿐이었다. 실은 나도 할 수 있는 말이 별로 없었다. 뤄민이 항상 피곤해하고 기운이 없었기 때문이다. 하지만 나는 뤄민의 곁을 계속 지켰다. 뤄민이 잠들 때까지 책을 읽어주거나 노래를 줄러주거나 우스운 이야기를 들려주기도 했다. 우스운 이야기를 해주어도 뤄민은 언제나 지치고 무표정한 얼굴이었지만 그래도 나는 그녀 곁을 떠나지 않았다.

뤄민이 마음의 문을 열지 않았기 때문에 그녀가 무슨 생각을 하는지 알 수 없었다. 나는 그저 조심스럽게 병상 옆에 앉아 있기만 했다. 예전에 기독교 신도들이 내게 그랬던 것처럼 말이다. 나는 뤄민에게 예쁘다고 칭찬하고 내가 그녀에게 감동받은 점들을 이야기해주었다. 뤄민은 날마다 내게 "오늘은 조금 좋아진 것 같아."라고 말했지만 그녀의 배는 여전히 불룩하게 부풀어 있었다. 그녀가 견디기 힘든 고통을 이야기할 때면 나는 내게 이야기를 해주어 고맙다고 말했다.

"고통스러운 감정을 내게 이야기해줘서 고마워. 입 밖으로 내어 이야기하면 고통의 크기가 훨씬 작아져서 별 것 아닌 것처럼 느껴질 거야."

뤄민은 내 앞에서 두 번 눈물을 흘렸다. 하지만 괴로움의 눈물이 아니라 감동의 눈물이었다. 내가 유일하게 눈물을 흘렸던 것은 샤먼(厦門)으로 출장을 갔다가 돌아왔을 때였다. 일주일의 출장 기간 동안 나는 뤄민이 걱정되어 문자메시지를 보내 안부를 물었다. 출장에서 돌아와 제일 먼저 향한 곳도 뤄민의 병원이었다. 엄마는 집에 와서 가방을 놓고 옷도 갈아입고 가라고 했지만 엄마 말을 들을 여유가 없었다. 뤄민을 보자마자 나는 안도의 한숨을 내쉬며 기뻐했다. 샤먼에서 사온 기념품을 뤄민에게 주며 말했다.

"아주 오랜만에 만나는 거 같아." 뤄민의 눈시울이 붉어졌다.

"나도 그래."

뤄민의 말에 나는 와락 눈물을 쏟았다. 뤄민도 내게 애틋함을 느끼고 있다는 것을 알았다. 그날 우리는 부둥켜안고 한참을 울었다. 나는 말했다.

"미안해. 다시는 오랫동안 멀리 가지 않을게. 네가 나를 필요로 할 때 언제라도 찾아올게."

그날부터 우리 사이가 성큼 가까워졌다. 뤄민은 세례를 받고 싶다고 했다. 정식으로 하느님의 딸이 되기로 결심한 것이다. 그 말이 나를 감동시켰다. 사실 뤄민이 먼저 그런 말을 할 줄은 예상하지 못했다. 나는 뤄민에게 성경을 읽어준 적도 없고 교회 이야기를 많이 하지도 않았다. 성경의 구절을 읽어주려 할 때마다 몇 줄 읽지 못하고 뤄민이 통증에 지쳐 잠이 들었기 때문이다. 그런데 뤄민이 먼저 세례를 받겠다고 하다니! 뤄민은 자신의 모든 죄를 이 세상에 털어버리고 새로운 사람이 되어 천국으로 가고 싶다고 했다. 나는 망설임 없이 대답했다.

"그래. 세례를 받게 해줄게."

그 후 3주 동안 매주 교회에 이야기를 했지만 목사님이 타지에 나가 있어서 세례를 받을 수가 없었다. 마침내 3주째 되던 일요일에 목사님을 찾아가 당장 뤄민에게 가서 세례를 해달라고 부탁했지만 목사님은 아직 준비를 못했다면서 다음 주 일요일에 가자고 했다. 나는 하는 수 없이 교회 사람들과 함께 뤄민을 찾아가 다음 주 일요일에 세례를 받을 수 있을 것이라고 말했다. 기뻐하는 뤄민의 눈동자가 반짝였다. 그런데 바로 다음 날인 월요일 점심 무렵 뤄민이 숨을 거두었다. 1시가 조금 넘었을 때 집에 있는데 뤄민을 내게 소개해주었던 친구로부터 전화가 걸려왔다. 뤄민이 떠났다는 것이었다. 나는 전화를 끊지도 못하고 그 자리에 엎드려 엉엉 울었다. 뤄민에게 뭐가 먹고 싶은지 뭘 보고 싶은지 물어볼 때마다 뤄민은 다 싫다고 했었다. 뤄민이 유일하게 내게 세 번이나 했던 부탁이 바로 세례를 받고 싶다는 것이었다. 뤄민의 부탁을 들어주지 못했다는 죄책감에 견딜 수가 없었다.

나는 울면서 목사님에게 문자메시지를 보냈다. '뤄민이 떠났어요. 세례도 받지 못했는데. 미안해서 어떻게 해요.' 목사님에게 곧바로 답장이 왔다. '세례를 받았어요! 오늘 아침에 병원에 가서 세례를 해주었어요.' 뤄민이 세례를 받았다니! 알고 보니 목사님이 원래는 오전에 다른 일이 있어서 병원에 갈 수 없었는데 그날 아침에 목사님 부부가 갑자기 "오늘 병원에 갑시다. 뤄민을 더 이상 기다리게 할 수 없어요."라고 동시에 말을 꺼냈다는 것이다. 목사님 부부는 다른 신도 부부와 함께 병원으로 찾아가 그날 아침에 뤄민에게 세례를 해주었다.

목사님이 세례를 마친 후 뤄민의 상태가 위급해져서 의사들이 응급조치를 했고 목사님이 병원을 떠날 때는 뤄민의 상태가 안정되었기 때문에 갑자기 숨을 거둘 줄은 몰랐다고 했다. 그 이야기를 듣는 순간 제일 먼저 하느님께 감사했다. 그 모든 것이 하나님의 뜻이 아니면 불가능했을 것이다. 뤄민이 가장 큰 소원을 이루고 떠났다는 사실을 알고 난 뒤 나의 자책감과 괴로움도 사라졌다. 뤄민이 더 좋은 곳으로 갔음을 확신했기 때문이다. 뤄민이 떠나고 일주일 후 어느 날 저녁 우연히 노래를 들었다. 저우쉰(周迅)의 〈너울거리다〉라는 노래였다. 저우쉰의 허스키한 목소리에 문득 뤄민이 떠올랐다. 나는 그날 저녁 내내 창가에 앉아 그 노래를 들으며 뤄민을 그리워했다. 창밖의 하늘을 올려다보며 뤄민에게 이야기했다.

"뤄민, 천국에 도착했겠지? 그곳은 여기보다 훨씬 좋은 세상일 거야. 너도 지금 내 생각을 하고 있구나. 그러니까 내가 널 그리워하고 있는 거야. 누군가를 그리워하면 그 마음이 그 사람에게도 전달된다고 믿어. 너의 영혼은 이 세상을 떠났겠지만 나를 기억해줘서 고마워. 오늘 밤 나를 생각해줘서 고마워." 그날 밤 나는 많은 생각을 했다. 머릿속이 온통 뤄민의 모습으로 가득 찼다. 뤄민과의 우정은 그렇게 끝이 났다.

그 일을 겪으며 나는 '함께 있는 것'의 의미를 생각하게 되었다. 사랑은 무엇일까? 사랑은 오래 참고, 온유하며, 시기하지 않고, 자랑하지 않고, 교만하지도 않으며, 무례히 행하지 않는 것이다. 사랑은 자기의 이익을 구하지 않고, 성내지 않으며, 악한 것을 생각지 않는 것이다. 사랑은 불의를 행하지 않고 진리와 함께 기뻐하는 것이다. 또 사랑은 모든 것을 참고, 모든 것을 믿으며, 모든 것을 바라고,

모든 것을 견디며, 영원히 떨어지지 않는다. 내가 생각하는 사랑은 같이 있는 것이다. 내가 뤄민의 곁에 있는 동안 뤄민은 누군가 곁에 있음을 느꼈을 것이다. 온 세상이 그녀를 오해하고 온 세상이 그녀에게 강해지라고 말할 때 나는 그녀는 이미 강하다고 말해주었다. 그녀를 대신해 그녀를 존중하고, 그녀를 대신해 그녀는 천사처럼 사랑스럽다고 말해주었으며, 그녀를 대신해 그녀를 있는 그대로 인정해주었다. 그렇게 함으로써 뤄민에게 혼자가 아님을 느끼게 해주었다. 나는 함께 있어주는 것, 그것이 바로 사랑이라고 생각한다.

예전에는 나는 '강인함'이라는 말을 싫어하지 않았다. 그런데 만약 혼자만의 노력으로 강해져야 한다면 진정한 강인함은 훌륭한 미덕이 아니라 끔찍한 비극이다. 나는 사람들에게 이렇게 묻곤 한다. "사람은 사랑 때문에 강해지는 걸까요, 강하기 때문에 사랑을 알게 되는 걸까요?"

따뜻한 사람이 곁에 있어주지 않고 한 번도 존중받지 못한 사람은 아무리 바위처럼 강하다고 해도 그의 인생은 암담할 뿐이다. 홀로 문을 걸어 잠그고 절망 속에서 하루하루를 보내는 것과 같다. 반대로 충만한 사랑을 받은 사람은 일시적으로 약해졌다고 해도 어떻게 해야 강해질 수 있는지 배우게 된다.

그러므로 강인함이 훌륭한 미덕이기는 하지만 그 힘이 사랑이라는 빗물을 흠뻑 받고 성장하지 못하면 그것은 강인함이 아니라 파괴적이고 극단적인 인격이 된다. 나는 극단적인 나약함을 벗어나 점점 밝고 넓은 길로 들어섰다. 그 경험으로 이 세상에서 가장 필요한 것은 강인함이 아니라 영원히 마르지 않는 사랑과 희망임을 깨달았다.

— 랴오즈

나의 부족함으로 인해 사람들이 소중함을 알게 된다면 부족함도 행복이고
나의 나약함으로 인해 사람들이 감사함을 알게 된다면 나약함도 행복이다.
나의 슬픔으로 인해 사람들이 온유해진다면 슬픔도 행복이고
나의 상처로 인해 사람들이 용서를 알게 된다면 상처도 행복이다.

내게 이 모든 아름다움을 경험하게 해주신 하나님께 진심으로 감사드린다.

3

우리 생명은 작은 씨앗과 같다. 처음에는 작고 메마르고 보잘 것 없다. 하지만 하나님이 작은 씨앗을 비옥한 땅에 심고 사랑으로 기르면 사람들은 어느 날 문득 길 위에서 씨앗이 자라서 싹을 틔운 것을 발견하게 된다. 그러나 반드시 기억해야 하는 것이 있다. 사람은 혼자 강해지는 것이 아니라 하나님의 손에 길러져서 꽃을 피운다는 사실이다. 사람이 성숙해지면 마음이 점점 넓고 너그러워져서 무엇이든 다 받아들일 수 있게 된다. 그런데 그것은 반대로 버리고 잘라내는 과정이기도 하다. 자신에게 가장 중요한 것이 무엇이고 중요하지 않은 것이 무엇인지 알아가는 과정인 것이다. 그 과정을 거친 뒤에야 우리는 순수한 인간이 된다.

— 내가 가장 좋아하는 영화《포레스트 검프》중에서